顾城

1956.9—1993.10
出生地：北京

1979.5 嘉陵江

顾城诗全集 上卷

The complete poems of Gucheng

江苏文艺出版社

1959.12

1960.7 景山公园正门外

1964

1987.12 香港

☆ 时代

大块大块的树影，
在发出海潮和风暴的欢呼；

大片大片的沙滩，
在倾听霪雨和水流的痛哭；

大批大批的人类，
在寻找生命和信仰的归宿。

一九七九年四月

☆ 一代人

黑夜给了我黑色的眼睛，
我却用它寻找光明。

一九七九年四月夜半

致民族之鹰

朋友，你在何处安身，
是不是你已发出呻吟，
但愿你今天的晚安，
不是嘲哳我的地位和盛名。

一九七九年四月

作者手稿（一）

作者手稿（二）

我是一个任性的孩子 ★

—— 我想在大地上画满窗子
　　让所有习惯黑暗的眼睛
　　都习惯光明

也许
我是被妈妈宠坏的孩子
我任性

我希望
每一个时刻
都象彩色蜡笔那样美丽
我希望
能在心爱的白纸上画画
画出笨拙的自由
画下一个永远不会
流泪的眼睛
一片天空
一片属于天空的羽毛和树叶
一个淡绿的夜晚和苹果

我想画下早晨
画下露水
所能看见的微笑
画下所有最年轻的

作者手稿（三）

目录·上卷

1962—1968
  写在明信片上　005
  松塔　005
  杨树　005
  早晨　006
  寒秋　006
  夜晚　007
  秋望　007
  塔和晨　007
  雨夜　008
  烟囱　009
  黎明　009
  微风　009
  星星与生命　010
  风中草　011
  星月的来由　012

1969
  信　015
  天　015
  黄昏　016
  梦曲(附歌词)　016
  我的幻想　018
  留念　018
  夜行　018

留念(二) 019
社会 020
美 020
旧体诗 022
池边行 022

1970

一月四日日记 025
我要用…… 025
新的家 026
早晨(二) 026
风和树 027
春分 027
草和路 027
找寻 028
太阳照耀着 028
二连小景 029
回春(一) 029
回春(二) 030
回春(三) 030
旅行 031
大雁(一) 031
大雁(二) 032
没有名字的诗歌 033
村野之夜 034
残月 035
苍老的童话 035
夕时 036
书籍 037
夏 038

沙漠　039

生命随想曲　039

起步　042

告别　043

怀念　044

希望　044

苏州　045

晨(一)　045

晨(二)　046

忘却　046

铭言(一)　047

铭言(二)　048

老树　048

野蜂　049

坟墓　049

海湾　050

割草谣　051

割草归来　052

玫瑰　052

芦花鸡　053

回想　054

祝福　054

漫游　055

潍河之冬　056

礼貌　057

友谊　057

旧体诗　059

拾草歌　059

十三岁学声　060

　　　远足歌/微丝歌/射雁歌/题姐姐生日

吟烛 061

1971

岁月的早晨 065

南亚 065

无名的小花 066

生命幻想曲 067

我赞美世界 069

乞者 071

蝉声 071

那是什么,远远的 072

幻想与梦 073

正午 074

中秋漫笔(一) 075

中秋漫笔(二) 076

中秋漫笔(三) 076

中秋漫笔(四) 077

中秋漫笔(五) 077

牛车春秋 077

石岸 078

土块 079

路灯 079

中枪弹的雁 079

风车 080

噩梦 081

漫游(二) 082

梦曲(二) 083

寓言故事诗 084

疯狂的海盗 084

工农兵文艺 085

  无限春天　085
  节日的盛装　086

1972
  病　089
  早晨(三)　089
  窒息的鱼　090
  小树　090
  小树(二)　091
  雨后　092
  夜归　092
  找　093
  阵雨　093
  落叶　094
  小风景　094
  巨石　095
 旧体诗　096
  玉关情　096
  春江图　097
  青竹林　097
  大河夕时　099
  夜雨　099
  读史　100
 工农兵文艺　101
  五十步笑百步　101

1973
  满月　105
  醒　105
  雨　106
  河(一)　110

河(二) 111
　　河(三) 112
　　银河 113
　　春柳 113
　　我是黄昏的儿子 115
旧体诗 118
　　小病吟(十六首) 118
　　白云梦(十三首) 120
　　寄妈妈(二首) 125
　　海愁 125
　　赠友 126
　　大雾梦 126
　　　　序歌/八股赠路人/和八股
　　怀古诗哲十二章 128
　　　　庄周/屈原/陶潜/李白/杜甫/柳宗元/李贺/白居易/苏轼/李
　　　　清照/陆游/辛弃疾
工农兵文艺 130
　　飞虫集 130

1974

　　再生 133
旧体诗 137
　　红云梦(四首) 137
　　　　春/夏/秋/冬
　　双赠(二首) 139
　　　　自赠/异赠
工农兵文艺 140
　　火炬,燃烧的旗 140
　　银色边防线 140
　　昆仑春色 141
　　水泡 142

寄封信儿到农村(连环画)　142

1975

城郊　147
寓言故事诗　148
狐狸讲演　148
旧体诗　149
秋望　149
双恨　149
未寄　150
题姐姐生日(二)　151
小院陋　151
工农兵文艺　153
作业本上的"红旗"　153
战役　154
菜粉蝶的"礼物"　156
谜语　157
入伍　158
学诗小记　159
思想火花　159

1976

巨星　163
白昼的月亮　163
遗嘱　165
谱　165
粉笔　166
旧体诗　168
悲风(悼总理)　168
祭　169

真言　169
　　碑前　169
　　夕时　170
　　秋林　170
　　区区蜗室中……　170
　　顺水歌　171
　　地震　172
　　震旦歌　172
　　小楼信笔　173
　　忆火道腊月　174
　　初雪　174
　　空悲　174
　　洪荒　175
工农兵文艺　176
　　运动场上儿歌　176
　　　　摇浪船/踏滚筒/打秋千/转转椅

1977

　　秋千　181
　　仙人掌　182
　　小鹿　182
　　两个圆珠笔芯　183
　　车间和库房　184
　　虫蟹集　185
　　　　蠧斯/蝼蛄/寄居蟹/夜蛾
　　爬虫集　186
　　　　避役/蟒蛇/乌龟/蜥蜴
寓言故事诗　188
　　大蚊和小孩　188
　　松树与刺藤　189

寄居蟹的"杰作" 190
旧体诗 191
春节 191
自题 191
望春 192
时感(一) 192
时感(二) 192
未感 193
叹清明 193
寄浦江 194
遥谢 194
秋风信笔 194
独芳 195
笑天 195
寄父 196
闻讯 196
颂一天人十口四心 196
长安侯 197
戏答(一) 197
戏答(二) 198
落叶诗(一) 198
落叶诗(二) 198
愿 199
忆 199
闲步 199
题百花深处 200
地理小议 201
历史小议 201
数学小议 201
清风歌 202

寄小亮　203
工农兵文艺　204
　　丰收曲　204
　　写给弟弟妹妹　205
　　　　生命/时间/长大

1978
　　铁面具　211
　　浅沼　213
　　石像　214
　　在寂静的冰川上　214
　　初春　215
　　孩子的梦　215
　　溶雪　217
　　给一种婚礼　218
　　明天需要……　218
　　两个情场　219
　　历史的内战　220
　　建设者(一)　220
　　建设者(二)　221
　　自然的星辰　222
　　　　富兰克林/瓦特/诺贝尔
　　夜海　223
　　复仇的哈姆雷特　224
寓言故事诗　227
　　割尾巴　227
　　远见　228
　　大讲"道理"的狼　228
　　鳄鸟　230
　　得意的知风草　232

喂狼的牧人 233

孝子老大 234

岩鸽 235

老道与白鹤 238

徒工与螺丝钉 239

花岛 242

失恋的赖草 244

思想…… 245

歌词 246

东冢歌声(一) 246

东冢歌声(二) 247

东冢歌声(三) 248

旧体诗 249

自叹 249

小巷 249

思路人 250

愁悟 250

愁危楼 251

古阁游丝 251

晓悟 252

夏熟 252

自乐 253

石灰太白歌 253

上马石 254

春夏遗篇(五首) 255

不如律二则 256
　　琉璃塔歌/冷眼看月歌

闲笔五则 257

黄水出塞 258

大冶歌 258

小治吟　259
老杜老　259
梦觉　260
长卧荆棘中　260

1979

枯木与洪水　263
别了,渔村　263
种子的梦想　265
献给安徒生童话的诗　266
　　　海的女儿/锡兵/拇指姑娘/丑小鸭
打火集　267
　　　打火机/眼镜/镁光灯/布景/圆珠笔/牙签/七巧板/拖把
呵,我无名的战友　268
海岸　278
年轻的树　278
往事·耻辱·遗忘　279
春夜　279
面对命运(一)　280
面对命运(二)　280
面对命运(三)　281
春雪　281
肮脏　281
我醒来　282
你和我　282
时代　283
一代人　283
致民族之鹰　283
天鹅之影　284
思想　284

四月　285
古城的回忆　286
荒园的回忆　286
余恋　287
情景　287
洼地　288
路景　288
暂停　289
结束　290
山城　291
黑凤蝶　291
石壁　292
南泉　293
红卫兵之墓　293
平原　294
眼睛　294
梧桐　295
山村　296
归来　296
望　297
凝视　297
错过　298
别　298
歌乐山诗组　299
　　谋杀/挣扎/死灭/小萝卜头和鹿
所为　304
树影(一)　304
树影(二)　305
树影(三)　306
诗情　306

万县　307
泊　308
摄　309
风景　309
黄山随笔　310
  猴子观海/莲花峰
新的耕耘　311
山影　312
骑士的使命　313
许许多多时刻　313
波光　315
秋日　316
忧天　317
昏眩　318
故址　318
忏悔录　319
消逝　321
珠贝　322
化石　323
乞求　325
海生小辑　325
  红珊瑚/珠贝(二)/塔螺
山溪　326
火葬　327
生活给我什么　327
俯看　328
月亮　328
诗句·诗意·诗情　329
显露　330
春日的黄昏　331

徘徊　332

我好像……　333

青色的枯叶　334

我问　335

疑·念·恨　336

月亮和我　336

飞鱼　337

眨眼　338

我是……　339

海语　339

等待　340

雪后　340

比萨斜塔　341

金字塔　342

陌生人　343

指北针　345

沙滩　346

寓言故事诗　347

善于发明的农人　347

两把铜壶　348

极乐鸟　349

台灯与路灯　350

杨树与乌鸦　351

水龟出游记　353

轻浮的泡沫　355

（致）蜗牛的悼词　356

大猪小传　357

自大的湖泊　358

家蝇的妙计　360

怪豆传业记　361

青蛙的创作　362
　　商人、马夫和洪水　363
歌词　365
　　云歌　365
　　云天歌　365
旧体诗　367
　　失梦(三首)　367
　　赠友(一)　368
　　赠友(二)　368
　　官感　368
　　游玉潭　369
　　瀑　369
　　僧感　370
　　善感　370
　　多愁　371
　　题巴山　371
　　明心　371
　　天女花　372

1980

　　给我的尊师安徒生　375
　　给安徒生　376
　　兴都库什山营地　376
　　喀布尔河畔　377
　　牺牲者・希望者　378
　　　　牺牲者/希望者
　　小径　382
　　梦痕　383
　　雪人　385
　　期待与发现　386

草棚　387

海岸　387

最初　388

关于卷发　388

水呀,真急　389

就义　390

制法　391

梧桐三题　391
　　　叶／干／籽

我在复写住房申请　392

石舫　393

水泡的想象　394

花雕的自语　395

竹筒　397

老树(二)　398

水乡　399

爱我吧,海　403

爱情漫话　406

自由的雨燕　407

阿富汗难童日记　408
　　　单峰驼／爸爸有一个铜壶／陶罐碎了／云

偶遇　410

定音　411

路是我们的　412

祈愿　412

小亭　413

路　413

答应　415

游戏　416

绿地之舞　417

苹果 418
终点 419
铜色的云 419
祭 422
北方的孤独者之歌 423
蚯蚓 427
灯 428
在夕光里 429
远和近 430
田埂 430
小巷 431
芦席 431
赠别 432
等 433
想 434
小春菊 434
窗前 435
未知 436
蝉的歌 436
黑星 437
疑惑 438
避免 438
悟 439
答 439
我总觉得 440
干枯的幼树 441
解释 442
我想 442
地基 443
我们喜欢上早班 444

晨光　444
海云　445
泡影　445
街景　446
迷失在落叶下的孩子　447
永别了，墓地　449
树干　458
碧绿的星　459
征服　460
我的眼睛混浊了　460
听　461
猎　462
夏末　462
遗念　463
豆荚　464
瞬间　465
调　466
大禹的自白　467
感觉　473
自信　473
春叶　474
桐油　474
小鱼　475
诗人的悲剧　475
两地　476
佩兰　478
睡莲　479
雨行　480
船要沉没了　480
译者的形象　481

种植　481

我找你　482

梧桐皮　484

在戈壁,我成了游牧者　484

落叶飞散　485

在陌生的街上　486

在这里河流转弯　487

博物馆　487

北非之夜　488

弧线　489

雨梦　489

虚惊　490

泳　491

建筑工地　491

预兆　492

林中　492

在淡淡的秋季　493

信念　494

赠诗友　495

　　赠舒婷/赠晓鹤/赠常荣/赠伐林/赠小妮

世界和我　497

　　(1)第一个早晨/(2)位置/(3)仪式/(4)涉/(5)断片/(6)我想/(7)问/(8)中和/(9)梦/(10)第二个早晨/(11)停顿/(12)渴望/(13)墓门/(14)安息/(15)梦很清醒/(16)安息的不安/(17)商标/(18)你笑了/(19)问答/(20)第三个早晨/(21)我怕,我不怕了/(22)你又笑了/(23)追念/(24)墙和窗/(25)太阳看见了我/(26)退避/(27)白天/(28)又问/(29)第四个早晨/(30)微微的希望/(31)政治/(32)回复/(33)请求/(34)桅杆(树)/(35)古堡/(36)有关修复/(37)恐怖/(38)思/(39)悟/(40)问之继续/(41)叛道/(42)无用的发现/(43)争论/(44)我不是勇士/(45)挣扎/(46)隐形/(47)微微的希望之后/(48)思的满足/(49)赴约/(50)梦鸟/(51)再生鸟/(52)第五个早晨/(53)重复的醒/(54)抉择/(55)技巧/(56)搜集/(57)弥合/(58)刺/(59)第六个早晨/(60)紫云英/(61)边界/(62)抉择的继续/(63)再悟/(64)跨栏/(65)偷渡/(66)播/(67)爆发/(68)复原/(69)节奏/(70)第七个早晨/(71)绝音/(72)囚禁/(73)变/(74)报复/(75)又一次请求/(76)你的抉择/(77)法律/(78)第八个早晨/(79)探望/(80)钟声/(81)失效的问/(82)最后的请求/(83)折射/(84)复活的钟声/(85)第九个早晨

大写的"我"　527

冬日的温情　530

关于风　531

海滩　531

羽化　532

我的路　533

昨天,像黑色的蛇　534

我的信念　535

两重　535

夕阳　536

我的诗　537

摇篮　538

繁衍　539

海景　539

答宴　540

碱地　540

规避　541

冥月　542

高尚　542

这不是神话　543

猜想　544

再见　544

在梦海边　545

简历　546

红色的孩子　547

红果　547

不要说了,我不会屈服　548

留学　549

灵魂之浴　551

安慰　552

找寻(二)　552

巨树　553

远古的小船　555

我们去寻找一盏灯　559

年夜　560

雪的微笑　561

那条小路　563

我唱自己的歌　564

寂寞的情歌　565

思想之树　566

山间黄昏　567

我知道了,什么是眼泪　568

新年　570

寓言故事诗　571

一个大枇杷　571

继承　572

泥蝉　573

果衣的故事　574

水泡骑士　576

自负的猴子和同伴　577

异国的传说　579

巨门　583

鱼缸中的惨案　590

　　光荣竞赛会　591

　　蜜蜂和蜜　592

　　瞎猫　593

　　窗扇　594

　　迷误的战舰　596

　　马驹　597

　　标本　599

　　小鸟伟大记　600

　　古老的问题　602

　　磨刀石和拖把　603

歌词　606

　　我的独木船　606

　　我要看见她　607

　　我的伴侣,我的过去　609

　　我是一座小城　610

　　梦之歌　612

　　小山雀　613

　　你唱起一支童年的歌　615

　　遥远的歌　616

　　献给潮水的歌　618

　　夜歌　619

　　蒲公英做了一个梦　621

旧体诗　623

　　遥寄　623

　　江南小景　623

连环画配诗　624

　　雪山恩仇记　624

1981

无名草　655
早发的种子　657
空隙　658
我坐牢了　659
回归(一)　660
雪天　661
土地是弯曲的　662
我喜欢在路上走　663
约会　664
古尸　665
雪下大了　666
初夏　666
为什么这样　668
星岛的夜　669
假如钟声响了　670
因为有月亮　671
请拿起这枝花　671
寄海外　672
静静的灾难　673
漂泊　674
我是一个任性的孩子　674
雨(二)　678
我们相信　678
春天死了　679
收获　680
马车　681
诗的原件　681
圆号在响　682
给恩斯特　684

队列　684

最后　686

古代战争　687

我残废了　688

我的墓地　689

你的心,是一座属于太阳的城市　690

小花的信念　691

草原　692

自信　692

幻梦录像(一)　693

不要在那里踱步　694

月亮(二)　695

机器在城市里做巢　696

在这里,我们不能相认　697

椰树　698

春天没有来　699

被面上印满蓝色的雪花　700

绿草地　700

命运在向我示意　702

叽叽喳喳的寂静　703

歧视　704

我要成为太阳　704

给一颗没有的星星　706

风偷去了我们的桨　707

雨中风景　709

我的心爱着世界　709

我耕耘　710

布林的出生及出国　711

谁能想到　714

发现　715

布林遇见了强盗　717
给我逝去的老祖母(一)　718
雨停了　720
还记得那条河吗　720
现代的桥　722
录像　723
沿海　724
菜场　724
希望的回归　725
白夜　728
也许,我不该写信　729
草原上的远行者　730
一个诗人,没有工作　732
在这宽大明亮的世界上　732
我们只有夜晚　733
回归(二)　735
0号议案　736
十二岁的广场　737
不是再见　739
假如歌曲再也不重复　740
那是冬天的黄土路　741
红毛衣　742
我不应当去爱太阳　743
决定　744
案件　745
是谁在说,黄昏　746
我会疲倦　747
小贩　749
噢,你就是那棵橘子树　749
布林的遗嘱　753

生日　753
寓言故事诗　755
　　山林诡辩会　755
　　大碗的启示　756
　　"狼来了"后传　758
　　河滩　759
　　春天的寓言　761
　　惩罚　762
　　无尽的快乐　764
　　玄虚的价值　766
　　幸存的原理　767
　　"礼貌"的功效　769
　　无名"英雄"　771
　　一只船累了　772
　　笨蝗的好意　773
　　"励精图治"的国王　774
　　伊凡的论断　776
　　一只北方的大狗　778
　　塔塔尔　780
　　蚂蚁的幸福　782
　　山猫和太平鸟　783
　　老猫悲喜录　785
　　冰淇淋搬迁、变节记　788
　　蟑螂国国王当选记　791
歌词　797
　　等着你来到　797
台历诗　798
　　自然的回声　798

1982
　　在大风暴来临的时候　801

布林报考催眠曲专业的作文　802
布林好像死了　803
布林祈祷的原版录音　804
研究　806
挽歌　806
密报　807
有关美学　808
我要走啦　809
我的一个春天　810
爱的日记　811
等待黎明　812
我会像青草一样呼吸　814
设计重逢　815
两组灵魂的和声　816
给我逝去的老祖母(二)　821
风的梦　824
小春天的谣曲　826
港口写生　827
老人(一)　829
原来和后来　830
猿人之猎　831
准备　832
归来(二)　833
大雁的梦　835
灰鹊　837
佛语　844
生命的愿望　845
旗帜　846
童年的河滨　847
野猪　848

录像(二) 849
无题 849
一个帝国士兵的末日 850
有时,我真想 851
节日 852
郊外 852
叠影 854
海中日蚀 856
猎神 858
非洲写生 859
　　　村民／旱季／海岸线
在深夜的左侧 861
谣言 862
我要编一只小船 862
窗外的夏天 865
逝者 866
分离 871
梦园 871
一个旧梦 872
门前 874
佃农 876
来临 876
分别的海 877
这个世界上的人 880
在白天熟睡 880
在尘土之上 881
没有着色的意象 882
铁铃 884
碧绿碧绿的小虫 888
草原古墓 888

门是铁的　891
最美的一刻　892
手电亮了　893
溯水　894
梦幻录像(三)　895
提线艺术　896
从鸟瞰到水线　897
暮年　899
订婚　902
我曾是火中最小的花朵　903
梦幻录像(四)　905
布林在保育院最高会议上的发言　905
我们喜欢葡萄　906
梦幻录像(五)　909
梦幻录像(六)　909
南国之秋(一)　910
南国之秋(二)　911
南国之秋(三)　912
最凉的早晨　913
东方的庭院　914
对联　916
布林进行曲　916
布林不进行曲　917
都市　918
海峡那边的平安　918
老人(二)　920
在等待和到来之间　922

寓言故事诗　924
一棵树的判断　924
眯索国王和威信　925
小羚羊的经验　928
狐狸发现　930

副上帝的提案　930
　　火鸡之战　933
歌词　935
　　听听自己的心　935
　　想　936
　　告别　937
旧体诗　939
　　多愁(二)　939
　　偈　939

　　附:组诗《布林的档案》(16 首)目录及后记　940

上卷

1962—1982

1962—1968

写在明信片上*

星星在闪耀，
月亮在微笑，
我和姐姐呵，
等得爸爸回来了。

1962 年

松塔

松枝上，
露滴晶光闪亮，
好像绿漆的宝塔，
挂满银铃铛。

1964 年

杨树

我失去了一只臂膀，

---

* 此诗为作者口授，写在明信片上。 作者二十年后所写《剪接的自传》提及这首诗。 诗标题后加。

就睁开了一只眼睛。

1964 年

早晨

穿过长满冰霜的玻璃,
晨光已铺满大地,
万盏灯火结束了工作,
明亮的太阳正在升起。

1967 年

寒秋

枯叶在街上奔跑,
枯枝在风中哀嚎;
大地冻丢了它漂亮的绿衣,
期待着它温暖的雪袍。

1967 年

夜晚

大地布满灯火闪闪发亮,
星空如同倒影遥遥相望,
汽车和人停止了吵闹,
蟋蟀开始了草中的歌唱。

1968 年

秋望

汽车在平原爬动,
像是一只又一只甲虫;
枫树在半山闪耀,
像是热情燃烧的眼睛。

1968 年

塔和晨

洁白的塔呵,
围着绿色的腰带,
像一枝春天的竹笋,

在招唤满天蓬松的云彩。

这是一个美丽的晨景,
到处都悬着露水,
像无数儿童的眼睛。
霞光映着铜铃,
铃响伴着和风。
在云雾消散的林木里,
回荡着啄木鸟工作的歌声。

1968 年　北京香山

雨夜

雨在不停地下着,
灯火依旧通明。

宽阔的马路一片闪烁,
好像夜空布满星星。

仰看天上一片黑暗,
倒似大地般沉重。

1968 年　窗前

烟囱

烟囱犹如平地耸立起来的巨人,
望着布满灯火的大地,
不断地吸着烟卷,
思索着一件谁也不知道的事情。

1968 年 9 月

黎明

发颤的鸡啼挑起沉沉夜梦,
弯曲的光明时现时隐。

马车像一曲奇妙的乐章,
在幽暗的街上播撒铃声……

1968 年窗前

微风

垂柳在微风中慢慢地摇动
微风轻推着雪白的白云

呵,白云变成了湖中的天鹅
轻轻游荡,碰不起一丝波纹。

1968 年

星星与生命

星星望着醒和睡的人们,
大地在黑暗中鼾声沉沉;
我忽然间想到了生命,
因为生命星星和大地才有了声音。

星星眨眼星星并不知道眼睛,
大地沉睡大地并不知道梦境;
它们是死的却被说成活的,
这都是因为我们有生命。

生命散布在天地之中,
它是天地最华美的结晶;
可它一闪而过不由自主走向结束,
它看见了天地天地看不见它们。

1968 年

风中草

风卷着枯叶砸着玻璃
铃声刚停教室里一片静谧
门猛地打开老师进来，
带来一股萧杀的寒气。

老师走上讲台眼睛扫过大家：
"今天搬砖大家说好不好呀！"
"好——"无力的声音十分微弱，
"好不好！"老师气得瞪眼呲牙。

一片寂静只听风在呼哮*，
小班长这时大喊了一声："好！"
没想到老师猛扑过来，
揪住他青筋暴跳。

"你胆敢破坏复课破坏纪律！"
"我……没有……"小班长吓得语不成句。
"出去！"小班长被推到了门外，
冷风中颤栗地叹气："我真不该拍马屁！"

1968 年　上课日记

---

* "呼哮"依作者原稿。

星月的来由*

　　树枝想去撕裂天空，
　　却只戳了几个微小的窟窿，
　　它透出天外的光亮，
　　人们把它叫做月亮和星星。

1968 年　夜　窗前

---

* 作者后将诗题复述为：星月的由来。

1969

信[*]

银河在天空慢慢地流动,
漆黑的大地没有一点声音,
满天的星星眨着眼睛,
像要找谁诉说,询问……
呵!
牛郎唱起了悲歌,
织女的眼泪汇成了河,
我想对宇宙大声发问:
妈妈为什么不回来?为什么?!
呵……
月亮好比镶在夜空中的明镜,
缓缓地挪动,时走时停,
我好像在镜中看见了妈妈的身影,
在灯下给我写信……

1969 年 5 月

天

白云是天的雪山,
碧空是天的海洋;
阳光是天的熔岩,

---

* 这是作者写给下放干校已近一年的妈妈的信。诗题后加。

阴霾是天的煤矿；
星团是天的城市，
流星是天的车辆……
天上的一切只能遥望，
所以天是幻想的家乡。

1969 年

黄昏

猛烈的北风，
吹散了人们淡薄的脚印；
太阳落山了，
世界像是一幅巨大的剪影。

1969 年

梦曲（附歌词）

月光穿过窗户照在墙上，
风轻轻走进，
带来刺槐花的芳香。
我似乎是在睡梦中，
驾着时间的小船，

飞驰在希望的急流上。

树影穿过窗户映在床上,
风轻轻走进,
带来催眠曲的清凉。
我似乎是在朦胧中,
驾着生活的小船,
在幻想的海洋里扬帆远航。

1969 年夏

附歌词＊

月光穿过窗户照在墙上,
风轻轻走进,
带来闷热中的一阵清凉;
我似乎是在朦胧中,
获得了一双银色的翅膀,
飞越了无数,
黎明的山冈。

月光穿过窗户照在墙上,
风轻轻走进,
带来刺槐花的一阵芳香;
我似乎是在睡梦中,
驾驶着一只金色的小船,
穿越了无数,
黄昏的波浪。

＊ 歌词为作者后来改写。

我的幻想

我在幻想着,
幻想在破灭着;
幻想总把破灭宽恕,
破灭却从不把幻想放过。

1969 年 5 月

留念

从遥远的西天,
从余霞中间,
飞来一片枫叶,
飞来一朵火焰。

我把它拾起,
作为永久的留念。

1969 年 11 月

夜行

汽车射出两道灯光,

把黑暗的公路，
变成光明的走廊。
两排杨树撑着夜空，
枝叶伸展开来，
又像隧洞一样。

　　　　　　　　　1969 年 12 月　胶东路上

初稿：

车前射出强光，
在黑暗中，
开辟出光明的走廊。
两边杨树撑着夜空，
又像巨人的隧洞，
直插一片迷茫。

隧洞可有尽头？
走廊通向何方……

留念（二）

在粗糙的石壁上
画上一丛丛火焰

让未来能够想起

曾有那样一个冬天

　　　　　　　　　　　　　　1969 年 12 月　胶东路上

社会

　　时间的列车闪着奇妙的光亮，
　　满载着三十亿人类，
　　飞驰在昼夜的轨道上……
　　穿过季节的城镇，
　　驰过节日的桥梁，
　　喷撒着云雾的蒸汽，
　　燃烧着耀眼的阳光……
　　它曾穿过冰川世纪的雪原，
　　它曾驰过原始世界的泥浆，
　　它还要通过无数险阻，
　　但终要到达最美好的地方。

　　　　　　　　　　　　　　1969 年 12 月　胶东路上

美

　　我所渴望的美，
　　是永恒与生命，

谁知它们竟水火不容：
永恒的美，奇光异彩，
却无感无情；
生命的美，千变万化，
却终为灰烬。

　　　　　　　　　　　1969年12月　火道村

· 旧体诗 ·

池边行*

三更池边行,
蛙鸣长短声。
夏荷走明月,
秋鲤衔繁星。
魂散桂花香,
心迷珍珠萤。
百鸟唤梦回,
锦霞满衣襟。

1969 年北京

另稿：

二更池边行,
蛙鸣长短声。
晚风吹落叶,
明月满天星。
池畔思往日,
不觉入深林。
百鸟唤梦回,
朝华满衣襟。

---

* 作者多年后曾将自己的一些诗抄写成册,将旧体诗和寓言故事诗单列册。这首诗是作者列入旧体诗册写作时间最早的一首。

1970

一月四日日记

我用笔的木桨，
去追赶时间的急流，
尽管是那样地用力，
还是被远远抛在了后头。

我那日记的小船，
为什么比白云还要缓慢？
因为它喜欢在遗忘的沙洲上停搁，
或是在冥想的漩涡中打转。

我没有任何办法，
只好在航行的第四天靠岸。

1970年1月4日　火道村

我要用……*

我要用无数优美的诗歌，
来描绘宇宙的轮廓；
把它献给神秘的大自然，
把它献给祖国的山河，
把它献给童话世界，

＊ 作者1970年题写该诗于自己写诗的小本扉页，无标题。标题为编者加。

把它献给太阳发出的光和热。

1970 年

新的家

静静的夜里有静静的梦,
雄鸡却在静夜中歌唱黎明。
忽然惊醒的火跳出了炉口,
吓跑了门缝中守望的星星。

1970 年 1 月　火道村新居

早晨(二)*

太阳唤醒了每棵树木,
它们都披着银亮的浓霜;
远看如朵朵巨大的雪花,
不知长于地还是生在天上。

1970 年 1 月　去二连路上**

---

* 1967 年诗档中收有作者的另首《早晨》,此处编者加"(二)"以区别。
** "二连"是作者父亲喂猪的所在连队。作者当时每天早上从村里走约三里路去连队协助父亲喂猪。

风和树

风如鞭抽打树丛,
树如针切削着风;
风可以说是树在哭泣,
树可以说是风在呻吟。

1970 年 1 月　去二连路上

春分

凹面镜般的天宇,
紧扣着大地
——这块不透明的玻璃。

太阳用光焰的扫帚,
扫除着——
冰雪那冬天的足迹。

1970 年 1 月 22 日

草和路

披霜的草,是梦的结晶,

化雪的路,通向幻境;
闪亮的草,是醒的证明,
泥泞的路,通向家门;
鲜绿的草,是生的象征,
温暖的路,通向心灵。

1970 年 2 月

找寻

在阔野上,在霜气中,
我找寻春天,找寻新叶,找寻花丛;

当冷雾散尽,天色大亮,
我只找到,一滩败草,一袖寒风。

1970 年 2 月

太阳照耀着

太阳照耀着冰雪,
冰雪在流着眼泪;
它们流到了地上,
变成一汪汪积水。

太阳照耀着积水，
积水在逐渐干枯；
它们飞到了天上，
变成一团团云雾。

太阳照耀着云雾，
云雾在四方飘荡；
它们飘到了火道，
变成一个个空想。

1970 年春　火道村

二连小景

树苗吐出了新芽，
翠波倒映着红瓦；
战士扛锹走向田野，
我们拾棍赶猪迎着朝霞。

1970 年　二连灶屋前

回春（一）

白色的冰雪，

变成了黑色的沃土；
干黄的枯枝，
变成了绿色的树木——
春天回来了，
她掀开寒冷
这覆盖了一切的厚幕，
用暖流的拳头，
敲打着大地
那沉睡了很久的门户。

回春 (二)

解冻的河岸，
在阳光下发酵，
垂柳在微风中轻摇，
它边上是一棵高大的白杨，
对旷野展开了宽广的怀抱……

回春 (三)

长长的柳丝浸在水中，
轻轻一摇，荡起波纹，
鱼儿惊慌地潜没了，

带着旧日的钓痕。

1970 年春

旅行

我在密林中穿行,
我在瀑布下游泳,
我能去一切不能到达的地方,
不论是地层还是高空。

当我骑上洁净的白云,
身后便刮起二十四级狂风;
我又以闪电般的速度,
去追赶永无止境的旅程。

1970 年

大雁(一)

从遥远的天边,
飞来了一群大雁,
它们在我的身边环绕,
它们在我的头顶盘旋,

它们像暴雨一样降落,
　　　说着我不懂的语言……
终于又依恋地飞去,
远了,远了,
化为天边一缕飘动的细线。

于是我又想起了,
过去的伙伴。

1970 年春

大雁 (二)

大雁,你落下来吧,
你落下来过——
为什么你还在飞?
是因为树枝依然干枯?
是因为池塘仍然有冰?

大雁,你飞走吧,
你飞走过——
不要盘旋,不要停;
请你告诉慈爱的春天,
不要忘记这里的渔村。

1970 年火道村　给徐叔叔的信

没有名字的诗歌

我是诗歌的源泉,
甘美的泉水
就是我的诗篇。
它没有流向文学的大海,
但愿能洗去——
人间的愁苦和厌烦。

一切都在循环,
一切都在改变,
一切都在运动,
一切都在向前?

奔腾不歇的江河,
起伏连绵的山川,
惊天动地的旱雷,
撕裂雨云的闪电,
呵——
多少谜?
　　多少梦?
　　　　多少沉冤?……

新陈代谢的万物,
广大神秘的自然,
永无边际的宇宙,
黑暗沉默的空间,
呵——
多少天?

多少代?
　　　多少光年?……

在宇宙的尘埃——
地球上,
却不知已变过多少风云,
换过多少人间。

1970年　火道茅屋中

村野之夜

浓厚的黑夜,
把天地黏合在一起。
星星混着烛火,
银河连着水渠。
我们小小的茅屋,
成了月宫的邻居。
去喝一杯桂花茶吧!
顺便问问户口问题。

1970年　火道村

残月

云浆散去了,
风尘落下了,
月亮将半个脸挂在天上,
像刚刚大病一场;
星星比它亮,
篝火比它亮,
愿它慢慢养好伤。

1970 年　火道村

苍老的童话*

小白杨枝叶万千,
折一枝在太阳下晒干;
为做饭将它点燃,
茅屋中是妈妈的笑脸。

绿枝叶化作了青烟,

---

* 该诗多年后发表时题目改为"秋天的童话",正文为:从憔悴的白杨上,∥折下一束枝叶。∥用跳动的火花,∥小心地点燃。∥树枝在炉灶中欢笑,∥变成炽烈的火焰,∥饭香弥漫整个茅屋,∥火光映红主人的笑脸。∥从烟囱冒出一缕青烟,∥毫不停留,飞向蓝天。∥同伴们摇动着叶片,∥为它祝福平安。∥当同伴也化为青烟,∥直飞上高高的云端,∥便在云雾里寻找,∥寻找以前的侣伴。∥它们在天空到处奔走,∥不时遇到风雨雷电。∥每当想起往事,∥就禁不住对树根的怀恋。

进烟囱又飞向蓝天;
小杨树摇动所有的叶片,
像祝它一路平安。

它想起它的同伴,
却身不由己穿越云端;
有天又碰上一缕炊烟,
不禁叹息那已是多年以前。

1970 年

夕时

金亮的太阳,
收起最后一缕浮光,
沉入晚霞的海洋。

渐渐暗淡的幻想,
就像夕阳,
还燃烧在远方的村庄。

1970 年　农场路上

书籍

细细擦去它的油污,
轻轻掸去它的灰尘,
使它放出新生的光焰,
在思想的深处珍存……

金属的撞击,
车轮的辐音,
在生活的交响乐里,
还有思想无声的轰鸣。

紧紧鞋带,
拉平衣服的皱纹,
迎着第一道晨曦,
敞开心灵的门。

这里有心灵的安静,
这里有心灵的美丽,
这里有心灵的暗淡,
这里有心灵的光明……

有深奥的话,
有冰冷的词,
有滚烫的字,
有闪光的诗……

描画出了高贵,
录写下了阴险,

一本普通的书,
向你诉说人生的秘密。

伐倒高大的榕树,
采集光润的美玉,
去建筑精神世界,
去动摇人间地狱。

向着光走去,
清洗灵魂,
用决心和毅力,
抛去身后的暗影。

我们的人生,
有它的光,有它的热,
未来和希望,
吸引着我们行进*。

1970 年

夏

纯白的云朵,
腼腆地从林间走出,
化入摇荡的河水;

---

* 多年后发表时末句曾写为:是我们前行的磁针。

淡褐色的沙丘，
披着浴巾，
在岸边等待。

1970 年 6 月　潍河下游

沙漠

热风推动着新月型的波浪，
波浪起伏汇成黄金的海洋，
海洋吞没了多少迷途的生命，
每个生命都化作一粒石英的光。

1970 年

生命随想曲

一幕幕残酷的战争，
一场场你死我活的厮杀，
随着时间消失了，
被人们遗忘，
在厚厚的史册上，
也只留下了短短的几行。

笨拙庞大的恐龙，
体魄奇异的猛犸，
高耸稠密的乔木，
绚丽娇艳的百花；
自然有多少天才的创造，
把富丽的万物布满天涯。

网住群山的小路，
剪断河流的石坝，
缀满平原的城镇，
挂破云层的铁塔；
人类用多少辛勤的劳动，
把巨大的世界改造如画。

山岩，山岩呵，
挺着黑褐的胸膛，
度过了多少年代，
你可有青春的时节？
河水，河水呵，
吐着黄白的泡沫，
咆哮了多少世纪。
你可知人类的荣华？
……

旭日用光焰赶走了黑暗，
夕阳用余辉映透了晚霞，
遗忘的过去
幻想的将来呵——
生命在万物中闪耀着火花。

人的生命呵!
一天天,
在忙乱中度过,
在寂寞中度过,
在欣喜中度过,
在悲哀中度过;
一件微小的事情,
一个重大的变化,
掠过了人的生活。

一株草木,
没有思维,没有快乐;
一只蝼蚁,
没有理智,没有忧愁。

今天和昨天一样,
子夜、破晓、中午、黄昏;
生活的忙碌,
生存的艰辛,
安静的夜晚,
响亮的晨钟,
时间又过去了一天,
一天十二个时辰;
黎明的薄雾,
白昼的热风,
傍晚的清凉,
深夜的惊梦,
呵,人正怎样度过他的一生?

多少年前的泥土,

烧成了红色的砖瓦，
盖起了高楼大厦；
多少年前的草木，
变成了黑色的煤炭，
燃起了熊熊的烈焰；
多少年前的积水，
被加进滚烫的锅炉，
推动着长长的列车；
多少年前的鸟兽，
变成了闪光的石油，
在工业的血管中奔流。

云杉在青藏高原，
呼吸着稀薄的空气；
野蒜在戈壁沙漠，
忍耐着酷热和干旱；
垂柳在鄱阳湖畔，
梳洗着披散的长发；
苔藓在兴安岭下，
陪伴着冰雪和严寒……

1970 年 7 月 29 日　写给爸爸*

起步

童年的金色，

---

* 当时作者父亲重病住院，离村百里，不能前往探看。

已经消失,
广阔的世界,
变得更加清澈;
生命——
融合在山泉中的一滴露水,
在崎岖不平的道路上,
吐着快乐的泡沫,
唱着希望之歌……

1970 年 7 月 31 日　写给爸爸

告别

一块山岩,
把河水分向两旁。
两条鳗鱼,
告别在翻腾的波浪:
"再见吧!
我们将各自奔向远方,
让友谊将我们联接,
愿我们再见在海洋。"

1970 年 7 月 31 日　写给爸爸

怀念

化为幻想的云朵,
去眺望故居的窗栏;

鼓起向往的风帆,
驶向记忆的边缘;

从怀念的书籍上,
剪下一页页生活的片断;

收集起希望的光泽,
熔铸一个灿烂的明天。

1970 年 8 月　写给长石伯伯

希望

海潮无休止地摇晃大陆,
邀它一同把日月追逐;
大陆在睡梦中透口粗气,
火山的烟柱就把天空烧糊;
海潮变成了惊慌的海啸,
一直跑回大海的深处。

1970 年 8 月

苏州

一座座奇秀的山冈,
一片片沉静的林场;
脚下田野雾气浮动,
头上云朵起伏飘荡。

春天的气息在天空飞翔,
春天的声音在大地徜徉;
我随着春天的脚步,
来到了天麓山上。

掀开云雾的轻纱,
一千条小溪被镀得闪亮;
溪水流向新建的城镇,
城镇像是一枚勋章。

自然把一切无偿地赠与,
时间将一切无情地埋葬;
一切都在无奈地改变,
幻想才是永恒的春光。

1970 年 8 月　写给爸爸

晨(一)

晨风洗去暗夜和浮尘,

窗角露出澄澈的黎明；
年轻的白杨在爱抚中低语，
正经的麻雀在平台上议论。

1970 年 8 月　写给爸爸的信

晨 (二)

太阳
红闪闪的目光，
扫过大地。
万物都在
肃静中呆立。
只有一颗新生的露珠，
在把阳光
大胆分析。

1970 年 8 月　写给爸爸的信

忘却

昏黄色
炙烫的铁，
暗红色

沸热的铜,
冷却了
披上了锈,
像一块块肮脏的冰。

多少年前
岁月的光辉,
被默默压在
记忆的底层。

1970 年 8 月

铭言（一）

在生活的海洋里,
应扶正船舵,
不能图顺风,
而卷入旋涡。
且把搁浅,
当作宝贵的小憩,
静看那得意的帆影,
去随浪逐波。

1970 年 8 月　写给父亲

铭言（二）

用堤，
可以捕住无边的浪；

用帆，
可以捕住无形的风；

用爱，
可以捕住无踪的梦；

用钱，
可以捕住无情的心。

1970 年 8 月

老树

生命的泉流已经枯竭，
青春的花朵已经凋谢；
向苍天伸着朽坏的臂膀，
向太阳索取最后的温暖。

暴风卷走了仅有的黄叶，
寒流带来了漫天冰雪；
象虫蛀进它干瘦的肌肉，

安然地开始冬眠。

它弯着布满皱纹的体躯,
向着漫长的岁月,
用颤抖的声音,
诉说自己的苦难。

1970 年 8 月 14 日

野蜂

早晨,衔来百花的甘露,
在竹枝上建起灵巧的楼房,
春天给予它不竭的精力,
美丽的舞蹈,浴着漫天金光。

细雨,洗去空中的浮尘,
薄暗里蜜酒散发阵阵醇香。
野蜂倒悬着在星星中安眠,
沉入甜美的无限遐想。

1970 年 8 月 27 日

坟墓

没有年华的季风,

旋起世间的浮尘；
没有生灵的脚步，
叩响妄想的窄门。

没有思念的暖气，
搅动静寂的空间；
没有希望的萤火，
点缀无尽的光阴。

甚至没有哭泣，
甚至没有呻吟，
都说黑暗和静止，
是这里的全部主人。

黑暗总有一线微光，
于是我相信有灵魂；
静止总有一丝响动，
那是灵魂浮浮沉沉。

1970 年 9 月　东冢公社火道村

海湾

艳红的太阳，
用晨雾的手帕，
擦去满脸的水滴。

起伏的大海，

像跳跃的火焰,
像熔化的黄金。

沉静的渔村,
沉静得像远处的礁石,
等待着喧闹的渔讯。

1970 年 9 月　潍河下游

割草谣

你用大锄,
我用小镰,
河滩上的草,
　　总是那么短。

兔娃娃,
急得挖地洞,
猪爷爷,
饿得撞木栏,
　　草就那么短。

晒不干,
锅台光冒烟,
铺不厚,
母鸡不孵蛋,
　　草就那么短。

你拿大筐，
我拿小篮，
河滩上的草，
永远那么短！

1970年9月 二连

割草归来

你金色的眼睛，
看着太阳，
太阳走远了，
红衣服忘在草滩上。

是你在唱歌，
是歌把你唱，
草篮边的小野菊，
垂头把路望……

1970年9月 村外

玫瑰

玫瑰佩带着锐刺，

并没有变为荆棘；
它在保卫自己的春华，
不被野兽蹂躏；
它将春华献给和平的季节，
献给最柔软的心。

1970 年 10 月

芦花鸡

芦花鸡
走着
静静悄悄

雨滴
被一点点啄掉
树梢上
鸟叫？
草叶猛然一抖
不，是羽毛

1970 年 10 月　昌北农场

回想

冻红的西天,
飘过一线大雁;
微弱的雁鸣,
传进倾斜的鹅圈;
鹅群蜷缩在
温热的翅下,*
回想着远去的春天。

1970 年　二连.和爸爸煮猪食

祝福

哭唱着走着送殡的队伍,
灰布飘着沿着荒弃的路;
乌鸦干涩而响亮地叫着,
不知在为谁祝福。

1970 年 11 月　火道村

---

* 此句作者曾写为:各自温热的翅下。

漫游

长江的波流,
东海的浪涛,
苏州的绿野,
青岛的长滩,
祖国的富饶,
自然的美,
铭刻在我的心中。

火山爆发了,
积雪融化了,
泉水在岩石的皱纹中喷涌,
飞溅的瀑布连接着天际的彩虹。

拾起一块黄锈的铁片,
燃起炉火将它锤锻,
做成一把灵巧的刻刀,
雕刻着文字和语言。

月色朦胧,
在艺术的椰树下酣睡;
浪花追逐,
在文学的大海边畅饮。

1970 年 11 月 10 日　火道村

潍河之冬*

　　松疏的沙滩上，
　　横躺着上百只大木船；
　　它们像是疲乏了，
　　露出宽厚的脊背，
　　晒着太阳……

　　多么辽阔呵！
　　没有人声；
　　河岸边，
　　开满了耀眼的冰花；
　　沙洲上，
　　布满了波浪留下的足迹
　　——微细的纹路；
　　黄锈的铁锚斜躺着，
　　等待着春天的绿波。

　　冰冻的河是蓝色的，
　　无云的天是蓝色的；
　　多么单纯的颜色，
　　阳光润湿了大地的皮肤。

　　毡毯一样的沙滩
　　睡熟了；
　　它是美丽的，

---

* 该诗于多年后发表时，改题为：冬天的河流。

却没有——一枝生命的花朵。

1970 年 12 月　下营村外*

礼貌

被人丢弃的，
我总默默寻找。

被人争夺的，
我总偷偷丢掉。

当遇到惊奇时，
我说：这是礼貌。

火道　岁末

友谊

我看见"友谊"像艳丽的花
我知道花会凋零

---

* 下营村离作者所在村约十华里。

我看见"友谊"像纯洁的雪
我知道雪会溶化

我看见"友谊"像芳香的酒
我知道酒会变酸

我看见友谊像不朽的金
我知道黄金的重价

1970 年 12 月 31 日　写给父亲

· 旧体诗 ·

拾草歌

清风吹黄枝,
飘零秋叶落。
手提竹筐来,
拾回去烧火。

叶茂叶又落,
怅然岁月过。
岁月可曾多,
化为烟与火。

山水凝又溶,
岁月磨人心。
心中多少事,
恰似三九冰。

思潮波澜起,
映照星月寒。
满怀悲壮志,
寂寞多少时。

1970 年　火道村

十三岁学声

远足歌

君行流中堤,
两岸冰雪白。
春风拂面过,
春水滚滚来。

微丝歌

恶蠓食青叶,
遍地杨丝乱。
家家养柞儿,
谁识桑上茧。

枯桑度千年,
微丝飘不断。
世人谁先觉,
银月空相伴。

射雁歌

长弓满月圆,
遥指雁西天。
心伴春色去,
影随秋花残。

铜弦声灿灿,

雁落筝断线。
百合骤然红,
一腔热血溅。

题姐姐生日

天高星何稀,
井暗水何深。
霞映东方天,
一夜辛苦尽。

晨风吹不醒,
可得浮华梦。
忽念人间事,
黄昏又出门。

1970 年

吟烛

小院空庭散微光,
一柄红烛泪千行。
燃尽素心难见晓,
惟余烟魂向东方。

1970 年 11 月

1971

岁月的早晨

太阳升起来,
拿着七色光焰的画笔,
在大地的调色盘上,
调配着春天的晨曦。

给干黄的枝条,
涂上新生的翠绿;
在田野的五线纸上,
重新谱写生命的乐曲。

蛙鸣,此起彼伏,
赞美着春天——
岁月的早晨。

1971 年 5 月　割草路上

南亚

棕榈树和橡树低垂着头,
太阳猛烈地照耀着城市。
城市静静的,
却没有夏蝉的喧鸣。
……

1971 年　梦中读残句

无名的小花

野花,
星星;点点,
像遗失的纽扣,
撒在路边。

它没有秋菊
拳曲的金发,
也没有牡丹
娇艳的容颜,
它只有微小的花
和瘦弱的叶片,
把淡淡的芬芳
溶进美好的春天。

我的诗
像无名的小花,
随着季节的风雨
悄悄地开放在
寂寞的人间……

> 1971 年初夏
> 割草归来,细雨飘飘,
> 见路旁小花含露而作。

生命幻想曲

把我的幻影和梦，
放在狭长的贝壳里。
柳枝编成的船篷，
还旋绕着夏蝉的长鸣。
拉紧桅绳
风吹起晨雾的帆，
我开航了。

没有目的，
在蓝天中荡漾。
让阳光的瀑布，
洗黑我的皮肤。

太阳是我的纤夫。
它拉着我，
用强光的绳索，
一步步，
走完十二小时的路途。
我被风推着，
向东向西，
太阳消失在暮色里。

黑夜来了，
我驶进银河的港湾。
几千个星星对我看着，
我抛下了
新月——黄金的锚。

天微明,
海洋挤满阴云的冰山,
碰击着,
"轰隆隆"——雷鸣电闪!
我到哪里去呵?
宇宙是这样的无边。

　　* * *

用金黄的麦秸,
织成摇篮,
把我的灵感和心
放在里边。
装好纽扣的车轮,
让时间拖着,
去问候世界。

车轮滚过
百里香和野菊的草间。
蟋蟀欢迎我,
抖动着琴弦。
我把希望溶进花香,
黑夜像山谷,
白昼像峰巅。
睡吧!合上双眼,
世界就与我无关。

时间的马,
累倒了。
黄尾的太平鸟,

在我的车中做窝。
我仍然要徒步走遍世界——
沙漠、森林和偏僻的角落。

太阳烘着地球,
像烤一块面包。
我行走着,
赤着双脚。
我把我的足迹,
像图章印遍大地,
世界也就溶进了
我的生命。

我要唱
一支人类的歌曲,
千百年后
在宇宙中共鸣。

1971 年盛夏　自潍河归来

我赞美世界

我赞美世界,
用蜜蜂的歌,
蝴蝶的舞,
和花朵的诗。

月亮,
遗失在夜空中,
像是一枚卵石。
星群,
散落在河床上,
像是细小的金沙。
用夏夜的风,
来淘洗吧!
你会得到宇宙的光华。

把牧童
草原样浓绿的短曲,
把猎人
森林样丰富的幻想,
把农民
麦穗样金黄的欢乐,
把渔人
水波样透明的希望,
……
把全天下的
海洋、高山
　平原、江河,
把七大州的
早晨、傍晚
　日出、月落,
从生活中,睡梦中,
投入思想的熔岩,
凝成我黎明一样灿烂的
——诗歌。

1971 年 6 月

乞者

你给我金钱,
我赞美你,
用我的嘴唇。

你给我同情,
我赞美你,
用我的心灵。

1971 年夏　草滩上

蝉声

你像尖微的唱针,
在迟缓麻木的记忆上,
划出细纹。
一组遥远的知觉,
就这样,
缠绕起我的心。
最初的哭喊,
和最后的询问
一样,没有回音。

1971 年夏

那是什么,远远的

那是什么,远远的……

是秋风追赶落叶?
是春雨淋洗绿枝?
是雪水流过窗前低低的足音?
是白杨穿过秋夜微微的叹息?

那是什么,远远的……

是水花的波澜?
是海潮的汹涌?
是虎豹裂肝碎胆的吼叫?
是雷电捶天击地的闪鸣?

那是什么,远远的……

是青蛙整齐的合奏?
是蜜蜂单调的短歌?
是城市振翅的喧响?
是生活拥攘的潮波?
那是什么,远远的……

是鼓膜的抖动?
是瀑布的轰隆?
是麻雀惊喜地议论早晨?
是寒鸦凄凉地送别黄昏?

那是什么，远远的……

是生命一下下机械的跳动？
是铁砧一阵阵飞溅的火星？
是煤在火中的欢笑？
是锌和铜在相熔？

那是什么，远远的……

是什么，远远的……
我在梦中，听不清……

1971 年　夏天　午觉初醒时

幻想与梦

我在时间上徘徊，
既不能前进，也不想
　　　后退。
挖一个池沼，
蓄起幻想的流水。
在童年的落叶里，
寻找金色的蝉蜕。

我热爱我的梦，
它像春流般
温暖着我的心。

我的心收缩，
像石子沉入水底。
我的心膨胀，
像气球升向蓝空。

让阳光和月色交织，
令过去与将来熔合，
像闪电礼花惊碎夜空，
化为奇彩光波。

早晨来了
知了又开始唱那
无味的歌。
梦像雾一样散去，
只剩下茫然的露滴。

1971 年夏

正午

泥牛依偎着塘水，
太阳炙烤着脊背；
光环张开又收紧，
绿萍也开始枯萎；
希望像淡薄的云影，
追求会把它撕碎；
闪耀不定的光芒，

包围了光滑的眼泪。

1971 年初秋

中秋漫笔（一）

太阳吐丝一样，
将霞光绣在西天上，
当它绣得满天锦缎，
已经变成了通红的夕阳。

锦缎妆裹着安静的池塘，
夕阳里游动着七彩的牛羊，
收工的人影闪闪耀耀，
水波中划过隐约的歌唱。

风箱有节奏地哗哗作响，
炊烟在村边慢慢游荡，
枝叶稀疏的村庄背后，
夕阳悄悄地变成了月亮。

月亮代替太阳升上高空，
清凉安详地望着谷场，
谷场上有两个不喜欢回家的小孩，
躲在丰收的谷垛后正捉迷藏。

1971 年中秋

中秋漫笔（二）

当晚霞化作乌云消散，
月亮已升上高高的夜天，
撒下光辉也撒下欢乐，
世世代代养育了多少家园。

1971 年中秋

中秋漫笔（三）

透过倾斜的葫芦架，
夜空撒下点点寒光。
一只蜘蛛爬近月亮，
默默地织它生活的网。

月亮像是漂浮在深秋的池塘，
一丝风也会吹起它的哀伤。
相哀相怜的还有憔悴的杨叶，
不声不响伏在月亮身旁。

1971 年中秋　夜　火道小院

中秋漫笔(四)

我有无数金色的梦想,
遗失在生活的路上。
难道它还不如冷冷的星月,
虽然遥远,却也久长。

1971 年中秋

中秋漫笔(五)

秋风熄灭了幻想的烛火,
化成一缕轻烟飘向银河。
黑暗中道路更加坎坷,
失望的云朦胧了希望的月色。

1971 年中秋　茅屋中

牛车春秋

一

吱咔吱咔——
经过一个慵懒的冬天,
牛车的歌声都有些新鲜。

冻土变得柔软湿润,
牛车边走边印下花纹。

杨花和桃花像细雨样飞落,
牛车行进着像凯旋的彩车。

二

咔吱咔吱……
经过一个忙累的夏天,
牛车的叹息都有些困倦。

泥泞结成脆弱的薄冰,
牛车边走边听见呻吟。

枯枝和枯叶在寒风中飞舞,
牛车蹒跚着不想走向坟墓。

1971 年 牛车上

石岸

寒风推动清亮的波澜,
波澜拥向歪斜的石岸。
石缝中一株淡绿的幼芽,
顽强地展开小小的叶瓣。

1971 年 水塘边

土块

铧犁翻起浸霜的土壤,
土块便获得了生命和力量。
尽管它们还伏地未醒,
春天的种子已在萌发生长。

1971 年

路灯

黑夜灌醉了一盏盏灯火,
一个个窗口断了光波;
最后只剩下村头的路灯,
亮闪闪地嘲笑没酒量的夜色。

1971 年

中枪弹的雁

灿烂的夕阳前,
飞过哀鸣的大雁;
血滴着,

和晚霞一起染红了地面。

矫健的翅膀不再能张开,
好看的翎羽也渐渐变暗;
只有眼睛是那么的明亮,
凝固的光中也许是远去的同伴。

夕阳像它破碎的心,
慢慢下沉,
愿能带它去天的另一边。

1971 年秋　荒野中　和爸爸《沼泽里的鱼》

风车

小路停止爬动,
郊野凄凄凉凉。
一个小纸风车,
丢在发白的草上。

风翅仍在旋转,
变幻着彩色的希望。
它被微风欺骗,
徒劳地追赶夕阳……

度过空白的严冬,
又是早春时光。

万物从冰雪中萌生,
恢复了记忆和理想。

这时虔诚的风车,
只剩骨骸飘荡。
候鸟疾速飞过,
谁也不对它张望。

1971 年秋

噩梦

我忍耐着
午夜无声的嘲弄
和
星星轻蔑的眼神
在陌生的路上探索
进了辉煌的城……

月亮在电弧灯下
面色惨白
我疲倦得发抖
从心里感到冷
但汽车的怪笑
却让我不能安宁

我站在台阶上

呆望着镀镍的转门
忽然想起了
故乡的水滨
水吸蚀着我的身体
夜跟上来压碎了我的心

我说
我要睡了
我要睡了
我要睡了
死也许就是这样的一场梦

1971 年秋

漫游（二）*

在仰光金塔的阴影里，
买一杯椰子水；
在南极漂浮的冰山上，
拍摄耀眼的极光；
在沙漠绿洲的泉水旁，
用鸵鸟毛写下寄给远方的书信；
在杳无人烟的针叶林里，
吹响悦耳的芦笛；
在拥挤喧哗的街道上，

---

* 1970 年诗档中收有作者的另首《漫游》，此处编者加"（二）"以区别。

和二十年前的学友重逢；
在热带草原的蚁冢边，
与刚熟识的旅伴下棋；
在荒砺硕大的石块上，
烧开一壶浓厚的甜咖啡；
在红海平坦的滩岸旁，
打开一听鲜美的沙丁鱼；
在昌北狭小的茅屋里*，
蒸煮着粗粟黄米；
在长沙湘江岸边，
剥开湖南蜜橘……

1971 年 11 月 14 日　给长沙孙叔叔的信

梦曲(二)**

我辞别了睡梦的小船，
踏上浸透霞光的海滩。
大海含着无尽的微笑，
把送别的浪花撒在我脚边。

1971 年　写给妈妈

---

*　昌北：即昌邑县北，作者所居村所在地。
**　1969 年诗档中收有作者的另首《梦曲》，此处编者加"（二）"以区别。

· 寓言故事诗 ·

疯狂的海盗*

一只破船在海流中打转,
几个疯子在船上狂颠。
"我要用刀剑砍平浪潮!"
"我要用斧钺斩断时间!"
"把天空戳漏、戳穿!"

他们杀砍着阳光和空气,
连同自己的船体与绳缆。
"我们的皮靴要踏遍每个国度!"
"我们的徽志要升上所有旗杆!"
"把地球踩扁、踩烂!"

破船进了海水,沉了一半,
"呵哈!地球已被踩扁!"
在疯人的狂笑中,
波浪却把他们埋葬,
只留下一片残破的帆。

1971 年秋

---

* 诗初题为"沙文武士"。多年后,作者将诗列入他的寓言故事诗集,是该集中写作时间最早的一首。

工农兵文艺*

无限春天

三月的春日高照
——河滩暖,
三月的春风轻吹
——河水蓝,
一只船
水波纹上滑过来,
一只橹
摇得满天光闪闪。

呵!——
"千山植树队",
小红旗美美船头站,
飘呵,舞呵,
羞飞燕。
呀!——
"都是大果园。"
植树姑娘们指荒滩,
说呀,笑呀,
乐不完……

---

* "文革"时期(自1968年起)对革命文艺的叫法。当时除了"工农兵文艺",其它文艺不可面世。此栏列入的是作者后来没有收入诗档,而将其称作"工农兵文艺"的一些诗。作者当时在写自己的诗的同时,也为集体写一些,并力图写得具文艺性。

蓝波拍船舷：
"船儿高高装什么？"
木橹画水圆：
"无——限——春天……"

1971 年 3 月

节日的盛装

挖一个浅浅的探井，
移入一枝树苗像竖起一小座油塔，
汲取自然的美，
汇成绿色的海洋。

给春天增一笔鲜丽的颜色，
给村庄筑一道喧哗的篱墙，
给大地织一条朴素的花边，
给祖国剪裁节日的盛装。

1971 年春

1972

病

没有暴风,
没有疾雨,
阳光似乎是太亮又太暗,
黑夜似乎是太吵闹又太静谧。
时间走得很慢很慢好像忘了走,
翻开一页书却是看了两个钟点,
也没看完一句。
灯火摇曳,
瞑目喘息,
忽然翻身跳起,
又重重地跌倒在地;
还好,
还能看到血,
还能感到呼吸。

1972 年 1 月

早晨 (三) *

雪花是巨大的,

---

* 1967年和1970年诗档中收有作者的另二首《早晨》,此处编者加"(三)"以区别。

作者后曾保持标题另写为:雪花是巨大的,/像扇形的树,/披着浓霜,/在村边土堤上,/在村边土堤上。//走得远远,/再回头张望,/再回头张望,/曾几何时,/自天而降?

巨大得像树，
在村边土堤上，
独自散射着银亮的寒光。

走了很远，
仍回头张望，
惊其何时，
自天而降？

1972 年 2 月　火道—农场　路上

窒息的鱼

冰层绽开了——
浮起无数窒息的鱼。
它们大睁着混浊的眼睛，
似乎还在表示怀疑。

1972 年 3 月　农场外池塘

小树

小树被压得很弯很弯，
弯成力的半圆；
随即它又挺立而起，

让我想到弓的起源。
风复又将小树压弯,
小树复又挺身而站;
那一支支箭射向哪里?
我不断延长我的视线。

1972 年 3 月

小树 (二)

刚进城的小树
不安地在街头停立

市场在轮镜中
旋转得无声无息

小树刚想问路
便招来一阵唾弃

真理刚贴出广告
叫做:不许怀疑

1972 年 6 月　蓬莱

雨后

雨后
一片水的平原
一片沉寂
千百种虫翅不再振响

在马齿苋
肿痛的土路上
水蚤追逐着颤动的水波

花瓣,润红,淡蓝
苦苦地恋着断枝
浮沫在倒卖偷来的颜色……

远远的小柳树
被粘住了头发
它第一次看见自己
为什么毫不欢乐?

1972年6月割麦

夜归

大地黑暗又平静
只剩下一盏路灯

树影亲切又阴森
遮断了街旁的小径

我的心发热又发冷
忍受着希望的疼痛

1972 年 7 月

找

我在一堆稿纸中乱翻，
寻找往日欢乐的诗篇。
谁知那已不是闪光的金箔，
早已长满了岁月的锈斑。

1972 年 8 月

阵雨

好呵，阵雨猛浇，
把一切污泥冲掉，
只留下纯净的石块，
在烈日下尽情发烧。

1972 年 8 月

落叶

你曾长在高高的树梢,
现在却甘作小草的肥料;
如果谁都像你那样无私,
来年的春天一定美好。

1972 年 10 月

小风景

楼窗中
　　　伸出几支竹竿
　　　挂满湿衬衣……

　　　晴转阵雨。

小榆树在煤堆上——
　　　　敬礼
　以为那是
　　　万国旗。

1972 年 10 月

巨石

巨石在嶙峋的岩坡上滚翻，
在撞击中抛出无数裂片；
有一天这裂片把我刺痛，
告诉我怎样写斗争的诗篇。

我不是巨石却也在翻滚，
我的诗只发出小小的声音；
它没有溶入时代的洪流，
它只是支独唱的歌曲。

1972 年 11 月

· 旧体诗 ·

玉关情

一

风扫大漠见军营，黄天迷茫号嘶鸣。
闻敌今来千百万，将军抚剑笑失声。

二

金鼓折旗望不尽，白骨山高血河深。
将军住马赏夕阳，不见江东子弟兵！

三

戈壁长夜星漫空，红烛摇摇何处梦？
合眼稚童看灯笑，举目沙海默相认。

四

回师遥遥玉关雄，将军仰天观青云。
突闻平地一声吼，三尺银鞍血泪迸。

五

蟠松苍苍玉碑莹，石阶垂花无蝶蜂。
三层地府压虹剑，九霄云天悬月刃。

六

风摇针叶细雨轻，将军黄泉志未平。
壮士百战争寸土，褒姒一笑送华中。

七

不怜秋叶染霜色，谁惜春国草木青。
南雁年年逐红霞，北海岁岁是黄昏。

1972 年初　火道

春江图

桃花满枝红映柳，麦苗千倾绿泛油。
小路弯弯出密林，一江春水浓如酒。

春江光碎漂轻舟，水照渔人影更瘦。
遥看青天欲落泪，一网辛酸半网愁。

沙岸斜卧新月丘，碧天云轻曼浮鸥。
收网未尽银鱼跃，欢波推舟入中流。

1972 年春　潍河

青竹林

星粒消，
月弧沉；
千里灯火无，

长夜松墨浓。
暗风突起,
乱箭飞雨破窗棂;
光寒处,
万千电马飞银鬃,
雷轮震天庭。

翠枝低,
碧叶嫩,
路畔草绿新。
雨后小径无人过,
湿泥螺塔盘蚯蚓。
岩水影蓝,
石桥苔浓;
迷途游淡雾,
灵芝古柏又几重。

风轻轻,
忽闻细语声;
信步去,
扬声问路津。
人不答,
声未尽,
原是一片青竹自成林。

1972 年 4 月

大河夕时

夕阳浴水汽,大河溶铅锡。
三两白鸥落,万千火星起。

1972 年潍河

夜雨

夜雨入红栏,
烛火颤颤;
何怨?何怨?
水声正绵绵。

雨息,
夜半,
春草伏处路不见;
空徘徊,
踏熄萤一片。

1972 年 火道

读史

胡尘一入哥特西,罗马万金拜单于。
谁知全欧皇太岁,却是汉关夜遁骑。

1972 年　火道

· 工农兵文艺 ·

五十步笑百步[*]

  战鼓擂响,唤起了无数刀枪,
  两个逃兵飞快地溜出了战场。
  一个逃兵跑了一百步才停下喘气,
  一个逃兵跑了五十步便开始张望。
  后者忽然发现了前者的丑态,
  刹时间就觉得自己气概轩昂:
  "你临阵脱逃竟到达了百步,
  纯粹属于丧失重大的原则立场。
  要不是因为我的抵制、抗争,
  我们国家说不定早已崩溃灭亡!"
  这壮烈的声明也许还未大错特错,
  但读者却要产生一些怀疑、联想:
  等到战鼓再次隆隆地响起,
  五十步者会不会逃到百步以上。

1972 年 1 月

---

[*] 这首诗为连队黑板报稿。时作者正同父亲一起喂猪,一并参加连队的一些活动。诗为他人抄留。

1973

满月

更深了，村庄沉入梦乡，
云影后，露出你丰圆的脸庞。
我飘过荒路走向你，
你却高浮在夜天上。

在水池边，我找到你，
多少欢笑在水中荡漾。
突然银波凝成了浊水，
热泪烫伤了我的目光。

鸡啼时，你走了，
不愿再饮这暗淡的哀伤。
只剩下一颗将碎的心，
在倾听蚊虫吮血的歌唱。

1973 年春　蓬莱

醒

晨风，为什么，
　你吹散我的梦？
迎春花闪耀着，
　野蜂嗡嗡。
我愿像大地样，

永远睡去，
让夏夜的薰芳，
　　淹没迷醉的心灵。

没有可厌的鸡啼，
　　撕碎静寂的世界，
我合着眼，
　　便是夜，永无天明；
太疲乏了，
　　不想浮起，
就让一切深沉在地心。

太阳烤热了血，
　　我像又有了生命，
我又有了视觉和听力，
　　一片大自然的幻影幻声。
呵！草原上，
　　落满了梦中的星星，
　　——晨雾的纱，
　　阳光的绒，
擦得露珠亮晶晶。

1973 年 3 月　济南

雨

一

　　世人躲在

屋顶和伞下
我却狂喜地
　　　迎接你
下吧
　　　飞泻吧
　　　倾倒吧
　　　　　雨
我张开
　　　我的手
　　　我的嘴
　　　我的灵魂……
但——你
　　　却只
　　　　草草地淋湿地皮
我的悲伤呢
　　　痛苦呢
　　　　　还有那漫长该死的记忆呢
你
　　你都没有
　　　　洗去
我
　　失望了
　　　抖着
　　　　　要撕碎你
但你
　　只是
　　　冷冷地打湿我的单衣
我
　　怎么办
　　　怎么……

不能
　我狠狠地抓紧自己

　　二
你走吧
　连同磨人的安慰
我不要
　从不需要
像枯死的草
　再不要泉水
我要远远地走开
　狂饮那
　　绝望的泪
我
　呆望着云
盼那森冷的电
　把——
　　　大地击焚
我幻想
　像灰烟样
　　飘入高空
你来呀
　快呵
　　残忍
我的头
　在枯杆上
　　沙岩上
　　　碰
让死
　来麻醉

我翻滚的心灵

　　　　三
好了
我的头——
　　　地球
　　　　　碎了
思想
　　　田野的裂片
　　　　　　　在沉没
我
　终于
　　　　找到了你
熔岩
　　　热血
　　　　　滚滚潮波
我再不是
　　　凝冻的溪流
也不是
　　　平板的江河
我是死灭的大海
　　　蓝焰疯舞
　　　　　洪波狂歌
世界吗
　　　在我的餐盘里
我吞着
　　　咬着
　　　　　笑着
听那城市
　　　被嚼成粉末

我吃尽了
　　宇宙
　　　　和我自己
我的胸爆裂了
　　我自由了
重新得到了
　　生活

1973年　济南

河（一）

当我合上眼，
思想便渐渐地微弱，
闪着蓝光，
像疲乏的烛火。
我生命的温泉，
在夜、在梦、在地层中潜流。

在那溶凝无隙的黑暗里，
它似乎是停止了，
但时光和水花汇成的歌，
却无止息地仍在传播……

初春的芳香，
浸透了沙岩、石砾，
于是，大地便在荡漾中复活。

淡淡的,
像晨光样渗出,
似露滴般闪烁……
呵!苏醒的风,
吹动半天锦霞、一匹清波……

它在云雾的帐幕中玩耍,
又从彩虹的脊背上滑过,
终于从高天飞泻而下,
淹没了人间的一切沙原、荒漠。

它是什么?
是……
呵,就是我,
是我生命的江河。

1973年 济南

河(二)

风,
在小树林中摇响;
浪花迭着,
西斜的日光;
即使那月色,
冲淡了夏的威严,
细砂却还带着余温在发烫。

秋虫低低地唱。

我和月,
沉浮河中,
它们是多好的伴侣,
在这清淡的夜中闪亮……

1973年 济南

河(三)

……村庄的暗影,
漂在银波上,
没关系,
暗中也有光明,
看那萤火点亮了希望。

微波拍着,拍着……
长满绿苔的石子,
开始跳荡,像是——
注入憧憬的眼睛,
吸饱光华的心脏。

波影消失在迷蒙的远方。

满天星斗,
都落在我的眼里,

都告诉我:
道路,
还有那样长——

                        1973 年　济南

银河

银河,竟是一条发亮的小溪,
两岸闪烁着星花和诗句。

你的身影在波光中舒展,
我的心灵也溶化在水底。
但银河毕竟是银河,
它的美好并不说明它的意义。

但愿我们能循着神秘的两岸,
一直走向永恒的安息。

                        1973 年　济南

春柳

沙丘

在慢慢延展
春柳
像喷涌的绿泉

昨天,从前
噩梦抖动如闪电
阴云掩埋童年
在秋天的水边
没有燃尽的败叶
还在余温中留恋

河滩上
足迹散乱
我寻找着枯枝御寒
呵,在蒙霜的土地上
叶芽正悄悄绽裂
星星点点

终于终于,来了
春天
湿风吹胀了落帆
暖流摇晃着冰面
你成长了
你成长呵
脚下是疏松的沙地
头上是晶亮的晨天
纤长,劲健
清美,新鲜
睫毛含着梦的露水
长发浴着春光无限

你成长吧
月月，年年
我却渴望
黄沙相伴
时间的流水
总会淹没诗页
像冲走落叶几片
生活的季风
也将吹散思絮
像吹散浮云一团

1973 年

我是黄昏的儿子

我是黄昏的儿子
我在金黄的天幕下醒来
快乐地啼哭，又悲伤地笑
黑夜低垂下它的长襟

我被出卖了
卖了多少谁能知道
只有月亮从指缝中落下
使血液结冰——那是伪币

泥土一样柔顺的肤色呵
掩埋了我的心和名字

我那渴望震响的灵魂
只有鞭子垦出一行行田垄

不断地被打湿，被晒干
裂谷在记忆中蔓延
可三角帆仍要把我带走
回光像扇形的沙洲

海用缺齿的风
梳着发白拳曲的波发
乌云的铁枷急速合拢
想把我劫往天庭

然而我是属于黑夜的
是奴隶，是不可侵犯的私产
像牙齿牢固地属于牙床
我被镶进了一个碾房

我推转着时间
在暗影中，碾压着磷火
于是地球也开始昏眩
变音的地轴背诵起圣经

青石上凿出的小窗
因为重复，变成了一排
也许是迷路的萤虫吧
点亮了我的眼泪

这是启明星的目光
绕住手臂，像精细的银镯

我沉重的眼帘终于升起
她却垂下了淡色的眼睫

我是黄昏的儿子
爱上了东方黎明的女儿
但只有凝望,不能倾诉
中间是黑夜巨大的尸床

       1973 年 济南

· 旧体诗 ·

小病吟（十六首）

一

霜枝乱如草，星花几点娇。
清香不为甚，惟有迎春早。

二

杨柳欲发夜，紫气伴白雪。
望春愁春人，空问将残月。

三

海风过清明，大地复芸芸。
春返人不返，拍手笑老翁。

四

雁行飞不断，芳草遍地萌。
时光无限期，日日是新生。

五

石膏磨画意，纸花裹诗情。
可怜蠹虫志，蛀空黄粱梦。

六

不见今日面，还闻往日声。
淡淡一轻笑，万感尽包容。

七
似恨恨不毒,似爱爱却苦。
我愿天地崩,断尽回头路。

八
落日古柏下,凝神望黄昏。
虫鸣红叶里,人叹白发中。

九
今日壮怀时,遥想前生事。
长啸盖飞瀑,生死阻相知。

十
沉云摧山势,洪水拥枯枝。
夕阳天缝里,余晖复几时?

十一
恨不裂长空,横断日月行。
壮志几时付,大业何日成。

十二
今朝挥泪别,何日复相见。
天际再会时,红霞染童颜。

十三
别来无知己,三载杳音息。
白发三千丈,黄泉八万里。

十四
春来梧桐雨,秋日犹点滴。
闲愁甚梧桐,何日方止息?

十五

枯萍遮不住，秋水愁多少？
终有流尽日，多少不了了。

十六

秋雨住天明，小院水如镜。
不敢倚门站，恐见白鹭行。

1969 年至 1973 年

白云梦（十三首）

一

峰顶小店白雾中，
彩光映栏绿谷深。
把酒洒地醉红花，
举杯向天祝青云。
沉睡万年江海溢，
舒醒双臂鸟兽惊。
忽觉人间天地小，
打破苍穹落流星。

二

鸦尘漫漫倾天空。
冷月漠漠古国行。
荒山幢幢如铁色，
落叶叠叠似梦重。

天纵银汉霜枝脆,
地横冰河雪花松。
莫道天地无生华,
只待一夜起东风。

三

风过大谷滚雷鸣,
凝云迷茫传回声。
水落悬崖千滴泪,
冰碎险礁万颗心。
长空苍苍飘团云,
大河荡荡浮残冰。
金戈映日铁马跃,
一江春水出昆仑。

四

蹄声如雷军车动,
队列纵横旗迎风。
铁戈挥溅碎落日,
玉剑飞迸断长虹。
熔尽星月铸兵械,
舀干银河洗马尘。
沙岸高奏凯旋曲,
热血扬波荡乾坤。

五

沙岸独立望黄昏,
雄心尽付东流情。
光徊红云成万马,
潮涌白浪生千军。

神游来世八百里,
鸦哗古木一惊心。
凝念未觉清影移,
归途但见月婷婷。

六

土墙杏花几点红,
雨燕送信入柴门。
百年古竹挥玉液,
半寸凤毫舞金龙。
一语相知鹅毛重,
千镒无义泰山轻。
依窗吹箫送春水,
答谢万里作书人。

七

饮罢边地泥沼水,
方知天庭玉泉清。
长念幼时钓虾处,
犹记少年避雨门。
半坡春花迎宾至,
一叶秋枫送人行。
昔景如梦不复见,
闲看巨蛛捕繁星。

八

长滩落潮桅影斜,
波光粼粼出新月。
天穹摇曳失金牛,
大地回转走泥蟹。

新桥散影虚沉浮,
古阁流光空明灭。
夜海万倾天渊平,
梦魂沉沉不可越。

九
晨日踏露莱州滩,
湿风争把鸟语传。
水清树低折花易,
草盛路隐拾柴难。
枯木皮裂入藤筐,
朽棺血红睡竹篮。
诗情醉心不果腹,
轻云怎比半村烟?

十
黑墙一壁遮霞天,
暗香传自土灶前。
千载怒火腾烈焰,
百世怨气结浓烟。
璺甑蒸酒酒色淡,
坍坟积雨雨水咸。
桌前遥敬万代鬼,
遗下棺木做早餐。*

十一
心飘云外天涯畔,
身随俗世几千年。

---

* 作者于火道村生活期间,须拾柴草起火做饭,废朽棺木一概捡拾("文革"初期大量坟冢被铲除,棺木四散,当地人出于忌讳并不拾捡)。

阳春风轻花未开,
中秋星稀月不圆。
太空浩荡风雨动,
大地巍峨冰雪坚。
挟风驰冰游世界,
为寻人间不周山。

十二

春秋如潮涌钱塘,
人生一世几落涨。
长山咸风吹旧雪,
蓬莱苦云溶新霜。
冷砚凝愁松墨暗,
秃笔久恨芦纸黄。
秀水寒山几相照,
天地飘影无还乡。

十三

千里逐波到长山,
百年风雨断碑残。
长松独立黛岩岭,
闲鹤群栖黄沙滩。
水波拍日出碧海,
石崖托月上青天。
欲登白虹入云去,
不知梯栏在谁边。

1971 年至 1973 年冬　火道村(潍河)　蓬莱(长山)

寄妈妈（二首）

一

木船残灯照，影卧金沙洲。
光连天河水，共寒十月秋。
霜枫散霜叶，孤梦复孤舟。
且将夜半曲，付与沧海流。

二

隐隐星月熄，湿风卷大地。
电光青如紫，滂沱水花击。
鹰展遮天翅，鲸摇荡海鳍。
漂流愁无限，漫天雨有期。

1973 年

海愁

大海愁！
朝夕皆白头；
击铁壁，
惊起闲鸥——
"壮士何有何有？"

问古炮石兽，
江山谁守？

不堪陈锈。
岁岁长风吹东海，
芳草漫空楼。

1973 年　蓬莱阁上

赠友

路遇未相知，刻为生死友。
肺腑荡四海，肝胆照千秋。
冷眼霜天色，热血沸江流。
万里波澜阔，可与共同舟。

1973 年

大雾梦

序　歌
孤城大雾不见天，羌笛怎堪杨柳怨。
待到冰雪化雾时，方知春风别玉关。

八股赠路人
几曾游沧海，不见天下人。

慨然向天宇，极目浩气升。
山边春醉花，江畔浪淘金。
天地无限美，何物伴我存。

瘴云漫野起，叶乱月色昏。
雨淋土墙斜，风吹茅屋惊。
高歌燕垂泪，低吟鼠失声。
昌北苦硷水*，亦能醉我心。

今日复明日，杨花送残冬。
波澜几千里，喜遇一帆风。
青苔依石长，红萍浮水生，
春光何处在？迷蒙大雾中。

和八股
几曾展翅膀，遨游在云中。
寰宇大无边，伴我豪气升。
绿荫群山铺，白帆天际行。
天地无限美，万物伴我存。

夜沉乌云浓，顶天起雷鸣。
雨洗小庭院，银光画页凝。
狂风中堂舞，旋乐四周惊。
轰雷伴我唱，高歌向低空。

今日复明日，娇阳化残冬。
浩风几万里，大江一飞虹。
雪山白莲开，冰川青柏浓。

---

* 昌北即昌邑北，作者生活村落所在地。那时那里土地盐碱化严重，饮用水亦苦涩。

春光何处是，壮丽人生中！

1973年，和段* 自改于1974年，济南

怀古诗哲十二章

庄　周
身没土巷浊，神游太虚清。
下瞰寻寰宇，尘乱不可分。

屈　原
汝为屈之源，恨使四海咸。
悲心恸潮浪，浩荡满人间。

陶　潜
素有济世志，却无功名心。
飘逸桃花岸，春来常芳馨。

李　白
才高凌天庭，狂歌万世行。
自嫌天地小，却道山海空。

杜　甫
奔走山川寂，漂流江河空。
笔下铺金玉，无以换冷羹。

---

* 段，作者在济南时的一位长者朋友，看作者的前首诗，改了几个字韵，并写给作者一首诗。作者便沿用这首诗的韵字又回了后一首。

柳宗元
柳州柳千尺,愁君愁万丈。
宏愿竟如絮,茫茫散大荒。

李 贺
不喜人间语,常作神鬼言。
奇才厌俗命,小舟渡黄泉。

白居易
文若西湖水,情胜钱塘潮。
未洗凌霄殿,却育万顷苗。

苏 轼
炎凉变月影,兴亡催潮升。
吹渡八万里,总是大江风。

李清照
词若清泉洒,命如黄花消。
尘世葬千回,诗魂总轻飘。

陆 游
放翁气生虹,报国恨无门。
排律列战阵,字字金鼓鸣。

辛弃疾
稼轩生东海,纵马走江淮。
不当臣金陵,空负回天才。

1973 年 *

---

* 《庄周》《陶潜》两首为 1978 年加。作者同时加写自我调侃句,题"顾不上",并谑称"十二章"为"十三章";句如下:马骏非鞍蹬,/无缰自千里。/但若恋升粟,/槽头死老骥。

· 工农兵文艺 ·

飞虫集

蜜蜂聚在一起为了创造，
白蚁聚在一起为了破坏；

蜜蜂飞舞传授花粉，
苍蝇飞舞散布细菌；

蜜蜂不会歌唱阴霾，
疟蚊不会歌唱曙光；

蜜蜂为大家酿蜜，
蝴蝶为自己采花；

蜜蜂根据阳光辨别方向，
蜉蝣根据风头选择前程。

1974

再生

　　　一
　　……
你突然来了
　　无言地望着……
我说：
　　你好

树荫使屋中发暗
心灵在问：
　　　说什么？
　　　这曾是同一颗心吗？
　　　这曾是无间的心吗？
　　　为什么像
　　　有几重大洋相隔？
……

微风不愿森林睡去
细雨却束住了江河

　　　二
世上难道有真空？
废话会把它填满
　　　语言和意愿背道而驰
　　　嘴角笑着
　　　心在发颤

我对海洋说：

算了！
　　（也许还包括它）
于是我们又相依
不是亲热
只是习惯

一小时
　你送给我
　长？还是短
要看用什么计时——
　是心的跳动
　还是钟的旋转
……

　　　三
　你说答应吧
　是武器，也是一年的报酬
　不爱了么？
　是
　不爱了么？
　是

血于是倒灌倒流
泪也忍不住发抖
紧咬的牙关里
　闪电在割什么？
　一样！——
　爱或木头

你不语

我不语
　　等候
　　——静默算不算恳求？
你没有张嘴
却收紧鼻翼
　　轻轻地：嗯

我想，我永远失去了畏惧
因为我
面对过这样的枪口

　　　　四
又是春天呵
　　　　粉花，翠木
但失去是永恒的
　　　　不会在冰雪中复苏

又是一年
　　　　一年是什么？
你是对的
　　　　你是错误？
春天开始
　　　　春天结束
起于欢乐
　　　　终于痛苦
你懂了
我也懂了
　　　　不懂的是爱
　　　　不知是水晶还是露珠

你在雾中说：
　　　祝你幸福
我笑了
　　　惊叹嘴角的伟大
　　　还能弯曲
心却发木
　　　不知得到的
　　　是温暖
　　　还是残酷

　　　　五
好吧，再见
　——永远
照你景仰的欧式礼节
吻
吻到压白嘴唇
门合上了
　　　是死是生？
门打开了——
　　　事业
　　　是的，事业
　　　我永远唯一的爱人

　　　　　　　　　　　1974 年春　北京

· 旧体诗 ·

红云梦
——四季歌

春
月残清寒尽，晨光入泉城。
一夜雨敲窗，半帘风推门。
湖荡影似叠，树啸梦相温。
日月跨山海，迎来万物生。

几时山为海，一别千年逢。
桃蕊艳似火，柳絮洁若云。
挥枝峰川绿，扬花江河春。
倚借九派水，载罢东流梦。

夏
金蜂酿甘蜜，彩蝶扑花粉。
露滴鸟对啼，树摇蝉相鸣。
别来思千古，逢罢惊一瞬。
胶漆融融时，几度问光阴？

细雨踱小径，热风荡浮云。
夏炎短夜静，日烈长荫浓。
路路连千佛，泉泉汇大明。
几许壮怀语，赠付十年程。

秋

习习长风至，皎皎圆月明。
万树花影醉，一池湖光平。
凝神望凝色，梦语问梦人。
萧萧飘谢时，春花可凋零？

淙淙泉花涌，隐隐荡回声。
浮萍一季鲜，贞梅千古荣。
蒲草三月绿，劲松万年青。
情谊胜于花，美在无限中。

冬

谁向苍天哭，不闻饮泣声。
万物枯为草，川山冷成冰。
洁者寒若银，浊物温如烬。
忽闻南雁啼，笑煞老实人！

我虽为世人，常憎世人心。
喜时皆相贺，愁日谁复问。
踏冰歌天下，乘雪游宇中。
苍上可有道？人间却无情。*

1974 年　济南

---

* 此二行作者亦写为：苍上本无道？／人间却有情。

双赠

自 赠
狂飙横过世,两极风雷惊。
千江溢大海,万峰破长空。
满怀革命志,一腔战斗情。
扬笔书时代,我为人类生!

异 赠
浮燕过花市,影侧蝼蚁惊。
朝啼涨潮海,夕舞落日空。
尽有青云志,决无白发情。
笑游一世代,春光处处生。

1974 年　北京

· 工农兵文艺 ·

火炬，燃烧的旗

火炬，燃烧的旗，
映红了无数年轻的手臂。
我们感到了父辈的体温，
心中奔涌着血的潮汐。
像长征一样穿过黑夜吧——
把光明的种子撒遍大地。
当迷信和贫困在烈火中灭亡，
新世纪的曙光就会升起。

1974 年　济南部队摄影展图片配诗

银色边防线[*]

暴雪滑进山谷睡去了，
战士仍踏着风的余音巡逻。
夜被冻得透明，
笼罩着银亮的山壑。

江里吐出热气，
枪尖绽开霜花几朵。

---

[*] 本诗后发表于《解放军报》。

是战士炽热的心胸,
赋予它这银白的色泽。

寒天上一粒一粒灯光,
正是五千米雪山哨所。
启明星在说,
山下有朵花,山下有花朵……

1974 年

昆仑春色*

夕阳,挽起万里雪波,
又一天在日轮下滚过。
推开车门,叫一声"到家了!"
惊得屋檐下冰柱纷落。

暮云中拾得一线霞火,
捧雪化水煮烤馍。
一缕牛粪的蓝烟,
牵出阵阵笑语、满屋欢歌。

夜深了,
灯火也在油碗中睡熟了。
听这一屋香甜的酣声,
明天又将碾碎多少雪峰冰河。

1974 年

---

* 本诗后发表于《解放军报》。

水泡

你是圆满的谎言,
采珠者却从不受欺骗;
因为你的寿命,
实在过于短暂。

1974年 单位板报

寄封信儿到农村(连环画)*

一

大姐姐,来了信,寄来农村好消息。
张柱、李妞、王小兵,一起回信表心意。

---

* 此为作者参展西城区工人美展作品。 展览时加有副标题:——社会主义大院新事。 此主题作者亦画有更富细节的工笔重彩稿,即展览稿。 这里收录的是水彩初稿。

二

柱写字,妞拼音,小兵画个大玉米。
形式不同心一样,长大也到农村去。

三

写完了,封好了,排排队伍发信去。
笑呀唱,唱呀笑,到了邮筒干着急。

四

别着急,有主意,大家一心齐用力;
你扛我,我踏你,信儿送进邮筒里。

五

排好队,行个礼,唱个歌儿一起寄:
"到农村,到边疆,哪里需要哪里去!"

1975

城郊

一阵春风吹到市郊,
到处都堆满建筑材料——
这边是砖瓦的堤坝,
那边是水泥的山包……

这将是一个巨型企业?
这将是一条运输大道?
高架上的同志没有听见,
他正忙于悬挂口号。

等到又一季春风来到,
这里却变得静静悄悄——
当初惊惶失措的幼羊,
正教授羊羔舔食青草。

1975 年　工地有感

· 寓言故事诗 ·

狐狸讲演[*]

有天红毛狐狸忽然登台宣讲，
说猎犬已经完全变成了豺狼：
"昨天它刚刚吃了可怜的锦鸡，
今天却又图谋杀害山羊！"

尽管红毛狐狸讲得慷慨激昂，
台下听众还是走个净光。
因为谁都看到有根彩色的鸡翎，
正卡在红毛狐狸的牙上。

1975 年

---

* 该诗为作者的墙报稿。几年后作者将其列入自己的寓言故事诗集时，改题为：红毛狐狸的宣讲。

· 旧体诗 ·

秋望

古木衬余霞，
平流向天涯。
长滩排大雁，
远空舞乱鸦。
可叹少黄昏，
可笑曾白发。
人生岂可奈，
蝼蚁蛀国华。
痴梦长不得，
桃源花不发。
怒而向秋水，
欲效鱼潜沙。
无奈血不冷，
焚心痛天下。

1975 年　北京

双恨

常恨李白魂，佯狂逐月影。

自嫌天地小,却笑山海空。

今日我自恨,狂魂附我身。
自有鲲鹏志,却做蝼蚁生。

1975 年

未寄

别来久,
几多沧海流。
壮怀日,
可添半分愁?
今日新松高几尺,
断枝不堪收。
权将无病吟数声,
回音何有?
谁愿同志不同语,
全将思情寄五洲。

1975 年

题姐姐生日（二）

壮志大路行，
遥遥无尽程。
昨踏东海潮，
浪开生巨龙。
今走燕北川，
云碎出大虫。
若问明日事，
须待望青空。

1975 年

小院*陋

小院陋，
砖皆松，
木皆朽；
窗蛹尺蠖，
苔附蜗牛，
碎纸煤烟透。

小院陋，

---

* "小院"是作者对自己工作场所的称呼。作者 1974 年回京后主动进入工作环境差、社会地位低的街道所有制单位工作，没想到因此不能调入高级所有制单位。

却有香椿秀,
拔地十三尺,
亭亭过墙头;
南街车马,
北府高楼,
都不瞅;
独拜蓝天云,
欲乘清风觅自由。

1975 年

· 工农兵文艺 ·

作业本上的"红旗"*

我们班谁要是取得了优秀成绩，
老师就在他作业本上盖个"红旗"；
我也想让"红旗"在我本子上飘扬，
可是我的成绩却很不争气。

我想得"红旗"又不想努力，
这可真是个不好解决的问题；
我抓着头皮一连想了三天三宿，
想出了个两全其美的主意。

我先去找妈妈磨了半天，
要一毛钱买了块大方橡皮；
接着我又用小刀雕刻了半夜，
第二天我本子上就布满了"红旗"。

交罢作业老师叫我留下，
我心里又是不安又是得意；
我不知道我这自制的"红旗"，
会使老师高兴还是生气？

---

* 1975 年春夏出现了一段政治空气较为宽松的时期，学校恢复了使用红领巾并且鼓励好好学习。 作者因一些少年刊物的筹备复刊而写了《作业本上的"红旗"》《战役》《菜粉蝶的"礼物"》《谜语》等诗。

我说:"我想先回家吃饭。"
老师却拿出包点心给我充饥;
然后说要给我讲个好听的故事,
这可真是个意外的奖励。

老师的故事可真叫人入迷。
他讲的是青年时代的毛主席,
从湘江岸边到井冈山头,
毛主席是怎样掌握了历史的规律。

"在长沙师范主席读过许多书籍,
垒起来可以和岳麓山比个高低。
在这些书的开头和末尾,
至今还夹着片片晚霞、缕缕晨曦。

"是晚霞、晨曦和斗争的风雨,
织成了毛泽东思想的伟大红旗。
今天我们要高举这面胜利的旗帜,
日日夜夜更认真刻苦努力地学习!"

故事一直讲到北斗星升起,
我才依依不舍走回家去。
路上我默念着老师爱说的警句:
"要在真正知识的峰巅上飘展红旗!"

战役

我的弟弟过去贪玩无比,

玩的时候他可真有想象力，
他在床上摆上堆破烂，
自称是在指挥什么"战役"。

火柴盒装上围棋子叫做"坦克"，
牙膏皮驮着跳棋子叫做"飞机"，
积木糊满了胶泥叫做"工事"，
皮筋弹出支蜡笔叫做"炮击"。

他一天到晚老打个不停，
还不断统计"战果"、颁发"奖旗"。
这件事说起来非常可笑，
但实际上却是非常可气。

有一回，我要去小组学习，
他却非用我的本子"修筑阵地"。
我一抽本子，棋子就"伤亡大半"，
为这事他把我的日记藏了两个星期。

可是自从他戴上红领巾以来，
忽然就不再摆弄他的"战役"，
整天趴在桌子上又写又算，
只是嘴巴还常在那"英勇杀敌"。

我看他这样觉得十分惊奇，
就问他为啥停止了游戏。
他得意洋洋向我宣布，
说他已经开始了"新的战役"——

"写个字就是招收个小兵，

做道题就是缴获个武器"。
这回我可真服了他的想象力,
什么事都能和玩紧密联系!

菜粉蝶的"礼物"

春天来到菜田中,小白菜们多高兴,
又跳舞,又唱歌,招来好多小蜜蜂。

有棵白菜叫小青,自命聪明不虚心,
不跟大家一起玩,觉得别人都太笨。

一天小青正发愣,忽听有谁叫它名,
一看原是菜粉蝶,浑身白粉香喷喷。

小青问它有啥事,粉蝶假装笑一声:
听说你的衣服美,特来给你把扣钉。

小青一听挺乐意,赶忙拍手把它迎,
粉蝶掏出"绿扣子",钉满小青衣和裙。

粉蝶钉完"绿扣子",叫它不要告诉人。
小青心里乐开花,点头答应"行行行"。

太阳落了出星星,小白菜们都入梦。
小青偷偷看"扣子",看见好多大绿虫!

大虫爬在衣裙上,咬了一堆大窟窿。
小青吓得直发傻,结结巴巴喊救命。

小白菜们被唤醒,赶忙传话请救兵,
胡蜂闻讯拿起枪,萤虫点起小灯笼。

萤虫照亮胡蜂刺,几下杀死大绿虫。
"这些虫子哪里来?"大家齐把小青问。

小青想也想不清,忽听萤虫喊连声:
"瞧你浑身净虫卵,哪能不长大绿虫!"

小青再看"绿扣子",里边空空有个洞,
才知受了粉蝶骗,羞得直说:"我真笨!"

胡蜂告诉小青说,受骗必须得教训;
不和大家在一起,多么聪明也会笨。

谜语

两根天线如丝飘,悄悄伸出小地道;
地道里面敌敌响,不知是谁发电报?

(打一昆虫)

入伍*

熄灯了,号音隐没,
夜已深,只剩小钟嘀嘀歌。

翻来覆去睡不着,
耳畔仍响鼓和锣。

合上眼,一屋鼾声伴心跳,
张目看,满天星星凝望我。

"入伍了!"多少回呵梦里说,
这回却醒着不住地乐。

几时呵!"我是一个兵!"
——跟着喇叭学唱歌。

还记得:"打倒新沙皇!"
民兵会上拳紧握。

前天大叶杨哗哗唱十里,
唢呐送我上火车。

今天白云中飘展旗一面,
锣鼓迎我过冰河。

---

* 发表于《北京文艺》("文革"后更为《北京文学》)1975 年第四期,当时该刊为双月刊。

要记牢世代穷人血泪仇,
我挺身风里雪里去巡逻……

学诗小记

假如没有深厚的蕴存,
笔就会像干枯的油井。
即使加压挤出滴滴点点,
也总掺杂着大量水分。
这样产生的文艺作品,
决不会点燃读者的心灵。

为一轧钢《工人文艺》写

思想火花

草比树长得快,却永远比树矮。
海洋之所以伟大,在于它融汇了所有的大江大河。
成林的树木,才不易被风暴折断。
雪莲之所以美,因为它开在雪线上。

为一轧钢《工人文艺》写

1976

巨星

在宇宙的心脏,燃烧过一颗巨星,
从灼亮的光焰中,播出万粒火种。
它们飞驰,它们迸射,点燃了无数星云。

它燃尽了最后一簇,像礼花飘散太空,
但光明并没有消逝,黑暗并没有得逞,
一千条燃烧的银河,都继承了它的生命。

1976 年 4 月 2 日 *

白昼的月亮

白昼的月亮呵——
像冰山的心脏,
静静漂浮在蓝天的海洋上。

温暖的天海之水,
抚平了你的裂痕,
洗去了你的悲凉……

但却永远不能溶解

---

* 1976 年清明,因为 1 月去世的周恩来总理而成为一个特殊的清明节。 当时作者正借调(工作单位所有制关系,当时只能借调)在《体育报》社任编辑兼记者,有较多的机会前去自发的悼念中心天安门广场。 有感而写此诗。

你心中的冰冻，
那是比水晶更纯的哀伤。

白昼的月亮呵——
像一片巨大的珠蚌，
悄悄地沉浸在云朵的浅滩旁。

富庶的风潮之波，
送来了朝霞的异彩，
送来了霓虹的奇光……

但却永远无法代替
你心头的星珠，
那是比钻石更美的希望。

我愿作一枚白昼的月亮，
不求炫目的荣华，
不淆世俗的潮浪。

终生忠于——
一月八日*的悲恸，
四月五日*的向往……

1976年4月下旬

---

* 1月8日是周恩来总理辞世之日。4月5日是1976年的清明日，群众自发悼念周恩来总理的最高潮日，悼念活动随即被"四人帮"镇压，并被宣布为"反革命事件"。

遗嘱

当泪的潮涌渐渐退远，
理想的岛屿就会浮现。
那时请摘下一页征帆，
来覆盖我创痕累累的长眠。

1976 年 5 月

谱

红蜘蛛，
在蓝蓝的晴空中，
画了一张五线谱。

阳光把那细细的银线，
描得清清楚楚。

蜉蝣和秋蚊，
不再哼它们的小调，
变成了终止符。

1976 年 8 月

粉笔

小时,我常溜进这里,
长长的走廊,阴凉又神秘。
许多大人在埋头办公,
我呢?是来,来偷粉笔。

在长长的黑板下停住,
紧张地伸直手臂,
手指在笔槽间划过,
全部心愿在指尖聚集。

呀,白的、红的、白的、绿!
心中跳着惊恐和惊喜,
忽听见远远响起脚步声,
我吓得差点变成空气。
终于回到大太阳下,
我坐在滚热的路上喘息,
现在可以画一幅大画,
画上所有梦里的东西……

如今我堂皇地走进这里,
我是大人了,哈,有趣!
一切都变得狭小而陈旧,
我也似乎不再是自己。

这样的事过去哪敢想象,
我领到一盒五彩粉笔,

当然地站在长黑板前,
去写一条需要的标语。

1976 年 8 月 *

---

* 此时作者正借调于《人民电影》杂志社任美术编辑。

· 旧体诗 ·

悲风（悼总理）

噩梦惊断魂，悲声半夜起。*
电击三千丈，雷鸣八万里。
长空星月住，大海潮波息。
心比石磨研，鲜血正淋漓！

掩面风泣泣，相见不相语。
残夜掩哀情，霜天尽孝意。
黑纱暗江海，白花照天地。
中华八亿人，是您好儿女。

春风何处去，人民想总理。
贞梅十载荣，劲松百岁绿。
大川千古流，高山万年立。
丰碑何处见，代代人心里。

海洋拥陆地，人民爱总理。
白骨见忠情，赤血写真理。
革命大潮动，战斗风雷激。
苍天亦可倾，人心不可移！

1976 年 1 月

---

* 周恩来去世的哀乐于深夜响起。

祭

山为谁立?水为谁流?
忠魂万古,英名千秋。

1976年4月初

真言

生就高山志,更复大江情。
世人如总理,乾坤自大同!

1976年4月初

碑前

十年烽烟未见停,苍山大海尽蒙尘。
但有泪雨九天落,历史丰碑添新人。

1976年4月初

夕时

风起余晖中，半天飞金尘。
尘飞人欲飞，迷眼亦迷心。
逐者折胫骨，呼者断气声。
一朝残阳落，但余四野空。

1976年 "批邓"有感

秋林

夜风闹秋林，鬼啸欲断魂。
但见乱影后，昏月大且红。

1976年 "批邓"小景

区区蜗室中……*

区区蜗室中，夏盛炉火熊。
汗下黄烟起，胶干紫气蒸。

---

* 诗自作者1976年7月8日写给正在外工作的父亲的信中摘下（诗题为编者加）。作者此时正值所在单位于半年最高借调期满后将其自体育报社召回不久。作者的工种是木工。

拉锯走列车，磨刨研诗情。
浩热入苍冥，伴雨过长城。
北国山河阔，塞外天地新。
仰天无心笑，桃花落缤纷。
何处遇故知，年过岁不增。
驱车高山转，荡舟大江横。
长白依席坐，松花送旧情。
可怜梦作酒，醉煞愁中人。

顺水歌

人生之路蜀道多，
抛尽功名与浊波。
浊流欲前自婉转，
巫峡通天险难测。
孤*山之躯犹沉沦，
微才何叹长埋没。
且把余悲投汨水，
放声擂胸作九歌。
忘却神女归天日，
方觉楚江如海阔。
天涯点点潮汐草，
不见春风有颜色。

1976 年 7 月

---

* 此字作者另写作"荆"字。

地震*

睡到半夜三更,
忽听敲窗砸门。
急急喊声"请进!"
原是老兄地震。

地震惊梦,人人逃遁。我因值班,无以分身。草成歪诗,聊度残更。

1976 年 7 月 28 日

震旦歌

国人悲愁寄荒古,今时长奏太平歌。
焉知人平地不平,夜半忽而起洪波。
巨厦三荡沉海底,尘飞火扬满天河。
生者谁不疑噩梦,可哀身痛心如蜇。
万千欢欣皆尘土,赤足听任玻璃割。
一城断壁百万鬼,地开半边天难合。
举世惊惧欲相救,天朝岂能受外货。
束腹自然长吐气,血染两颊好气色。
满野冤魂何须渡,中华本来愁人多。
山颓千里雁难住,白日黄月空穿梭。

---

* 1976 年 7 月 28 日凌晨唐山大地震波及北京。当时作者新为《人民电影》(《大众电影》于"文革"后期恢复时的刊名)杂志社借调美术编辑不几日,那一夜轮至他值夜班。诗写在办公桌台历上。

日沉月落京畿明，遥听鼓瑟迎宾国。
关帝剔骨名四海，百姓何咎血肉播。
古时贾*者黄金马，今日金者红旗车。
春至秋往颂旗手，潮来汐去呼功德。
幸而死者不知悲，生人犹自得欢乐。
风吹海角阴云起，白骨天涯谁人说。

1976 年 8 月

小楼信笔

寒暑交接时，
风云多奇变。
日月失定轨，
四方皆不见。
漠北沙腾云，
岭南雨如烟。
小楼陈酒冽，
休去倚危栏。

1976 年 9 月 1 日

---

* 贾：音"古"。此句作者曾写为：古时贾者黄金马，今日假者红旗车。

忆火道腊月

日复垂冰虹彩连,推门雪光不得看。
吐雾喷云唤父母:"饮水不须到井边!"

1976 年冬

初雪[*]

一夜园林满琼砂,杨柳葱茏飞雪下。
大梦先觉推窗处,疑是春早飞杨花。

空悲

日月铜盘转,少华渌蚁走。
岁岁韶关夜,一生几白头!

1976 年

---

* 诗另有稿:大梦推窗飞絮下,／疑是杨柳发春华。／絮飘翠叶千滴泪,／不是杨花是雪花。 此诗两稿均于 1969 年写于北京。

洪荒

呼哈，
洪荒漫天涯。
世如流，
人如沙；
三更北上，
五鼓南下。
几多晶玉琼石，
自重万般，
只得深陷难拔。
却有浮沫朽萍，
信波逐流，
常以风头为家。

笑煞，笑煞，
一日河归正道，
却竟是，
沫枯野冢，
萍困残洼。
此时方见真石材，
光满中华。

1976 年

· 工农兵文艺 ·

运动场上儿歌*

摇浪船
大浪船,摇呀摇,
万吨油轮下水了。
扬眉吐气走四海,
大庆红旗万里飘。

踏滚筒
大滚筒,蹬得急,
我拿树枝来脱粒。
公社年年大丰收,
大寨红花开遍地。

打秋千
小秋千,打上天,
我是飞机驾驶员。
提高警惕保祖国,
彻底埋葬帝修反。

转转椅
小转椅,转得忙,

---

* 诗见《体育报》1976年5月31日星期一第四版。 当时作者正借调于该报任编辑记者,这样的任务诗文写有不少。 作者当时尽管努力工作,但是拒不"批邓反击右倾翻案风",所以文稿也不易获得通过。

好像车轮向前方。
东西南北向中心,
核心力量就是党!

1977

秋千

我曾乘着秋千的飞船，
唱着歌，把太阳追赶；
飞呀飞，总又飞回原地，
我只好怨自己的腿短。

我跳下来时，已经天黑，
好长的夜啊，足有十年*；
当我又一次找到了秋千，
已经变成了黑发青年。

早晨仍像露水般好看，
彩色的歌儿仍在飞旋；
孩子们大胆地张开双手，
去梳理太阳金红的光线。

孩子，我多想把你高高举起，
永远脱离不平的地面；
永远高于黄昏，永远高于黑暗，
永远生活在美丽的白天。

1977 年

---

* "十年"当时人人皆知指刚刚过去的十年"文革"。

仙人掌

一

你的短剑和投枪,
瞄准着每一个方向。
难道是怀疑一切?
不,你永远相信土壤。

是它给了你生命的琼浆。

二

你刺破了,
无数柔滑的口舌,
但对带刺的蜜蜂,
却举起心中的花朵,

因为它在把春天传播。

1977 年

小鹿

在藤萝花和榕树枝编织成的捕网前,
一只梅花小鹿时隐时现。
它纤细的腿一弹一落,
好像大地也变得十分柔软。

小鹿的眼里无端地闪烁着惊喜，
时而看脚下的花丛时而看远处的云团；
它是在寻找它的妈妈？
还是偷偷跑出来游玩？

终于它踏上了美丽的捕网，
细细地叫一声便落进深涧。
哀叹大自然最纯美的天使，
竟比不过猎人眼里的银元。

1977 年

两个圆珠笔芯

两个圆珠笔芯，
一个工厂制造。
它们都为主人，
拼将心血消耗。

一个属于秘书，
曾把文件起草。
一个属于诗人，
写了大量检讨。

文件传布四方，
掀起阵阵"风暴"。
检讨未能通过，

变成"罪证"材料。

秘书升上云霄,
诗人坠入阴曹。
同是白纸黑字,
作用何等蹊跷。

两个圆珠笔芯,
都被抛进荒草。
后人如若考证,
怎知其中奥妙。

1977 年

车间和库房

呵,你问我工作的地方,
那可是个规模不小的工厂。
厂里有许多新建的车间,
同时也有陈旧不堪的库房。

要说那车间可实在漂亮,
新产品就像流水一样。
可惜这"水"并没有流进"大海",
几乎都被锁进了库房。

那库房真算是风雨无阻,

耗子和野猫也常来常往,
产品一进去就不断降级,
但要说丢失可是非常现象。

这件事确实有点悲凉,
我也去问过主任、厂长,
可他们总在学什么文件,
那眉头就和锈铁锁一样。

是呵,看见这种头脑就想起库房,
确实比双胞胎还要相像,
从不会像车间般生产创造,
只会没完没了地积压堆放。

1977 年 10 月

虫蟹集

蠹斯
它在高悬的小笼中得意洋洋,
昼夜不停地把"主人"歌唱。
我却可怜这虫类的歌手,
为一片葱叶出卖了全部诗章。

蝼蛄
据说它要把"毒草"彻底除尽,
于是便抱住庄稼大咬大啃。

其实它想制造一个空白的大地,
妄图让人相信春天从未降临。

寄居蟹
它卑鄙地杀死了雕塑家海螺,
用螯钳夺取了虹光四射的螺壳。
谁知从此它就成了"艺术内行",
到处炫耀它的"样板"大作。

夜蛾
它生怕光亮照出它凡庸的原形,
所以便想乘邪风扑灭一切光明。
谁知雄鸡并不体谅它的甘苦,
一声长啼,唤来了红日东升。

1977 年

爬虫集

避役
它具有着奇妙的本领,
皮色可随环境变红变青。
但有些部分却永生难变,
那就是它的长舌和贪心。

蟒蛇
有时它不动也不爬,

半死不活地像摊烂麻；
但如果猎物飞到了眼前，
它的嘴巴仍会张得海大。

乌龟
它终身死守着坚固的甲壳，
还有一条长命的原则：
碰到弱小便张牙舞爪，
碰到危险就把头一缩。

蜥蜴
每当它感到大事不好，
便马上把尾巴甩掉；
管他是不是追随多年呢，
反正来日还可以再长一条。

1977 年

· 寓言故事诗 ·

大蚊和小孩*

据说,有一只绝大的蚊虫,
它经常冒充蜻蜓把人蒙混。
有次它追上了一个天真的小孩,
叫着:"嗡……我是益虫,专吃蚊蝇。"

小孩开始还挺相信,
便笑嘻嘻地把它欢迎。
大蚊一降落便原形毕露,
摇着尖嘴开始大咬特叮。

当小孩感到又痒又疼,
连忙四下查看找寻,
却发现了那只自称的"蜻蜓",
正贪婪地把血吸吮。

小孩又恼又恨,
这才将大蚊面目认清:
"你这狡猾的坏蛋,
专用好听的名字掩盖丑行!

---

* 这是作者为所在单位庆祝粉碎"四人帮"一周年编写的演出节目。随后区工人文化馆主办的《西城文艺》以诗刊发时,作者将后三段缩简为一段,即:当小孩感到身上又痒又疼,/便一下拍死了那狡猾的大蚊。/这判决根据的是一条简单的法律:/决定益害的是行为,不是名称。

"原来你不是什么吃蚊的益虫,
而正是专门吸血的害人精!"
说罢挥起双手,
拍死了那只狡猾的大蚊。

1977 年 10 月

松树与刺藤

有一棵松树生长在绿色的田畴,
有一根刺藤攀附在颓败的墙头。
它们遥遥相对,几乎从不搭言,
但谁知也会有例外的时候。

有天深夜乌云偷偷遮住了满天星斗,
刺藤忽然对松树夸起了海口:
"我才暴发数日就有你高,
看吧,不多久就要高出你几头!"

尽管疾风暴雨正席卷而来,
松树却仍在闪电中挺胸昂首。
它用轻蔑回答了刺藤的大话:
"看吧,风雨之后。"

当黎明时分大雷雨方才停收,
松树一抖残滴变得更加高大苍秀。
可笑的倒是那根狂妄的刺藤,

被埋在了塌墙下开始腐臭。

松树和刺藤的故事虽然今天才有，
但这生活真理却已万代千秋。
投机取巧平步青云难免一败涂地，
只有立场坚定脚踏实地才会枝盛叶稠。

1977 年 10 月

寄居蟹的"杰作"

"看吧！看吧！我的杰作，真正的杰作！"
寄居蟹高举着虹光闪耀的螺壳。

海底的鱼虾们闻声前来观看，
发现这原是艺术家海螺的雕塑。

海螺的作品怎么眨眼变换了作者？
鱼虾们不由得纷纷猜测。

还是小小的毛虾心灵眼尖，
它指指寄居蟹的双螯大家就明白了。

"看吧！看吧！"寄居蟹还在得意地吆喝；
鱼虾们听到的却是"我的抢夺，真正的抢夺"！

1977 年

· 旧体诗 ·

春节

新春不须迎,
时岁已昏昏。
朦胧望夜天,
依旧华盖星。

1977 年春节

自题

一落飞瀑下,
滔滔伴泥沙。
潮流谁人反,
惟见海是家。

1977 年

望春

暖风起腊月,
风尽冻未解。
若知真春色,
须到清明节*。

1977 年

时感(一)

暖风又吹处,大雪尽消溶。
谁曰迎春早,不见麦青青。

时感(二)

总理英魂在,中华永尽孝。
几梦清明血,八亿恨难消!

1977 年

---

* 这个清明节将是"四.五"一周年。 此时"四.五"依旧是"反革命事件"。

未感

银河卧雪峰,晶光色如虹。
大地春闹时,惟此静无声?

1977 年

叹清明

花聚江南,
雁落长安;
千古痴情与中华,
清明诗一言。

人无来世,
怎见奏凯旋;
莫待白发恨余生,
奋发在今天。

返旧地*,
旧地变;
同志何日见?
何日见,

---

* "旧地"这里应指天安门广场。 这一年清明,广场因正在建造毛主席纪念堂而被木板墙围起,不能随便进入。 花圈、花和文字便不同前一年,而自行在木板墙外摆放张贴。

情漫江海,
志越苍山。

1977 年清明

寄浦江

燕京礼花好,浦江色纷纷。
更有峨嵋月,笑入黄金宫。

1977 年 5 月

遥谢

泉都起彩云,挥洒燕京城。
千里润寸草,珍珠满地银。

1977 年

秋风信笔

夏华未发秋风至,花落东西与谁知。

世人尽望西山好,谁想枫红无种实。

1977 年

独芳

生自小楼贵人家,万般丰彩傲春华。
无奈蜂蝶不得知,只图彩窗赏冰花。
(非自题,乃赠人之作)

1977 年

笑天

骤雨注如林,同学阻校门。
独我心自喜,信步水花中。

苍上怒轻慢,乱雨化碎冰。
脱帽迎冰珠,嚼之味无穷。

循礼仰天谢,苍上愧无容。
未显大将威,错洗小民尘。

自师范归,遇雹而作* 1977 年 5 月

---

* 作者被选入西城区工人学习《毛选》五卷讲学团。"自师范归"即指赴北京师范大学讲学归。

寄父

历史长河不见头,人生沉浮未知有。
浦江巨潮送春帆,潍河小滩困冬舟。*
云楼灯彩傲霓虹,草堂烛花愧星斗。
生逢高潮须勇退,漏船几多在中流。

1977 年 7 月

闻讯

苍鹤出夏萍,白云逐相飘。
欢声破水处,新桥几折腰。

1977 年 7 月

颂一天人十口四心

吠日蜀犬灭,喘月吴牛存。
塞翁又得马,叶公复好龙。

1977 年

---

* "浦江"即黄浦江,作者父亲 16 岁时参加地下党,并离上海赴苏北参加了新四军;"潍河"在父亲"文革"中下放落户的村庄附近。

长安侯

赫赫长安侯，自在何悠悠。
大腹重千斤，却与青云走。

侯爵云中走，岂非无缘由。
无德共缺才，老算加深谋。
风来信风倒，潮至随潮流。
大官必叩首，小民应杀头。
一幕盗花戏，心计全泄漏。

呜呼长安侯，自有百年后。
一朝魂归西，家家煮美酒。

1977 年

戏答（一）

井蛙何乐哉，衣食偶俱在。
还有洞天识，更加捕蚊才。
大话与新丫，小技弄朽苔。
只是寸光短，不见青天开。

1977 年

戏答（二）

有草败厕中，飘摇若有灵。
似与孤芳近，却招绿豆蝇。

为不凡者××作　1977 年

落叶诗（一）

银杏唱秋风，飘撒满园林。
夕阳无限处，灿灿万镒金。

落叶诗（二）

落鸦楼影下，败荷柳荫中。
不见东窗外，假花依旧红。

偶涉曲径，见草棘之中，盛节纸花点点犹存；虽几经风尘，但其色未尽。

1977 年 11 月

愿

书罢《忠魂》* 死无恨,惟恐此篇化焚尘。
但愿春风能识字,万里无阻渡玉门。

1977 年

忆

塔高风自紧,败叶欲登临。
天暮云色变,楼燕觅何人?

1977 年

闲步

秋风习习,
秋雨凄凄。
我竟何故,
与世迷离。

---

* 此篇长诗后遗失。

乌藤附壁,
叠叠愁迹。
白草垂檐,
飘飘霜须。

遥看南山,
渺若天宇。
鸿雁惊飞,
长歌未已。

(雾雨之中,无为之叹)

1977 年

题百花深处

百花深处好,
世人皆不晓。
小院半壁阴,
老庙三尺草。
秋风未曾忘,
又将落叶扫。
此处胜桃源,
只是人将老!

——我等求食劳作之处,竟有天赐美名,曰:百花深处。我常诗于渺渺无极,却无言于存身之本。一日忽愧,故题。

1977 年

地理小议

大陆载万物,航于天海间。
亚美一带水,欧非几望山。
马来迎孤澳,拉丁向极南。
世界趋大同,只待虹桥连。

历史小议

沧桑亿万载,功罪与谁评。
黄河出青海,红楼没绿林。
人民架长车,斗争驱巨轮。
天地自翻覆,不待蓬雀鸣。

数学小议

考卷一展罢,茫然入迷津。
彷徨无所倚,寸笔重千斤。

太古熠熠至,祖师纷沓临。
冲之分圆术,守敬话时辰。

来世隆隆近,中华太空横。

云岭聚闪电,银河漫卫星。

抚卷几自问,何以答古今?
愧为红旗后,羞作黄河孙。

1977 年 11 月

清风歌

我欲化清风,
逍遥云雾中。
一落九天月,
三餐万里春。
驱车高山转,
荡舟大江横。
长歌入地去,
千载有余音。

1977 年

寄小亮[*]

儿时共远征，
欲环地球行。
结草为标向，
计树算路程。
提篮争禅让，
打狗夸武功。
今日笑相忆，
恍然若前生。

1977 年 12 月

---

[*] 小亮是作者的同年堂弟。

· 工农兵文艺 ·

丰收曲

往昔这里碱滩一片，
百里不见人迹炊烟；
只在秋风吹黄草时，
才会落下几只孤雁。

今日这里一片田园，
雨不再泣风不再咽；
无际稻海掩天涯，
灿灿麦浪漂青山。

歌声亮呵笑声甜，
珊瑚般的新村红艳艳；
小推车推粮接踵来，
万道银光万把镰。

山在想啊水在念，
沧桑大地如何变？
清清水流动地来：
人心向上换新天。

1977年《农村文艺》

写给弟弟妹妹

生命

小时候我们常常讨论寿命,
有时甚至争得面赤耳红;
你要说活上一百二百,
他便说要活个无尽无穷。

最后自然谁也无法取胜,
只好约定让将来做证明;
可还远远没到那个将来,
这个约定就被忘个一干二净。

有天老师讲起了刘胡兰的故事,
我开始理解"生的伟大,死的光荣";
后来又看了《钢铁是怎样炼成的》,
开始明白生和生的价值是何等不同。

当一月的悲风*震荡了冰冻的世界,
我们来到广场献上白花层层;
亿万朵白花呵,围绕着敬爱的总理,
这天我懂得了什么是不死的生命。

---

* 指1976年1月8日周恩来去世。至此时因周恩来去世而引发的天安门事件依旧是"反革命事件"。作者对此念念不忘,总试以各种方式提醒这件事。
此三首诗应《少年文艺》约稿,刊于1977年11月号。

时间

过去我总怨时间走得太慢,
等呵等,等得好不耐烦;
树下逮个知了树上摸个鸟蛋,
混过了一天一月又一年。

上学发了个课本只有十几篇,
学了一学期却还没学完;
剩下的两页也没"浪费",
叠了个纸飞机满天打转。

后来工作了,我满心喜欢,
可才过了两天就大大为难:
看着图纸上的圈圈点点,
真急得出了一身大汗。

师傅们见了就给我"补课",
用《五卷》擦亮我的双眼;
"干革命搞建设需要文化,
交白卷也会交掉红色江山。"

这回我真把"四人帮"恨得不浅,
"愚民政策"坑害了多少青少年;
于是决心追回损失掉的岁月,
每晚灯下把科学技术钻研。

今晚我已把作业做完,

小闹钟也转到了十二点。
我忽然想到把这些告诉明早上学的弟妹,
让他们珍惜今天的金色时间。*

长大

从前我老盼着自己长大,
长成一个正式的大人;
但大人、小孩的界限在哪里?
却是一直也没有弄清。

最早觉得是会不会答题作文,
之后又是戴没戴上鲜红的领巾;
后来又是能不能写出神秘的外语,
最后又是上没上到高中。

终于我也上到了高中,
却还是没觉得变成大人;
只是发现在我们院里,
多了一些更小的儿童。

度过了悲喜交加的一九七六年,
我忽然懂了许多事情;
知道了什么是人民和领袖,
也明白了什么叫豺狼、蛀虫。

---

* 此句刊发时被改为:让他们珍惜华主席赢来的金色时间。

今天我已经真正成了大人，
可以回答这许久的疑问：
这条成长中关键的分界，
就是是否清楚该怎样度过一生。

1978

铁面具[*]

在古老的法兰西，
有一座恐怖的监狱，
这座监狱的名字，
叫做"巴士底"。

在巴士底狱中，
有一种残忍的刑罚，
这种刑罚的名称，
叫做"戴面具"。

谁要被戴上了
这种铁制的面具，
实际便踏上了
坟墓的阶梯。

受难者仍然可以
睡眠和吃食，
但几年以后，
便会死于窒息。

（毛发和胡须，
在面具中不断生长，
最后堵塞了，
所有通气的空隙。)

---

[*] 此篇为《西城文艺》写，刊于该刊 1978 年第三期。 作者当时因为西城区工人，而参加西城区工人文化馆活动。 刊物为该文化馆创编。

黑暗的中世纪,
早已在电火中焚毁,
阴森的巴士底,
也成了历史遗迹。

但是谁能想象,
新中国的土地,
却又出现了,
这种可怕的刑具。

"四人帮"制造的
精神枷锁,
不就是
铁面具的模拟——

它遮住了
变幻的天地,
它束缚了
社会的肌体;

让人的头脑,
在禁锢中萎缩,
让人的心灵,
在窒息中死去。

革命的火山,
摧毁了新的巴士底,
但那些"戴面具"的"囚徒",
却还常能遭遇。

啊，看这些
铁板似的面具，
怎不使人
热血燃烧大声呼吁：

打碎这些枷锁，
这些遗留的面具！
不必有半分惶恐，
一点余悸！

快来深深呼吸
新时期的芬芳大气，
让我们的思想和事业，
能够健康地发育！

浅沼

（记一个噩梦）

脚下是死寂的，无尽的浅沼，
头上是阴郁的，巨大的森林；
铅色的水底铺满污絮和朽叶，
清冷的水面浮着泥沫和腐萍。

静，静，静——没有水流，没有风，
但浮秽却在慢慢地游行；
在它渐渐退去的暗影边缘，
露出了披甲古蟆冰冷的眼睛。

哦,我不敢动,更不敢停,
那腐朽的掩盖和无情的裸露一样怕人;
奔逃吧,奔跳吧,浊波在翻动——
"我是鸟类?!"我向造物呼问。

1978 年 1 月

石像

暗红色粗砂石凿制的神像,
成排成行占据了宏大的殿堂,
我在神像中飞速疾走,
按捺着粉碎一切的渴望。

1978 年 1 月　记一个怪梦

在寂静的冰川上

在寂静的冰川上,
亭立着阿佛洛狄忒的雕像。

雪花是她生命的细胞,
纯白中闪耀着奇光。

在女神洁净的裙边,
安眠着一只漆黑的小羊。

它的梦那样洁净,
体温和冰雪一样。

1978 年 2 月

初春

阴沉的天空在犹豫:
是雪花?还是雨滴?

混浊的河流在疾走:
是追求?还是逃避?

远处的情侣在分别:
是序幕?还是结局?

1978 年 3 月

孩子的梦

雾,雨

江对岸灯影朦胧
像我的过去

一大群彩色的孩子
像极乐鸟
飞回家里

(我儿时的梦
只是去开机车
只是去擦武器)

孩子高举着
纸飞机
因为妈妈说：要搞科技

广播开始
那激昂的声音
又讲起民主的道理

难道没有一个孩子
去想驾驭国家
这个自然的问题？

共和国本身
就是这样一个定义
公民——总理

孩子飞逝了
路上只剩一两对
透明的情侣

我打开台灯
为今天孩子的梦
添上小小一笔

明天
明天是什么天气
最浓的雾已经散去

1978 年 3 月

溶雪

颤动的风,
吻着湿湿的枯草。
一滴溶雪,
在草尖闪耀。

天上最美的光华,
都在这里集聚,
它是一个小小的蓝穹呀,
尽管悬挂在草梢。

1978 年 3 月

给一种婚礼

红色的帷幕后,
是悲?是喜?

两个人站在中间,
周围是华丽的道具。

今天是欢笑的花朵,
明天会不会结出泪滴?

1978 年　题照片《婚礼》

明天需要……*

庞大的挖掘机
浑身抖动,浑身抖动
好像在发一种癔症
　　呼隆隆——哼哼
　　呼隆隆——嗡嗡

吓呆的老榆树
歪向一边,歪向一边
小鸟们已无影无踪

---

* 此为图片配诗,展于西城区工人文化馆。

丢手绢的孩子
　　都睁大惊诧的眼睛

　　原谅它吧，小公民
　　原谅它粗犷的劳动
　　它在造音乐大厅
　　　　明天需要小夜曲
　　　　明天需要绿草坪

1978 年

两个情场

　　　在那边
　　　金币追求权力；
　　　在这边
　　　权力爱慕金币；
　　　可人民呢？
　　　人民——
　　　总成为他们定情的赠礼。

1978 年 3 月

历史的内战

历史
是过去又是明天

历史
是被告又是法官

呵,呵
过去向明天
举起刀剑

法官将被告
庄严审判

1978 年 3 月

建设者(一)

在锡纸般闪亮的
云层下面
你拿起一块红色的砖
又拿起另一块
轻轻敲敲,把它们放平
放得那样整齐
你愉快的微笑

使人想起一个小学生
他就是那样整理着心爱的图书

终于,你抬起身
沿着巨大的脚手架
走向天空,你好像
要去抹平锡纸般闪亮的云层
让它映出一个崭新的城镇

1978 年 8 月

建设者(二)

一粒红豆
从洁净的信纸当中
滑出去,落进铁皮哨里
它感到了年轻而火热的呼吸
它像心那样跳动了
发出一座森林的欢叫
一个普通的青年吹着哨
庄严地举起右手
一架塔吊在哨声中醒来
慢慢,慢慢地站起
像一个幸福的巨人
举起了深蓝色美丽的星空

组装已经成功

人们踩着喧哗的石子路
走回家去，走向
亲切的语言和灯光
醒来的塔吊没有走
它在陪伴沉默的吹哨青年

青年没有家
没有一盏需要窗帘的灯
他把温热的哨放在胸前
静静地念着一个名字
那名字属于遥远的南方村落
属于爱，属于红豆的家乡

1978 年 8 月

自然的星辰

富兰克林

你是一个邀请闪电的工人
用绸手帕轻轻扫过雷云
你打落了宙斯的武器
把它放进中学课本

新世纪的血液开始流动

瓦特

你造了一颗心
你用火焰使钢铁跳动
你使巨人们离开了河岸
不再等待水流和风

你从容地举起了一次革命

诺贝尔

你在走廊里散步的声音
每一下都打击着岩层
为了那瞬间的爆响
你度过了漫长的一生

你的名字使每一个秋天震动

1978 年

夜海

潮水拍打着
　　我的膝
　　去而复还……

夜海呵！

黑而透明的海
　　想和我攀谈

　　它不会理解
　　　　又何必理解
　　问题就这么浅显

　　生命的纸页
　　　　一片片
　　落进恬静的波澜

　　诗句呀
　　　　溶化吧，沉没吧
　　再别退回沙滩

　　海的阅读
　　　　和人类一样
　　不过方法更加简单……

1978 年秋

复仇的哈姆雷特

　　　　猎人丢掉了刀
　　　　野兽踏烂了花
　　　　　　——**异国民谚**

　　哈姆雷特

在我的梦里说:

"够了!骗子
少在这道貌岸然
不看看你双手
血还没擦干!

"你玷污了国家
你践踏了誓言
你泯灭了天性
只为罪恶地戴上皇冠!

"幸而你不能
天天将我杀死!
白白浪费了一千种
阴险和凶残

"今天终于见到了
你的笑脸
甚至见到你
泪涌如泉

"你向我高呼:
'春天!和平的春天!'
似乎从来就
这么天真烂漫

"但多么可惜呀!
我竟不会忘却
或者说

竟不会背叛

"够了！骗子
我尝够了你的毒药和谎言
来决斗吧！
你或我的末日
才是明天！"

1978 年 12 月

· 寓言故事诗 ·

割尾巴[*]
（阿凡提故事新编）

江青在红旗车上发晕，
爱猴在她身旁发愣。
首长一行要视察"学大寨"，
莅临指导社会主义新农村。

这天阿凡提在家发困，
摸摸口袋已没了分文；
于是决定冒险去集上磨刀，
收拾停当就扛起了木凳。

江青忽听见"磨刀磨剪！"
那喊声刺得她两眼大睁；
她拉住爱猴就跳到车下，
点着阿凡提气势汹汹：

"不割掉你这资本主义尾巴，
就进不了共产主义大门！"
阿凡提一听手起刀落，
猴子顿时给割了尾巴疼得乱蹦。

---

[*] 此诗写作时仍旧提倡"学大寨"，但已有放宽农村个体经济的呼声。"割资本主义尾巴"是"文革"后期天天都喊的口号，后被视作"四人帮"的"经典"语言之一。"首长"是那一时期某一范围内对江青的特称。据说江青私养猴子。
此诗于当时仍属触及"禁区"。后发表于《宁夏文艺》。

江青气得眼冒金星,
阿凡提却摊开手煞是从容:
"割资本主义尾巴能进共产主义,
割猴子尾巴他当可进化成人!"

1978 年 1 月

远见

猞猁偷了兄弟的鸡,
兄弟两人去追猞猁;
突然撞上逃奔的幼虎,
哥哥便去将虎追击。

弟弟为此大不满意:
虎和吃鸡有何关系?
哥哥说我追的是更大的盗贼,
它要吃的是我和你。

1978 年

大讲"道理"的狼

洁白的云朵缠绕在雪山的半腰,

云朵中传来羊儿"咩咩"的欢叫。
牧人吹着芦笛从云朵中走出,
深情的笛声唤醒了春天的百鸟。

这时有四只饿狼窜出了窝巢,
它们听见羊叫馋得满腹鼓噪,
真想用羊血来浇浇心头的饥火,
但一想到无情的刀枪却又心惊肉跳。

最后终于有一只狼想了个"绝招",
其他三只狼听了都连声叫好。
于是它们就开始了大胆尝试,
走近羊群,向牧人把爪子乱招。

第一只狼忍不住身子前后直摇,
故作正经中却有几分油腔滑调:
"这些羊修*得简直不能再修了!
竟然浑身上下长满了肉膘。"

第二只狼小红眼睛一鼓一冒,
似乎有满腔义愤在肚里燃烧:
"这些羊不是剥削者又是什么?
竟敢整天吞吃宝贵的青草!"

第三只狼按了按抽搐的嘴角,
假模假样地活像巫师讲道:
"我们已经变成了驯良的家犬,
羔羊已经变成了凶恶的虎豹!"

---

*　"修"、"改造"均为多年中无处不在的政治术语。

第四只狼摸了摸头顶的秃毫,
阴阳怪气忽而又大声嚎啕:
"呵,这些坏羊,害得我好苦哇!
快,快让我把它们用牙来改造!"

四只狼被自己的理论熏得昏头昏脑,
好像喷香的羊肉已在口中咀嚼。
谁知那牧人突然把芦笛立起猛吹,
蓝天中立刻划过尖锐的警号。

四只饿狼大吃一惊,急忙遁逃,
但八方都响起了警笛的呼啸。
滚滚云朵化做了雷霆的铁骑,
巍巍雪山抽出了闪电的长刀……

1978 年

鳄鸟

一

鳄鱼游来了!
它像黑色的电,
划过滚滚波涛。

它的头顶上,
飞绕着奇特的鳄鸟,
在把猎物报告。

鳄鱼根据报告,
向草丛扑去,
于是出现了一番惊心的撕咬……

　　　二
鳄鱼吃饱了,
趴在岸边的浮泥上,
小眼睛冷冷带笑。

它张大丑恶的长嘴,
鳄鸟便跃入剔取肉屑,
比牙签都周到。

鳄鸟在纵横的锐齿间,
毫无危险又蹦又跳,
这其中的道理想来谁都知晓。

　　　三
"鳄鱼死了呢?
鳄鸟又将如何是好?"
也许会有这样的问号。

不用担心,
所有带血的鳄嘴,
都可以成为它的新巢。

"鳄鸟并未直接杀戮,
可能在它心里,
还有天良燃烧?"

"它渴望的,
永远是饮血食肉,
只是缺少鳄鱼的尖牙、利爪。"

"那……
又将如何对待,
这弱小而有罪的鳄鸟?"

"这件事,
应该去问尼格罗兄弟
他们身上有伤,手中有长刀。"

1978 年

得意的知风草

楼檐上长着一蓬得意的知风草,
非常爱好东歪西倒。
有一天它偶然低头一瞧,
发现有一把扫帚站在墙角。

"唉,您的处境实在不妙,
浑身上下被捆了那么多道,
整天在地上拖来磨去,
什么好处也捞不到。

"我才是真懂处世之妙,

认准风向一下升上云霄,
你看那么多松柏杨柳,
长了多年也没我高。"

知风草正说得神魂缥缈,
忽然袭来了一阵风暴,
它的顺风计这回竟全然失灵,
因为脚下的浮泥全被冲掉。

风雨过后仍是太阳高照,
大厦洗去了浮尘红光闪耀,
扫帚又开始了它的工作,
将知风草和一切垃圾清扫。

1978 年 7 月

喂狼的牧人

牧人发现灌木中有一窝小狼,
不由得十分恐惧和惊慌;
他神魂颠倒地想了三天,
总算想出个绝妙的奇方。

趁黑夜摇松了邻人的篱墙,
又忍痛杀了只最胖的绵羊;
他恭敬地捧着颤动的羊肉,
走进灌木,向狼崽们献上。

狼崽们美得涎水流淌，
称赞牧人把人狼"缓和"的历史开创；
牧人自以为已经得计，
便开始讲述邻人的牲畜如何肥壮。

从此雪白的羊群便急速萎缩，
而灰色的狼群则飞速膨胀；
可怕的狼嗥终于席卷了草原，
牧人自己也成了"缓和"的食粮。

1978 年

孝子老大

一个老人逝去了，在松林中安葬，
给两个儿子留下了一对大镐和长枪。

老大自诩孝子，忠诚非常，
枪和镐便照原样靠在门后、挂在墙上。

他的孝心还不止于独善其身，
于是同"逆忤"的老二展开较量。

早晨老二负枪去林中狩猎，
他便推窗大呼："喂！那会炸坏枪膛！"

中午老二扛镐去山边开荒，

他就破门而出:"嘿!那会把镐刃碰伤!"

傍晚老二买回新的火药、铅弹,
他怒发冲冠:"这是离经叛道,忘本投降!"

入夜老二燃起碳炉重新淬火加钢,
他更火冒三丈:"这是篡改正统,否定祖上!"

老大捍卫了一天父道,总算躺到床上,
肚里装满了老二猎的野味,酿的酒浆。

他醉眼惺忪,却不忘自我夸奖:
"我有忠诚就不用伤筋动骨,也不怕虎豹豺狼。"

1978 年 7 月

岩鸽

岩鸽慢慢地飞来了,
低低地飞来了,
它刚挣脱了牢笼的束缚。

它忍受了多年的折磨,
残酷的折磨,
强健的肌肉已经萎缩。

但这并不妨碍它心中欢乐,

幸福又欢乐，
蹦蹦跳跳地在小树上降落。

小树旁边有一条小河，
清澈的小河，
河水和蓝天是一种颜色。

岩鸽在河边唱着过去的歌，
儿时的歌，
歌唱那水中飘浮的云朵。

唱着唱着它忽然又张惶失措，
不知所措，
好像看见了什么鬼怪妖魔。

原来有一列大雁正从天空飞过，
从云中飞过，
犹如一排利箭向远方疾射。

岩鸽停止了唱歌，
不再唱歌，
心里充满了担心和恼火。

它一下就变成了一个先哲，
"明智"的先哲，
向着雁群大声地呼喝：

"我当年就因为喜欢天高海阔，
山高水阔，
结果就挨了铅弹一颗。

"在牢笼里度过了十年囚徒生活,
可怕的生活,
用来偿还我高飞的过错。

"其实小树林中有丰富的吃喝,
足够的吃喝,
根本不必冒险去南北奔波。

"千万别心血来潮飞得太高了,
太快了,
不然你们注定要重蹈我的覆辙。"

"岩鸽呵岩鸽,你错了!
你现在错了。"
天上的大雁一齐回答它的劝说。

"正因为世界上还有暗枪和枷锁,
牢笼和枷锁,
我们才必须飞得风驰电掣。"

大雁们说罢更快地飞去了,
飞远了,
直奔那春光永驻的南国。

我们饱经苦难的岩鸽,
不幸的岩鸽,
却还在小树杈上犹豫什么?

1978 年 9 月

老道与白鹤

从前有座神圣的大山，
山上有座神圣的古庙，
在这神圣加神圣的庙堂里面，
住着一位自然也颇神圣的老道。

老道的德行无比深高，
一天到晚向最最牌上帝祷告，
千年的香火熏干了脑汁和内脏，
这便成为他最大的幸福和骄傲。

不料有天飞来了只大胆的白鹤，
把庙中的烟雾赶得四散奔逃，
就连老道庄严的百尺长须，
也被翅膀煽得飘飘摇摇。

神圣的老道虽然十分气恼，
却努力克制尽量不流于言表。
他默默地背诵了一段经文，
才开始把妄为的白鹤警告：

"你被世尘所迷而离经叛道，
上犯天规共有大罪三条，
现在赶快忏悔还为时不晚，
不然将来终要永坠地府阴曹。

"你的第一大罪是不忠不孝，
忘记了一切都是上帝创造，

竟敢昂首挺胸观测天庭,
甚至闯进天赐的神山圣庙。

"你的第二大罪是崇尚异端,
身上非白即黑红色极少,
不学鹦鹉的榜样背诵经文,
却去请教那些渺小的百鸟。

"你的第三大罪是里通外国,
竟然在溪水中又洗又泡,
那水水相连皆通海洋,
这岂不是向洋人开门揖盗?!"

老道说得头上青筋乱暴,
似乎真有耿耿正气上达云霄。
但忽然他却在窒息中倒下,
因为对没烟的空气接受不了。

这场警告最后效果如何,
本诗的作者就无从知道,
不过他相信直到庙空烟散,
白鹤的子孙还在自由地飞叫。

1978 年

徒工与螺丝钉

在一个遥远的地方,

有一个气派很大的工厂；
在这个工厂里面，
有许多装着各种螺钉的木箱。

保管这些螺钉的是个徒工，
相信自己责任心很强；
因为他常把喝剩的茶叶，
毫不吝惜地倒在螺钉头上。

有天厂里要造一台机床，
徒工负责把螺丝钉安装；
谁知他一打开那些箱子，
却看到了不愉快的景象。

许多螺丝钉长满了锈斑，
没锈的也缠绕着蛛网。
对此徒工不由义愤填膺：
"螺钉嘛,本应当永远发光！"

他抓起那些生锈的螺钉，
毫不留情丢到垃圾堆上。
这个判决当然十分公正，
因为它们辜负了徒工的"培养"。

徒工清理完毕便开始安装，
但工作却仍然十分不畅；
螺丝钉们众多的种类和型号，
大大超过了他头脑的容量：

"真正革命的螺丝钉，

哪会讲这么多粗细短长?
服从需要就是唯一标准,
拧在哪里都应该完全一样!"

于是螺钉们便开始"真正革命",
被徒工倒进同一个木箱:
"不能让这些差别化为资本,
造成机器服从螺钉的现象!"

谁知"革命"过程并不理想,
螺丝钉们竟敢"组织顽抗";
小的拧不住,大的装不进,
这可使徒工火冒三丈。

他抄起一把重磅大锤,
一通挥舞,砸得叮当乱响;
行动果然比语言有效,
不一会就消灭了全部故障。

螺钉们虽然大都七扭八歪,
却也算各就各位稳稳当当。
徒工擦了一把辛勤的汗水,
禁不住有点心花怒放:

"对于这种个人主义现象,
就是不能妥协退让,
谁想用特性来对抗革命规律,
就应当把改造的铁锤饱尝!"

这台机床后来并未使用,

就被直接送到尖端展览会上；
徒工也专门作了个报告，
来宣传它的优秀质量。

请不必怀疑徒工有啥夸张，
其实他表现得谦虚异常；
因为根据革命要求判断，
这台机床已经美妙得无法想象。

1978 年 10 月

花岛

在海洋无边无际的浪涛里，
曾有一个名叫花岛的美丽岛屿，
早晨，花色像朝霞样瞬息万变，
夜晚，花露像群星般光彩熠熠。

花间还有无数金色的蜜蜂，
整天整夜辛勤地授粉、酿蜜。
它们培育了许多新型品种，
使岛上的花朵日新月异。

角落里的毒麦对此十分仇恨，
因为花圃中它没有立足之地。
为了实现独霸全岛的罪恶野心，
它便施用了挑拨离间的毒计。

它时而亲亲热热地称兄道弟，
时而又装成老辈卖弄胡须，
等到和花儿们渐渐混熟，
它便讲起所谓的阶级斗争问题：

"你们知道蜜蜂并不制造养分，
既没有叶片，更没有根须，
只会爬到你们头上吃现成的，
纯粹是一个寄生虫阶级……"

花儿们受了毒麦的教育，
开始与蜜蜂势不两立，
一听见蜜蜂热情的歌唱，
便急忙把漂亮的花冠紧紧关闭。

蜜蜂无蜜可采只得渡海远去，
花儿消灭了"剥削"十分欢喜，
但从此却再也结不出什么花籽，
因为没有谁再来把花粉传递。

花儿们开始后悔地哭泣，
角落里的毒麦却大为得意，
乘顺风大肆播撒长角长刺的草籽，
把肥沃的花圃全部占据。

最后一枝花用花瓣作为信笺，
记下了万千生命换来的真理。
花瓣飘飘摇摇落进蓝色的大海，
海潮便带着花的遗书奔向天际。

1978 年 11 月

失恋的赖草

盛夏的暴雨呵,好不凶狂,
像是万把飞剑自天而降。
农夫的家舍呵,却安然无恙,
因为有三重麦秸将雨水遮挡。

农夫为了感谢挡雨的麦秸,
便弹起六弦琴把它歌唱。
赞歌在雨花中翩然飞舞,
使下水道边的一棵赖草心驰神往。

赖草为了赢得赞歌的爱慕,
便也努力学习麦秸的榜样,
拼命阻挡住奔流的雨水,
使庭院变成了一片汪洋。

农夫终于发现了堵塞水道的赖草,
却没让它和赞歌许配成双;
反而把它拔出摔向一边,
据说是怕积水泡坍了土墙。

失恋的赖草倒在泥水之中,
心里无限冤屈,眼泪汪汪:
我明明比麦秸挡住了更多的雨水,
获得的竟为何是这等报偿。

赖草的故事也许有些晦涩,
生活的道理却十分明朗,

不明环境的盲目效法,
难免不受到现实的重创。

1978 年 11 月

思想……*

> 思想,就是思想
> 为什么要在故事中隐藏
> 好像孩子在饼干上面
> 涂满新鲜的果酱
> ——题记

---

* 作者 1978 年将自己的寓言故事诗单列一集时,题此诗于扉页。 诗题为编者加。

· 歌词 ·

东家歌声 (一)

一

在破晓前，
我踏上路程，
沿着铺满秋霜的堤埂，
向前走呵——
穿过草滩、越过坟冢……
漫漫的黑夜呵，
你怎能湮没
我这渺小的生命。
我像启明星，
等待着红日东升……

在黎明前，
我踏上路程，
沿着布满积水的小径，
向前走呵——
越过洪流、穿过阴云……
凶恶的雷电呵，
你怎能阻挡
我那忠贞的爱情。
她像啄木鸟，
叩响春天的家门……

我像启明星,
等待着红日东升;
我像布谷鸟,
叩响春天的家门……

东冢歌声(二)

山茶呵,山茶,
我青春的血液,
为你播洒。
你向我流泪,
却不能回答,
　——不能回答,
因为有一个官人
已把你买下。

山茶呵,山茶,
你美丽的生命,
被人践踏。
我为你痛苦,
却毫无办法,
　——毫无办法,
因为有一个魔鬼,
已把我扼杀。

东家歌声 (三)

我忘记了欢笑，
也忘记了叹息，
终生在猜测，
没有谜底的谜语。

我失去了亲人，
也失去了记忆，
终生在寻找，
没有真相的真理。

· 旧体诗 ·

自叹

老庙草盛,青蝗忘形。
老庙草衰,寒雀觅寻。

一盛一衰,犹可晚成。
数盛数衰,何以聊生。

我非青蝗,一叶山隐。
我非寒雀,一粟海尽。

我非稗草,常枯常荣。
我非老庙,千古无情。

叹于护国寺东巷老庙*
1978 年 1 月

小巷**

小巷深兮何以去?

---

* 作者对自己工作地的又一称法。 作者做工的木工房在一破败老庙里。
** "小巷"亦为作者对自己工作地的称法。

我入巷兮何为期?
棘掩门兮草离离,
秋已往兮春未及。

1978 年 1 月

思路人*

千叠楼影万点灯,
长照郊原雪盈盈。
春酒莫醉除夕夜,
恐与寒骨梦中逢。

1978 年春节

愁悟**

无春自无秋,有求必有愁。
佳人恐舴艋,戍客怨杨柳;
才子叹华清,壮士恨沧州。
常乐为老聃,大漠走青牛。

1978 年 2 月

---

* 当时夜宿街头的上访者较多,作者慎称"路人"。
** 作者后将中间 20 字删去。

愁危楼

危楼外,
重重苍柏,
势若孔雀石叠,
天遮地盖。

扶栏欲眺,
拨未开;
却得秋露万点,
飘飘洒洒,
冷透心怀。

1978 年 2 月

古阁游丝

古阁游丝飘,
无与落霞,
无与孤鹜,
无与汐潮。

似当年织女纺,
断杼于鹊桥。
天上人间无始终,
借喻白头老。

又似琼台琵琶弦,
学与唱时调。
天泉曲高弦自崩,
奈何无情恼。

一落古阁三千载,
新帆沉舟送多少。
悠悠天海,
悠悠尘世,
悠悠渺渺……

1978 年

晓悟

春夜月儿新,
似铜又如金;
五更落北海,
却销胆矾中。

1978 年 3 月

夏熟

夏光斜倍炽,

桃李蜂歌迟。
果垂红欲绽,
春涩化甜汁。

1978 年 3 月

自乐

长夜自相饮,
万杯不尽情。
下酒共星月,
更夫难计辰。

1978 年 3 月

石灰太白歌

百花深处转鹦歌,
师弟无聊且赌博,
呼三喝四不得脱。

上峰忽有指令下,
三五站外运灰砂,
独我束身应征发。

石灰莽莽白入天，
丽人怪语小儿欢，
老迈裹足不敢前。

自舞长锹云雾中，
笑洒"飞雪"与阳春，
佳境可惜"白发"生。

我非天才乃木材，
今日有幸升太白，
岂不令功名小辈妒心悻悻难开怀。

1978 年书于东巷木工室

上马石

呜呼上马石，镂刻何壮观。
麟牛触山动，翼马蹈海翻。
鬼蝠掠惊涛，神鲤跃青天。
此景非昼梦，赫赫即当年。
上马应官去，谁人不欲攀。
日月变天地，沧海化桑田。
海干石未烂，遗落大道边。
蒙尘一百代，过客万万千。
春秋长无事，小儿画棋盘。

1978 年

春夏遗篇（五首）

一

何谓山水情，一夕一改颜。
松高寻大道，柳长系小船。
墨鸦栖金塔，白鹤隐绿莲。
春游误春期，空披落英还。

二

自幼喜僻径，独游难为群。
水落奇仙舞，石垂怪兽狞。
杏英溶烟雨，松华卷雷云。
长啸抒我心，但有空山闻。

三

灵芝生绝山，觅之何其难。
豪猪出刺荆，蝮蛇没毒蕈*。
怪苔叠千尺，疟蚊滚万团。
生死三千轮，不死三千三！

四

此地似曾识，前世葬与谁？
水远云彩淡，山高翠色颓。
割麦未能断，斩棘不得挥。
无奈弹秃镰，闲看青蝗飞。

---

* 此字于作者后来诗中出现，如 1988 年旧体诗《寒烟寒》（诗见下卷 464 页），复为原字音。

五

暑重眠不得，蛙鸣满天河。
明月浮冰雪，晶玉荡清波。
我长望新辉，倍觉浊血热。
如取月为心，尘世当透澈。

1978 年

不如律二则

琉璃塔歌

琉璃塔上夕阳好，登临一望万古消。
雁散江南黄梅雨，雀惊漠北流沙潮。
众芳哪堪霹雳打，孤舟自有风雨摇。
南辕北辙何是路，不如守株待明朝。

冷眼看月歌

少时即与月为伴，今日仍是冷眼看。
草木有意遮半壁，砖石无心抛满院。
一世真言岂可诉，万古虚理确为幻。
愁心何必寄明月，莫如秋风长自叹。

1978 年

闲笔五则

一
一千四百天*,
沉吟不得歌。
纵然心为铁,
也难此消磨。

二
嘴嚼一块蜡,
心悬一把锁。
此虽人之常,
无奈我难活。

三
郁郁半阴天,
无风开心怀。
我欲别尘世,
不见鹤飞来。

四
嘤嘤笼中雀,
有翅不得飞。
空啼断肠声,
望巢几时归。

---

* 当是作者自数的进入木工房的天数。

五
昨日叶中眠，
似有桂香传。
愁心莫寄月，
月入心更寒。*

1978 年

黄水出塞

黄水出塞多寂寞，
野马欲饮惧浊色。
大漠无涯谁相照，
高天冷月空落落。

1978 年 5 月

大冶歌

四月桃花乱纷纷，庭前院后伐木声。
欲知果木车何往，答曰冶炼需柴薪。
粉花碧叶化烟雾，探矿又须来灶门。
且把铁锅炼铁渣，烧罢炼罢喊入云。

---

* 诗的末二行曾写为：愁心莫寄与，月人心更寒。 作者后正。

喊声未绝雨暴至,大功告成回家中。
却见虾蟆出火膛,断根吐胶还欲生。
呜呼枝生火再起,想必冶炼又需针。

1978 年 5 月

小治吟

老朽翻新句,自将古律崇。
不知沧桑变,火炮胜流萤。

1978 年 5 月

老杜老

世人皆云老杜老,盖因愁重轻狂少。
结肠排律天当晚,泪眼问句烛自摇。

1978 年 5 月

梦觉

初醒闻秋音,渺渺述前生。
白云抽银丝,夕光耀前庭。
杨柳少娇媚,园圃多黄金。
炎尽世自凉,枉然春多情。

1978 年 8 月

长卧荆棘中

长卧荆棘中,归雁浴晚风;
但问家何在,无翅不得寻。

长卧荆棘中,落花透芳馨;
但问身何处,无根不得生。

长卧荆棘中,圆月睨愁人;
但问心何往,无梦不得魂。

1978 年

1979

枯木与洪水

在险峻的河岸旁边,
傲立着一株枯干,
脚下奔涌着万顷洪水,
头上斜挂着肮脏的云片。

树基有一半已经坍陷,
强劲的根须在空中高悬,
根须死抓着干硬的泥块,
像是一个个恐吓的"铁"拳。

我听见枯树喝喊:
"你敢!"
我看见洪水从从容容
露出漩涡的笑靥。

1979年1月　为时而作

别了,渔村

别了,渔村,
你那淡紫的烟,
你那深情的灯……

潮水分开了我们,

风儿变成了主人,
从此我再不会安宁。

前方呵,无穷无尽,
是波,是浪,
是未知的命运。

波呵,浪呵,
打湿了我的额发,
打湿了我的嘴唇。

我已不会流泪,
却又尝到了它的滋味,
这是夜海的怜悯。

其实又何必无病呻吟,
你既是渔人,
就应在风暴中葬身。

散去吧,淡紫的烟,
熄灭吧,深情的灯,
别了,渔村。

1979 年 1 月

种子的梦想[*]

种子在冻土里梦想春天。

它梦见——
龙钟的冬神下葬了，
彩色的地平线上走来少年；

它梦见——
自己颤动地舒展着腰身，
长睫旁闪耀着露滴的银钻；

它梦见——
伴娘蝴蝶轻轻吻它，
蚕姐姐张开了新房的金幔；

它梦见——
无数儿女睁开了稚气的眼睛，
就像月亮身边的万千星点……

种子呵，在冻土里梦想春天，
它的头顶覆盖着一块巨大的石板。

1979 年 1 月

---

* 本诗曾被认为过于"消极"。1981 年首期《十月》刊发时改题为"梦想"，诗文也向积极方向做了调整：种子在冻土里／梦想着春天。／／它梦见——／自己颤动地舒展着腰身，／长睫旁闪耀着露滴的银钻；／／它梦见——／蝴蝶轻轻地吻它，／春蚕张开了新房的金幔；／／它梦见——／无数花朵睁开了稚气的眼睛，／就像月亮身边的万千星点……／／种子呵，／在冻土里梦想春天……

献给安徒生童话的诗[*]

海的女儿

为了像人那样站立、生活,
你忍受着地狱般可怕的折磨;
为了别人永远地幸福、相爱,
你又甘愿化为黎明前的泡沫。

锡兵

你坚定地走过你的道路,
不论是抛弃、是吞噬、是放逐;
谁也无法改变你战士的姿态,
除了那燃烧着爱情的火炉。

拇指姑娘

多么细小、多么柔弱,
连微风都敢把你捕捉;
我赞美那永恒的自由之爱,
终于把你引进花的王国。

丑小鸭

你披着鸭子鄙俗的羽毛,
却有一颗天鹅的心;

---

[*] 本诗为西城区工人文化馆的诗歌活动而写。

当你的灵体得到了统一,
也没忘记最初的外形。

1979 年 1 月

打火集*

打火机
遇见谁,
都可以献上
一颗发亮的心。

火柴太傻了,
只能燃烧一次。

眼镜
使你看清了世界,
使世界看不清你。

镁光灯
有你
在最黑暗的地方,
也能摄下光明的影像。

---

* 本诗为西城区工人文化馆的诗歌活动而写。

布景
你是演员的天地。

圆珠笔
圆滑是顺利的前提。

牙签
我也挺尖锐呀!
却得到主人的喜爱。

七巧板
虽是拼凑的景象,
却也需要智慧。

拖把
笔要比我渺小百倍!

1979 年 1 月

呵,我无名的战友

呵……
　我生命的小舟,
　又穿过了——
　　白絮飞舞的早春,
　　浓荫重叠的盛夏,
　　落叶喧哗的深秋……

冰湖的鸿雁，
　　水乡的黄鹂，
　　海滨的燕鸥，
　　　　又栖落在我的心头……
多少回
　　希望的帆页，
　　在梦雾里飘流……
多少次
　　向往的羽翼
　　在幻云中神游……
多少回又多少次呵——
我呆立在长安街上
　　　　　纪念碑下
　　　　　　金水桥头……

又告别了
　　一个暂短的黑夜，
　　迎来了灿灿的白昼。
今天
　　不可一世的丑类们，
　　被押上了审判台，
　　被抓住了血手。
人民的目光，
　　像晴空下明亮的潮水，
　　把腐草抛向滩头……
战友呵！
　　无名的战友！
　　　我们终于如愿以酬。
但我们——
　　哪一枚太阳，

能摄下
　　　我们重逢的镜头?

　　别人也许会猜测
　　　我们的友谊十分悠久
甚至可以溯寻到:
　　幼儿园——
　　　布满"隧洞"的沙滩,
　　小学校——
　　　没有玻璃的教室,
　　"知青点"——
　　　嘎嘎作响的竹楼……
不,不呵!
　　可以说
　　我们只是萍水相逢,
　　不知姓名,不知住址,
　　没有寒暄,没有挽留。
但为什么一瞬间
　　就成了最亲切的战友,
　　　——胜过同胞骨肉?

在每一个
　　中国人的记忆中,
　都有一道深深的纹沟,
那就是
　　惊天动地的一九七六……
一个
　　　多么寒冷的拂晓,
　　　冷雾凝成冰屑
　　　　　撒进领口。

巨星陨落了！
　　　像燃烧的钻石划破天幕，
　　　像巨大的雷击震荡环球……
在冰雪的世界里，
　得意的只是疯狂的寒流。
它冻结了泉水，
　　折断了树木，
　　封闭了田畴；
但却无法遮掩
　　　天际绽开的片片红云，
　　　那是人民心中
　　　滴血的伤口……

难道冰川又应当覆盖
　　　我们千万年放射光辉的
　　文明古国？
难道二十世纪的人类
　　　还要学习躬腰曲膝的猿猴
　　　　用手行走？！
不，不能！
　　　不能够！！
人民在回答，
　人民在呐喊，
　　人民在战斗！
我们不幸而又有幸的
　　　年轻一代呵——
　　　也挣脱了窒息的噩梦，
　　　像摇碎冰层的滚滚春流……

世界上何曾有

这样深沉的大海，
　　　浮动着亿万朵
　　　　　　　爱的浪花；
自然界谁曾见
　　　这般猛烈的闪电，
　　　迸发出千百支
　　　　　　　恨的匕首。
呵——
　　地火冲破了地层，
　　野火席卷了荒原，
　　天火照亮了神州！
在这百万生命的核聚变中，
　　　　每颗微粒
　　　　　　　都震撼了宇宙。
我们呵——人民
　　　再不像软体动物那样
　　悄悄吞吐水流
　　　　吞吐那无尽的——
　　烦闷、困惑、绵绵之愁。
革命的原子之火呵！
　　　一刹那
　　就把它们连同僵死的躯壳一起
　　　　　化为乌有！
我们明白了！
　　我们再生了！
　　　我们相识了——
在那飞瀑轰鸣的石阶，
　　在那海流汹涌的广场，
　　　在那江潮倒灌的街口……

呵——在这里,这里,
　　我见到了你呵——
　　　　我们民族英武的儿子,
　　　　我无名的战友……
……
被盗空的广场上,
　　　　风暴在运筹;
人们在寻找——
　　　　用全部爱和恨扎成的花圈,
　　　　和被黑暗吞噬的亲友……
但,哪里有呵,
　　　　　　哪里有?
　　——踩碎的纸花,
　　　　撕毁的遗像,
　　　　　　星星点点
　　　　散落在松柏枝头……
呵!多么卑鄙、无耻
　　　　　　　下流!!!
　这帮践踏最圣洁灵堂的
　　　　　　　禽兽。
那站岗的民兵,
　　悄悄地摘下胸章,
　　——感到愧羞;
那执勤的士兵,
　　也面色灰白,
　　——觉得内疚。
但是,
　　也确有那么些暗探,
　　　　那么些历史小丑,
　　还在东张西望、东闻西嗅,

谋划着饮血吃肉……
……

呵！骤然间，
　　你出现在
烟尘滚滚的墙头！
高举着
　　　一个夺回的
　　　　　　辉煌的
　　　　　　　　花圈！
　　鲜血默默地
　　浸透了衣袖……
你高呼：
"总理万岁！""中国万岁！"
　　回声响彻大地、
　　　　　　天空、
　　　　　　　整个宇宙！
广场沸腾了
　　掌声像奔泻的洪流。
我来不及
　　擦拭迸溅的泪水，
　　就被人潮推到前面
　　　——把你高举过头！
呵！呵！
　　我是多么幸福
　　　　多么骄傲，
　　握着你的脚、你的手，
　　每一下脉搏都应和着——
　　　　　　你心跳的节奏！

……为什么
　　太阳会被山影遮挡?
一片老鸦,
　　在空中念起了符咒;
狠毒的鬼蜮们,
　　纷纷爬出了阴沟。
带钉的棍棒闪动着,
　　　像一排排鳄鱼的牙齿,
　　阴森的黑夜张大了血口。
我们知道,
　　到了履行誓言的时候。
忽然,
　　你把我紧紧地拥抱,
　　　把一本温热的诗抄,
　　塞进我手。
　　　低低地命令:
　　"不能让火种熄灭,
　　　　　　快——走!"
说罢便转身冲向
　　那群吃人的疯狗……

……呵……
又过了多久
　　　　多久……
又是第几次、第几回
　　　　故地重游?
广场变得更加壮丽,
　　巨大的铅锤
　　荡平了那血红的小楼……
春风中

一回又一回
　　　涌来了诗的潮波；
阳光下
　　　一次又一次
　　耸起了花的山丘。
我抚着怀中仍旧温暖的诗抄,
　　　　仍在默默地寻找
　　那无名的战友。

……呵……
现在是什么时候,
　　　　　什么时候?
涟漪里,
　　甜美的睡莲,
　　　露出了梦中的微笑；
细雨后,
　　袅娜的垂柳,
　　　轻挥着绿色的长袖；
长风中
　　刚强的枫树,
　　　把火星似的叶片
　　　　撒满了黄昏的街头……
无名的战友呵,
　　　亲爱的战友!
到处都是——
　　　你的心跳、你的呼吸,
　　　你的召唤、你的歌喉……
　　我还会见到你吗?
　　我还会见到你吗……
满天星星

都向我惊奇地眨眼,
　对那久久的询问
　　　　却未置可否……

呵……
我生命的小舟,
你不要——
　在炫目的白絮中徘徊,
　在醉人的浓荫下停泊,
　在沉浮的落叶里逗留……
你应永远追寻那——
　　真理的飞瀑、
　　革命的江湖、
　　历史的海流。
(即使化为碎片
　　也胜似在死港中腐朽)

冰湖的鸿雁、
水乡的黄鹂、
海滨的燕鸥,
　请从我心头
　衔起这零乱的诗页吧!
　捎上这微弱的歌讴,
把它带给
　所有天安门的同志,
带给我那
　日夜思念、寻求的
　无名战友,
就说:
　有这样一名士兵,

还在把命令等候……

1979 年 2 月

海岸

在虚伪的苍茫人海中间
我看到了真实的海岸

我为无穷无尽的大陆欢呼
它却恰好是一片有限的礁滩

1979 年 2 月

年轻的树

雪呀雪呀雪,
覆盖了沉睡的原野。

无数洁白的辙印,
消失在迷蒙的边界。

在灰色的夜空前,
伫立着一棵年轻的树。

它拒绝了幻梦的爱,
在思考另一个世界。

1979 年 2 月　雪夜

往事·耻辱·遗忘

往事,像丑恶的礁石,
暴露在天空下面;

耻辱,像腐朽的褐藻,
缠绕在礁岩上边;

遗忘呵遗忘,你快涨潮吧,
用颤动的波浪把这一切埋淹。

1979 年 2 月

春夜

这竟是春天的夜晚,
暗紫色的天上群星散乱。

一串串坠落的杨花,

睡得满足又酣甜。

在疤痕累累的树旁，
我知道大地已经塌陷。

幻想粉碎了，
噩梦却在蔓延……

1979年3月底

面对命运（一）

面对命运，我高昂着头，
血已干涸，泪也不流。
摧残杀砍吧！我乐于接受，
伤口绽开了仍是伤口。

面对命运（二）

除了婴儿的啼哭，
我再不相信人话；
因为可怕的私欲，
已将真实扼杀。

面对命运 (三)

躯身是丑恶的,
灵魂应将它遗弃;
但找遍了天上地下,
也没发现更好的新居。

1979 年 3 月

春雪

它掩盖了肮脏的世界,
也扼杀了春天的幼叶。
我想从天上摘下一个太阳,
来焚毁这虚伪的圣洁。

1979 年 3 月

肮脏

肮脏!肮脏!
到处是腐水,浓汁,泥浆。

灵魂给浸泡得又肿又胀,
像一个个溺尸一样。

我捧着一滴雪花的泪,
呆看着污秽的海洋。

1979 年 3 月底

我醒来

我醒来,
就看见了这个世界,
那么无耻又那么堂皇。

奇怪呀!
嗜好谎言的人类,
竟然因此而不灭亡。

1979 年 3 月底

你和我

你应该是一场梦,
我应该是一阵风。

1979 年 3 月底

时代

大块大块的树影,
在发出海潮和风暴的欢呼;

大片大片的沙滩,
在倾听骤雨和水流的痛哭;

大批大批的人类,
在寻找生命和信仰的归宿。

1979 年 4 月

一代人

黑夜给了我黑色的眼睛
我却用它寻找光明

1979 年 4 月夜半

致民族之鹰

朋友,你在何处安身,

是不是他们已发出邀请?
但愿你今天的晚餐,
不是嚼咀我的地址和留名。

1979 年 4 月

天鹅之影

天鹅呵,盛夏的浮冰,
投下了颤动的云影,
投下了洁白的虹。

天鹅呵,凝固的浪峰,
播下了弧形的疑问,
播下了风暴的梦。

天鹅呵,游荡的诗魂,
抛下了血红的王冠,
抛下了黑色的星。

1979 年 4 月

思想

绒球似的孩子,

在草毯上滚动；

蚌珠般的晨露，
在叶盘边滑行；

水银样的秋月，
在天碗中聚凝。

1979 年 4 月

四月

钢缆，
急叩着呆立的旗杆，
发出警告和呼喊；

广场，
充满了不平，
凝聚着泪水的盐；

纪念碑，
空空落落，
佩戴着花圈和铁链。

1979 年 4 月

古城的回忆

　　花坛上
　　泪还是那样冷
　　高卧的城垣
　　默默无声

　　路灯和华灯
　　投下两组疑影
　　一片橘红
　　一片淡青

1979 年 4 月

荒园的回忆

　　冷雨在古柏上
　　涂下了
　　黑森森的蟒纹

　　沉默的积水
　　包围着
　　一个孤独的脚印

　　那是春天吗
　　没有花

只有落英

1979 年 4 月

余恋

暮色浸湿小路
白杨在不安地守护

星星忍着泪水
鸟儿在暗中低诉

是谁隐隐走来
数着迟缓的脚步……

1979 年 4 月底

情景

灯火偷偷传情
相会在波光之中

树影冷冷旁观
克制着阴暗的妒恨

田地昏昏大睡
忘记了呼吸和做梦

1979年4月底

洼地

偌大的洼地里，
躺着垂死的河，
不能动，也不能喘吸。

树群远远地，
佯装不知，
围绕着重复的话题。

只有一株幼苗，
在土坎上张望，
也是出于无知的好奇。

1979年5月

路景

湿透的小船，

像蜕下的蝉壳,
茫然地聚在江边。

窒息的窑火,
从堵塞的嘴角,
挤出浓厚的黄烟。

黑亮的裸石,
肌肉搐动,
怒视着惺忪的灯盏。

1979 年 5 月

暂停

火车叹气了,
代表们走下车厢,
穿着重彩盛装。

一个女孩,
机械地打石子,
从不抬头张望。

1979 年 5 月

结束*

一瞬间——
崩坍停止了,
江边高垒着巨人的头颅。

戴孝的帆船,
缓缓走过,
展开暗黄的尸布。

多少秀美的绿树,
被痛苦扭弯了身躯,
在把勇士哭抚。

砍缺的月亮,
被上帝藏进浓雾,
一切已经结束。

1979 年 5 月　于嘉陵江畔

---

* 这首诗或为投送着想,于发表时曾另加一尾段:
  沉重的山影,
   代表模糊的历史,
   仍在默默地记录。
并加了副题:写在被污染的嘉陵江边

山城

这是一片未展平的土地,
还是一封过时的遗书?

边角上贴着农田的邮票,
广场像圆形的图章。

浓雾擦断了绝望的字行,
有谁还会耐心细读。

缎带上爬着车辆的葬虫,
皱折中积满岁月的尘污……

长江和嘉陵江在这里相会,
并没有注意这古老的痛苦;

它们交换了爱情的长信,
一起去接受太阳的祝福。

1979 年 5 月　重庆

黑凤蝶

断断续续的小路上,
飞来了黑凤蝶;

恍惚祖先的幽灵,
查看这个世界。

1979 年 5 月

石壁

两块高大的石壁,
在倾斜中步步进逼。

是多么灼热的仇恨,
烧弯了铁黑的体躯。

树根的韧带紧紧绷住,
岩石的肌肉高高隆起。

可怕的角力即将爆发,
只要露水再落下一滴。

这一滴却在压缩中突然凝结,
时间变成了固体。

于是这古老的仇恨便得以保存
引起了我今天的一点惊异。

1979 年 5 月　重庆　北碚　一线天

南泉

梦在雾中轻摇,
一缕飞虹掠过树梢。

温泉疲缓地醒来,
离开了夜的怀抱。

天真的小溪流呀,
总在石块上蹦蹦跳跳;

雄壮的大瀑布呵,
正宣读着历史的公告。

1979年5月　重庆　南温泉

红卫兵之墓

泪,变成了冷漠的灰,
荒草掩盖了坟碑。

死者带着可笑的自豪,
依旧在地下长睡。

在狂想的铭文上,
洇开一片暗蓝的苔影;

不幸的幸存者呵,
默默地可在追悔?……

1979 年 5 月　重庆沙坪坝公园

平原

一条路干枯了,
平原熨过滚热的风。

春天还可以找到,
但已不那么天真。

花朵被任意放逐,
果实还没有形成。

草木都竭力地扩张,
维护着自己的生存。

1979 年 5 月

眼睛

打开一顶浅蓝的伞
打开一片清澈的天

微风吹起一丝微笑
又悄悄汇入泪的海湾

在黄金的沙滩上
安息着远古的悲剧

在深绿的波涌中
停着灵魂的船

1979 年 5 月

梧桐

梧桐像侍者
恭守在路边
华贵的轿车
已一去不返

遍地是水光
遍地是破碎的碗盏
石灰白制服上
溅满红泥如血斑

1979 年 5 月

山村

山村蜷缩着,
围着御寒的草垛;

深陷的黑眼眶里,
闪着一星烛火。

熬过了漫长的失眠之夜,
你盼到了什么?

曙光冰冷而苍白,
晨雾也没有血色……

1979 年 5 月　四川

归来

黑夜走出岩洞,
夕阳还在翘望。

一条长长的游影,
投向发呆的村庄*。

---

* 发表时"发呆的村庄"改为"静静的村庄"。这样的改动例子当时很多。

老人和牛归来了,
拉着古代的车辆。

1979 年 5 月　川北路上

望

河水又清又凉
山崖高高在上

一个负薪的儿童
望着遥远的灯光……

1979 年 5 月　川北

凝视

世界在喧闹中逝去,
你凝视着什么,
在那睫影的掩盖下,
我发现了我。

一个笨拙的身影,
在星空下不知所措。

星星渐渐聚成了泪水，
从你的心头滑落。

我不会问，
你也没有说。

1979 年 6 月

错过

隔膜的薄冰溶化了，
湖水是那样透澈；
被雪和谜掩埋的生命，
都在春光中复活。

一切都明明白白，
但我们仍匆匆错过；
因为你相信命运，
因为我怀疑生活……

1979 年 6 月

别

在春天，

你把手帕轻挥,
是让我远去,
还是马上返回?

不,什么也不是,
什么也不因为,
就像水中的落花,
就像花上的露水……

只有影子懂得,
只有风能体会,
只有叹息惊起的彩蝶,
还在心花中纷飞……

1979年6月

歌乐山诗组

谋杀

在戴匪祠会客室的门边,杨虎城将军被谋杀了

阴谋和匕首,
藏在门后,
昙花无忧无愁;
一个影子慢慢延长,
生命却缩短到最后……

没有搏击,没有呼救,
呻吟中断了,
火色的血在流;
将军告别了祖国和爱,
在这树影散乱的门口。

难道冤魂只能沉默?
伟大的宇宙也害怕凶手?
呵!白日的瞳孔
突然放大——
摄下了这悲惨的镜头。

在这页历史之中,
我停了很久,很久,
感到恨?感到仇?
不!是强烈的惊悸跳出胸膛
——民族,看看你的背后!

挣扎

渣滓洞大屠杀时,囚徒们推倒了狱墙

一切都充满了希望,
到来的偏偏是绝望,
树林在刺痛中猛然一抖,
躲开了冰冷的刀枪。

痛苦之路的终点,
决不是默默死亡,

火蛇缠绕的灵魂爆炸了——
打翻了沉重的黑墙!

踏着旧世界的废墟,
幸存的人影化入曙光,
他们终于看到新的祖国,
更准备去粉碎新的牢墙。

死灭

在白公馆后面的山岩中,有一个对革命者施行酷刑的山洞

在深邃的岩洞里,
真理悄悄死去,
嘴角渗出了血和微笑,
冷泉又把它浸洗……

铁门将永远沉默,
岩石也不会呼吸,
暴虐者安然入梦了,
恶与善已一同灭寂。

只有泉水还跟随着时间,
走出黑夜,流向大地。
尽管它的歌喉已经喑哑,
无法再吐露这可怕的秘密。

血与微笑复活了,
化作鲜花和蜜。
但愿春天能懂得,
但愿野蜂能翻译……

小萝卜头和鹿

在小萝卜头被害的戴匪祠警卫室里，陈列着小萝卜头的相片和图画本；图画本的第一页，画着一只可爱的小鹿

你天真地看着世界，
永远在笑；
你刚挣脱了襁褓
就坐了牢。
你纯黑的眼睛
没有映入过无边的土地；
你细弱的小腿
很少能自由地蹦跳——
只有水槽中的天，
只有铁窗外的鸟……

你在幻想中
把伙伴寻找，
又用短短的铅笔
把它轻描——
呀，
那是一只梅花小鹿，
多么甜美，
多么灵巧；
你爬上它的脊背，
一同在云中飞跑。

你们一直追上了月亮，
问太阳在哪儿睡觉，

又拾起
胡豆似的星星，
上面长出了羽毛；
小鹿舔舔嘴唇，
忽然想吃青草，
掏呀掏，
哎，不好
怎么吃了叔叔的字条……

现实，
像醒不了的噩梦，
继续着——
慌乱的钥匙打开镣铐。
妈妈自由了？
被带入山中小道。
你吃力地登上
锈色的石阶，
细看着
一排排含泪的小草，
唱着歌谣，
走向死，走向屠刀……

一切消失了，
一切停止了，
卑鄙的黑夜已逃之夭夭。
只有路，
只有草，
只有那一片死寂，
还在无声地控告。
只有微笑，

只有画页,
只有那幻想的小鹿,
还在倾诉你的需要。

1979年6月　重庆

所为

我在冥河边漫行,
长久地歌唱着生命。

新月在悄悄发芽,
凋谢的浪花结满星星。

1979年6月　重庆

树影(一)

墨绿色忧郁的树影,
在暮气中沉沦。

四周美丽的灯火,
都含着无限的温情。

把心藏进夜幕，
你永远注视着太空。

在遥远的银河彼岸，
熄灭过一颗微星。

1979 年 6 月　重庆

树影（二）

你在窗外停立着，
你有什么要说？

天光已经暗淡，
为啥还在沉默？

你对风那样健谈，
我最好像空气流过。

嗯，不问了，永远不问，
轻轻告诉我……

1979 年 6 月　重庆

树影 (三)

莫非要解浓雾的哑谜?
莫非要擦星星的泪滴?

你胆敢向不肯停留的梦,
输送一片又一片低语。

永远是天空的伤痕,
永远是大地的胎记。

永远在明天怀疑的窗台上,
有你涂写不完的诗句。

1979 年 6 月　重庆

诗情

一片朦胧的夕光,
衬着暗绿的楼影。

你从雾雨中显现,
带着浴后的红晕。

多少语言和往事,

都在微笑中消融。

我们走进夜海,
去打捞遗失的繁星。

1979年6月　重庆

万县

巨大的夜,山城的夜,
别离的锚灯已经熄灭。

暗色的阔瀑停止了喧嚷,
变成了一万重空旷的石阶。

监护的楼影在空中守候,
得到的却是沉默和轻蔑。

姑娘把自己唯一的影子,
献给了江心揉碎的新月。

1979年6月　长江上游

泊

　　船停了,我看见白发苍苍的老人们在艰难地搬运,她们都是母亲的母亲。

笨拙的木箱,
在码头上缓行。

是谁给了它力?
给了它动的生命?

微风揭起垫布,
露出一团干枯的笑容。

在生活的故道里,
有多少这样的裂纹!
……

江水哗哗大笑,
在高堤中得意忘形。

货轮贪婪地大嚼,
吞吃了留种的星星。

这时被遗忘的白发,
却悄悄升上夜空。

像一面撕碎的旗帜,

守护着母亲的神圣。

　　　——这一幕使我想起了古老的惨景:
　　　老妪力虽衰,急应河阳役。

1979年6月　于长江中游

摄

阳光
在天上一闪,
又被乌云埋掩。

暴雨冲洗着,
我灵魂的底片。

1979年6月

风景

远江变得青紫,
波浪开始奔逃。

风暴升起了盗帆,
雨网把世界打捞。

水泡像廉贱的分币，
被礁岩随意乱抛。

小船伸直了桅臂，
做着最后的祷告。

太阳还没有归隐，
又投下一丝假笑……

1979 年 6 月　芜湖

黄山随笔

猴子观海

云海
无声地澎湃

石猴
默默发呆

多么像
我们的祖先

在那里
想象未来

莲花峰

假如平原
是一片绿萍

你就是一朵出水芙蓉
我在你那
巨大的花瓣间行走

就像一只
醉于芳香的小蜂

1979 年 6 月

新的耕耘

大火吞没了森林的呼声,
怀疑的烟迷迷蒙蒙;
纯黑的泉水像修女般走过,
弃绝了所有光彩和影。

天真的叶子早已焦枯,
岩石笑裂了脸上的皱纹;
候鸟在高空大声鸣叫,
呼唤着碧绿的梦境。

也许是未来的情歌,

把我引进这灰炭的海中；
硕大的星粒在口袋里闪耀，
每颗都包藏着一片光明。

我终于开始了新的耕耘，
深深地翻动历史的土层；
把爱情和美交还给生命，
将丑陋的死亡判处极刑。

1979 年 7 月

山影

山影里，
现出远古的武士；

挽着骏马，
路在周围消失。

他变成浮雕，
变成了纷纭的故事；

今天像恶魔，
明天又是天使。

1979 年 7 月

骑士的使命

我挥舞着剑,
去和风作战,
或是守卫城堡,
打退野藤的攀援。

用铜盾挡住,
暴雨的投枪,
对大胆越境的云,
疯狂呐喊。

这就是我的使命吗?
不,并不全面,
还要消灭所有的明星,
防止第二个太阳出现。

1979 年 7 月

许许多多时刻

许许多多时刻
有我看到的
有我想到的
有不睡午觉的孩子
告诉我的

各种形态的
像叶片一样活泼的
时刻,在风中唱歌
使天空变成一片
浅蓝色的火星
火星,浅蓝色
在梦里闪闪烁烁

我需要那些时刻
就像南方的红土地
需要榕树的根须
从空中垂落
我需要它们,需要
它们在我的身体中生长
缠绕住我的心
我的脉搏
使它永远不会干枯
不会在疲倦中散落

呵,许许多多时刻
在我生命中生长的时刻
悄悄展开了
展开了那样多细小的花瓣
展开了语言,爱和歌
它们终将要
茂盛地把我覆盖
用并不单一的绿色
代表生活

我将在绿色中消失

我将为许多美好的
时刻，美好得
像一枚枚明亮的浆果
在山地倾斜的阳光里
等待
等待着不睡午觉的
孩子们长大
长大，成为运行者

1979 年 8 月

波光[*]

白天和黑夜一起游动
昨天是一片纷乱的梦
没有倒影
没有倒影

1979 年 8 月

---

* 这是为一幅摄影展览作品配写的诗。展览设于西城区文化馆。

秋日

　　　　一
落叶
一片,一片
一阵,一阵
带着点点浓绿
带着初秋的淡黄……

我说
冬天来了
这就是我们的被盖

　　你眼里
　　映着我和遥远的白云
　　是什么使你微笑?

　　　　二
叶落尽了
阳光终于布满大地
(但却不太热烈)

鸟雀,穿得厚敦敦的
惊奇地
议论着空荡荡的世界

　　你说得太轻
　　我没听见
　　那老树在嘎嘎作响

三

枯叶飞散着
再不能复生
我们只有温暖
却没有此外的生命

只有影子还没离去
默默伸向星群
在消失前
它们会相容吗

冬夜在尽头等待

1979 年 8 月

忧天

我仰望着夜空,
感到一阵惊恐;
如果大地失去引力,
我就会变成流星,
去茫茫天宇飘行。

哦,不能!
为了拒绝这一自由,
我愿变成一段树根,

深深地扎进地层。

1979 年 8 月

昏眩

我昏眩
光环凝成月亮
月亮又熄灭在深渊

在夜空——
巨大的颅穹下
思情像死水一潭

也许
星星的河流
会送来一叶浮舟
没有桨，也没有帆

1979 年 8 月

故址

雨，播撒着呻吟，

天像中了煤气，
小路布满泥泞，
那高矮不一的树木，
垂下了暗绿的披风。
再没有谁离去，
也没有谁来临，
锈蚀的园门倾斜着，
露出一丝草青。

1979 年 8 月

忏悔录

纯蓝的天海
从薄云的浅滩下渗出
冷冷淡淡；
乌云起伏的深谷
汇集熔岩……
我走出大地
走出世界
在海镜中察看着
我的灵魂

我错了么？
卑鄙吗？
为什么这样匆忙？
神圣的月亮

被重重青苔掩埋；
在命运的铁栏后
浮动着私欲。
我挣扎
又随波漂去
像泡沫碰得粉碎……

我助长生
或者死？
我说了真话
或者谎言？
反正总是要死的！
（这也是理由）
金红的血在水底散开
一丝丝消失
假使罪感也随之消失
我情愿
让海水在心中流动

雪白的鸥
缓缓远去
带着纯洁的骄傲
带着宽恕的轻蔑
它说：
我活着看清了结局
（看清了你）
它说：
我要寻我的路了
（你不配同去）

1979 年 9 月

消逝

你默默地看着我
看着遥远的天空
仿佛已熟知一切
仿佛又陌生

你无声地告诉我
不必过多询问
社会就是这样
谁也不是超人

既然总有一天
却又何必匆匆
这会使人想起
还未消散的不幸

十字涂满鲜血
便成为仁慈的象征
在生活的路口
总有命运的哨兵

没有泪,没有叹息
没有电,没有暴风
静静逝去的
是一片白云

1979 年 9 月

珠贝

珠贝被抛到
沙岩上
被踏碎
痛苦而珍贵的心
被挖出
和无数心的痛苦
连在一起

童年的梦
破灭了
幻想的霓虹
布满裂纹
软弱的体躯
在潮水中溶化
尖利的仇恨
却没磨钝

也许
有一个黎明
日影
明晃晃地
又一次威吓生命
贪婪的渔人
又开始新的觅寻
它将变成
一把小小的匕首

让污血和霞*
涂满刀锋

1979 年 10 月

化石

因为厌恶
我长久地睡着
草木发涩的根须
把我缠绕
在捆绑中吸着血液
它们开出了
鲜红、紫红的花朵
赢得了主人的欢心

谁都忘记了我
我却想着它们
积水摄下天空和飞鸟
又沿着蚯蚓的回廊
注入大地拱形的胸腔
一下下脉跳的音符
聚成蟋蟀的短歌
在所有聆听中细微地鸣响

---

* 此行作者另稿写为"让自卫的霞光"。

而灰蒙蒙的雾
降下弥空的枯叶、粉尘
一层,一层,变成有毒的泥土
僵化着、霉烂着
胶结在一起
制止我的思索和呼吸
我无孔不入的幻想
以及我可能的报复

我在重压下微笑
叹息卑鄙的可怜
我不是火山
不能把天庭变成废墟
我只是苍白的化石
只能告诉人们
死亡是怎样开始的
又怎样继续

我厌恶
我长久地睡着
和大大小小的种子睡在一起
只有我,不会萌发
不能用生命的影子覆盖土地
但我却永远不保证
(让恐惧和敌人分离)
我说:
我终要在地平线上醒来
把古老的星球代替

1979 年 10 月

乞求

白杨站立着
迎着初秋的晨光
它渴望的枝条
伸向青空

疲倦、抖动……

蓝影，渐渐垂下
在风流的底层
蜷缩在一起
紧贴着温热的土地

星月的碎片高高飘过……

乞求在继续
失望在继续

1979 年 10 月

海生小辑

红珊瑚

红珊瑚，
你是赤诚的爱焰，

你要把大海点燃。

珠贝(二)*
你有自己的天空,
你拥抱着珍珠,
像云朵拥抱着太阳。

塔螺
即使那独居的塔楼,
再增高千层,
你也只能看见自己的足迹。

1979年10月

山溪

碧色的山溪,
投入大江;
绿盈盈的泉丝,
在浊流中荡漾。
是应该叹息它
丧失了纯洁的本色?
还是应该祝贺它
逃脱了徘徊和枯亡?

1979年10月

---

* 书中已收有作者的《珠贝》一首,此处编者加"(二)"以区别。

火葬

苍天哪，为什么这样忧郁
年轻的海停止了呼吸
一群群火焰跳着舞蹈
是谁在举行神圣的婚礼

淡色的嘴唇，再不用勉强微笑
垂落的眼睫，也不用阻挡泪滴
即使整个世界都把你欺骗
死亡总还是忠心的伴侣

呵，花哭了，花哭着
雨幕关闭了人生的小戏
在那闪闪发光的天网之后
飘动着新人惨白的纱衣

1979 年 10 月

生活给我什么

太阳给我生命
月亮给我诗情
生活给我什么？
一副怀疑的眼镜

1979 年 10 月

俯看

古老的桥栏下,
水光粼粼。

麻痹的萍草,
逐波漂动。

我正待感叹,
却一阵眩晕:

萍草的近旁,
有我的身影……

1979 年 10 月

月亮

月亮
从这棵树后
滚到那棵树后

停在旷野中

我细细看它

还没磨平的花纹

1979 年 10 月

诗句·诗意·诗情

诗句，
在知识的库房里，
像一堆胶结的丝团；
我把它漂洗——
一缕，一缕，
织成美好的锦缎。

诗意，
在生活的道路边，
像一把散落的子弹；
我把它寻找——
一颗，一颗，
别进战斗的弹链。

诗情，
在神思的草原上，
像无数飘飞的花瓣；
我把它捕捉——
一片，一片，
结成美丽的皇冠。

1979 年 10 月

显露

一滴血
一滴心血
落在手上
缓缓地
温柔地,注视我
像最初的太阳

巨大银色的高原——
我的骄傲
在溶化
灵魂在暴露
山脊凝结着忧郁
像史前人类的眉弓

不要再疑惑云
疑惑花朵的颤动
无边无际闪耀的
是泪
我不疑惑
它的纯净

海鸥在飞
一只受伤的鸟
下边是浪花
是惊惶的鱼群
它送给我一滴血
再不会停留

在这永寂的变幻中
我将是什么?!

1979 年 10 月

春日的黄昏

春水闪在河滨,
把往日的枯叶摇动,
太阳停在远方,
含着无限温情……

夕光溶解了土地,
绿叶变成金翎,
"献给你呵,献给你",
风在梦中低吟。

春日的赠礼多么灿烂,
你只取下一脉草茎,
用那泪湿的心蕊,
把谜语写进黄昏。

1979 年 10 月

徘徊

一

徘徊
在街边徘徊
不属于哪一盏灯
也不属于哪一扇门

一层又一层影子
在脚下飘荡

多么需要温暖
需要梦
流星却在追求中熄灭

二

希冀仍在闪耀
很美
可惜一滩死水
也能把它仿造

有过早晨吗？
有过黄昏吗？
它们沉没在哪里？

三

世界在冷却
还没有封冻
新月为什么又开始萌芽

你能伸出霞云的叶子?
你像太阳般成熟?

欺骗,欺骗
又是这传统的戏剧
还需要什么?
这里有落叶
还有风

   四
徘徊
重复的走,本能
这是全部的我?
这是生命的钟?

有谁能证实——
存在

1979 年 10 月

我好像……

我好像变成了植物,
再也离不开泥土。
爱情在哪里萌发,
也将在哪里成熟。

1979 年 11 月

青色的枯叶

灵魂,你还年轻,为什么要流浪?

一

枯叶是青色的
没有血
也没有生命

没有!
也没有衰老
也没有丧失对春天的忠诚

二

风在偷盗
夜在谋杀
你用你破碎的声音
一路呼喊——

三

空荡荡的
西方小路上
你蜷缩着
躲避的不是痛苦
而是虚伪的阳光

梦散了吗?
远处还在喧闹
你还在拥护着什么?

蟋蟀
生命最后的歌者
唱着歌
歌唱头顶淡绿的篷帐

1979 年 11 月

我问

影子！
为什么你老跟踪我？

谁叫你老跟着光明的
我跟踪所有走向光明人

那也不能改变我
走向光明！

于是你就永远躲不开我
我誓将伴随你终身

1979 年 11 月

疑·念·恨

小小的雀儿,
窗台上落,
伸头看一看,
缩头啄一啄……
——你在怀疑我。

小小的雁儿,
秋天上过,
高声叫一叫,
低声说一说……
——你在怀念我。

小小的鹦儿,
笼架上锁,
嘴巴张一张,
眼睛合一合……
——你在怀恨我。

1979 年 11 月*

月亮和我

我看着月亮

---

* 半年后作者将此诗扩写为歌词《小山雀》。见本书 1980 年诗档。

月亮看着我
我向它微笑
它不动声色……

  又大又圆
  黄眼睛冷冷漠漠

我望着月亮
月亮忘了我
我对它怒视
它却睡着了……

  又细又弯
  金睫毛闪闪烁烁

1979 年 11 月

飞鱼

飞鱼在海面上飞
张开透明的鳍翅
闪着星辉

它要脱离尘海
它要做自由的鸟类

1979 年 11 月

眨眼*

我坚信,
我目不转睛。

彩虹,
在喷泉中游动,
温柔地顾盼行人;
我一眨眼——
就变成了一团蛇影。

时钟,
在教堂里栖息,
沉静地嗑着时辰;
我一眨眼——
就变成了一口深井。

红花,
在银幕上绽开,
兴奋地迎接春风;
我一眨眼——
就变成了一片血腥。

为了坚信,
我双目圆睁。

1979 年 11 月

---

* 该诗曾加写副题"在那错误的年代里,我产生了这样的'错觉'——",发表于 1980 年 4 月号《诗刊》。

我是……

我是一条小鱼,
在你梦河中游泳——

是碧蓝的风?
是摇荡的虹?

没有毒棘,
没有欺骗的网痕;

星星闪在水底,
幻影聚在空中……

呵,我是一片雪花,
在你心海中消溶……

1979 年 11 月

海语

在那里,我轻轻荡漾,
沙洲下安眠着古老的梦想;
不要发掘,不要理睬它,
那只是些泪一样苦咸的潮浪。

1979 年 12 月

等待[*]

绿海
漫过回廊
溅起一片彩色的花

微笑
使巨大的瀑布
失去喧哗

千万只
蓝天的眼
张开又合拢

细藤丝
缠住了
她的长发

1979 年 12 月

雪后

森林森林
有一个梦
小松鼠蜷缩在树洞中

---

[*] 该诗发表时或为通俗起见曾将标题改为：车站小景·等待

一串深脚印
一串浅脚印
好像金花银花藤

开小花的
是狐狸
开大花的
是黑熊
圆果形的
是猎人……

缠也缠不清
捋也捋不清
只有家是他们的根

森林森林
有无数颗心
小松鼠蜷缩在树心中

1979 年 12 月

比萨斜塔

——此时,它仍在倾斜,祖先聪慧的民族,难道毫无办法?

塔,倾斜的影子,
投在我不平的心上,
弯弯曲曲……

游客在大声哗笑。

崩溃在逼近——
一分一秒、一丝一厘,
也许还要一个世纪。

但游客只需要一分钟。

转机,转机在哪里?
夕阳落下了,
暮色把灾难的预言抹去。

游客们该满足了吧!

是的,我不满足,
因为我活得太久,
不愿看到一片废墟。

1979 年 12 月

金字塔

——献给你的赞美诗,也能筑一座塔了吧?可惜我并不是诗人。

是梦里的风
把我吹去——
我落在你的脚下
仰看着闪电的足迹

仰看着岩缝中的云……

我是一粒砂子。

你伟大
你像盘集的长城
但为什么
仅仅一块方石
就把你全部镇压？

你果真是一座坟墓吗？

1979 年 12 月

陌生人

一
无数冰凉的灵魂
环绕着我睡去
一盏盏灯，收回了它们的光

我留在夜的中心
灰白的广场上
雪花在冷冷地提醒着

灰烬还在燃烧
透明的余火多么柔和
——声音被盗走了吗？

圣洁的白幕被洞穿了
无数、无数
那是第一阵春雨

二

最细的雨就是雾
它洗不去污垢
所以就和暮色一起掩盖吧!

我想起了黄昏——
在凉风中爬行的阴影
紧贴着土墙的最后一缕夕光

我想起了黎明——
太阳像通红的婴儿
诞生在摇荡的山巅

火的洗浴已经结束
你轻轻地飞吧,大气多么蓝——
信仰的纸灰呵!

三

你为什么变成了鸦群?
为什么在空谷回旋?
枯树像一架白骨

长长的苔丝
和黑暗胶结在一起
腐叶埋葬了小溪

世界缠成一团——
罪和爱，虚伪和名声，权力和路
只是忘却了我

我站着
既不会浸湿，也不会焚化
我是陌生人

1979 年 12 月

指北针

我有过一个指北针
我用他换了一把刀
刀子不算太大
却砍倒过无数野草

后来，我就做梦
梦见在森林里迷失了方向
走呵走，越走树越密
多大的刀也砍不光

我知道家在北边
但不知道北边在哪儿
这时多想那个指北针
把我一下带回家

我醒了，真算幸运

又能去换回指北针
以后我可以安心地睡觉
再不害怕会丢在梦里

1979年12月

沙滩

我在沙滩上玩
用沙子修城
用石子铺院
让那些乱飞的小树叶
通通住在井里边

我去吃饭了
海风把它吹坏了

我在沙滩上玩
用螺丝当宝塔
用贝壳作瓦片
让那些害羞的小花瓣
全都藏在屋里边

我去睡觉了
海潮把它偷走了

（我和妈妈说
妈妈再也不许我去海边）

1979年12月

· 寓言故事诗 ·

善于发明的农人

有一位绝无仅有的农人,
非常善于把"真理"发明。
他的发明方法相当神妙,
叫做"灵魂深处爆发革命"。

有天,农人忽然半夜惊醒,
便发现牛和狗很不平等。
于是,天一亮就开始了试验,
让它们把彼此的工作换更。

小狗听说让它拉套耕地,
就不免有点胆战心惊。
农人只得严肃地把它教导:
"锻炼锻炼吧!拿出点精神。"

老牛见留它看院守门,
也不禁有些神志不清。
农人只好耐心地将它鼓励:
"干中学嘛!啥也不是天生。"

这样,试验就开始施行,
小狗架起木轭去从事耕耘。
尽管它累得口吐鲜血,

也没把犁铧拉动半分。

就在小狗倒地身亡的时节,
老牛在家里也遇到了不幸。
一个得意忘形的盗贼,
从后面抓住了它的鼻绳。

口干舌燥的农人辛勤归来,
发现家里已是四壁皆空。
面对这"最小最小的损失",
农人怎能不总结教训——

"呵,小狗是这般的无用,
老牛又是那样的不忠。
它们里应外合一齐破坏,
不恰恰证明了试验的成功!"

农人的总结还未完成,
却蹦出个母鸡把他欢迎。
农人刹时间有了新的创见:
"我看到了未来的打鸣冠军!"

1979 年 1 月

两把铜壶

两把铜壶,

坐在明亮的火上,

一个吱吱乱叫,
一个默默不响。

乱叫的壶中,
水还半温不凉;

不响的壶中
却已沸波滚荡。

1979 年 1 月

极乐鸟

"极乐鸟,极乐鸟,
你是天空和大地的骄傲!
可你为什么不飞呢?"
养鸟人对着笼子说道。

"看呵,天气多好,
也没有闪电,也没冰雹;
雨后的彩虹美得惊人,
也难比你灿烂的羽毛。

"飞吧,既然春天已到,
樊笼又怎能将你阻挠?

它不过是些软弱的篾条,
并非钢筋铁骨打造。

"飞吧,把头昂得高高,
让所有巨塔向你倾倒;
飞吧,把翅膀张得大大,
让所有旗帜为你而飘……"

极乐鸟,极乐鸟,
听着似乎要睡觉;
它懒洋洋看一眼养鸟人的腰带,
那有一串钥匙在摇……

1979 年 1 月

台灯与路灯

一只变向台灯华美又俊俏,
俯在主人的床头十分自豪,
有天它忽然动了怜悯之心,
恰好晚风又吹起窗帘一角。
这时它看见一盏路灯,
冷冷落落地站在街角。
台灯顿时有了怜悯对象,
便发出一串同情的声调:
"路灯呵,你为什么沦落风尘?
就是因为盲目孤高。

你的光度不比我差,
可惜却都白白撒掉。
那来来往往的陌生行人,
谁会给你一丝恩报?
不如学我去找个主人,
安稳自在,风雨不着。
如果命运对你不加歧视,
也许你会获得一个更美的灯罩。"

尽管台灯说得真情切切,
路灯却仍然静静悄悄。
因为那滔滔的肺腑之言,
对它不过像一缕蛛丝轻飘。
它看到的是满天星斗,
正向它闪耀着会心的微笑……
——"我正直地站着,
不必为自己谋求酬劳,
更不必为一顶无聊的灯罩,
去向哪个人躬身折腰。
我的光属于千万人——
为他们照亮通向黎明的大道。"

1979 年 3 月

杨树与乌鸦

有一棵杨树生长在山坳,

淡青的身影美丽又苗条；
树上还住着一只乌鸦，
一心一意营建自己的窝巢。

杨树呵，开始生得十分细小，
这真让乌鸦好不心焦；
因为常有些顽皮的村童，
舞枪弄棍地把它袭扰。

于是乌鸦便虔诚地祷告，
祝愿小杨树快快长高；
小杨树没有辜负期望，
过了几年就长到了山腰。

有天乌鸦卧在窝中四下瞧瞧，
发现自己的地位已很牢靠；
于是它便把祷告改为劝告，
叫杨树可以不再发枝抽条。

杨树似乎没有理会，
继续长呵，长得比山还高。
山外的风云滚滚而来，
竟把鸦窝吹得东晃西摇。

这下乌鸦可恼不胜恼，
嘎嘎，啦啦，发出警告：
"我这就去唤那些村童，
叫他们把你砍成柴烧！"

不管乌鸦是劝告还是警告，

杨树却仍日日夜夜直奔云霄。
请不要谴责杨树漠视乌鸦的领导*,
因为这种领导本来就毫无必要。

1979 年 3 月

水龟出游记

一只水龟得意地爬出泥沼,
带着它的甲壳,
——祖传的城堡。

它不必躲避鳄鱼,
也不必害怕鹰雕,
祖先似乎已把一切危险料到。

它只需背负着——
先人的智慧,家族的自豪,
好像就可以自在逍遥。

于是,它爬上了乡间小道,
去看野花,去访蓬蒿,
不料却碰上一双农夫的大脚。

水龟赶快就……

---

* 诗最初发表时为避嫌起见,"领导"被改为"指导"。

缩头缩脑,缩手缩脚,
但还没想临阵脱逃。

农夫欣然拾起水龟,
两面瞧瞧,微微一笑,
顺便放进了手提的草包。

他把水龟带给了寂寞的孩子,
作为生日礼品,
据说象征着长生不老。

也许象征得过于美妙,
孩子马上就在龟壳边上,
钻了一个小小的孔道。

孔道中穿过了一条旧表链,
另一头拴在结实的桌角,
从此水龟再回不了泥沼。

水龟呀,总默默地躲在壳中,
是气愤?是怨恨?是苦恼?
即使有上帝也难以知道。

但愿水龟不是在咒骂祖先,
没有告诉它这样的诫条:
坚固的城堡也会变成坚固的死牢。

1979 年 4 月

轻浮的泡沫

在海浪和礁岩的搏击中,
不仅产生了雷霆,
也产生了轻浮的泡沫。

泡沫自吹自擂,
鼓起空虚的胸膛,
涂抹着五颜六色。

一个偶然到来的潮涌,
竟把它推上天庭,
一刹那代替了太阳的闪射。

泡沫陶醉得飘飘欲飞,
马上就命令万物跪倒,
来聆听它的就职演说。

可惜演说还未开讲,
泡沫便一失足从高潮上滑落,
被新兴的巨波一口吞没。

大海是社会,是时代?
浪潮是矛盾,是生活?
那轻浮的泡沫呵,你又是什么?

1979 年 4 月

（致）蜗牛的悼词

蜗牛呵，爬行了一生，
荣获了寿终正寝。
花田螺主持葬礼，
圆蛤蜊宣读悼文。

"蜗先生离开了我们，
留下了光辉的脚印。
它的品德不仅高尚，
更主要还在实用。

"遇困难决不急躁，
见危险更不冒进；
风狂雨暴坚守屋门，
风和日暖也不忘形。

"前进时万分谨慎，
从没有落进陷阱；
后撤时当机立断，
使厄运总是扑空。

"它一生圆满无比，
我们应学习继承。
不论谁若要长命，
就这样奋斗终生。"

1979 年 4 月

大猪小传

金色的春光铺满大地，
千百种鸟儿在展翅比翼；
这时却走来一只大猪，
声称要夺取比赛第一。

鸟儿们听了都十分惊奇，
一齐来看它怎么飞上天去。
只见大猪两耳乱扇，
屁股朝天拼命跳起。

鸟儿们见了不由纷纷嬉笑，
惹得大猪发了脾气：
"你们要像我身重百斤，
早就瘫成了一堆肉泥。

"凡事都要看问题的两面，
巨大的困难往往等于伟大的成绩；
你们即使高飞万里，
也不过只有几两力气！"

鸟儿们被吵得无可奈何，
只好算它个重量级第一。
从此大猪便常扇耳朵，
自觉得已经超过了飞机。

不管大猪怎么得意，
可惜实际却"飞"得最低，

所以如果谁也有这种荣誉，
最好还是不要夸耀、吹嘘。*

1979 年 4 月

自大的湖泊

"好大的湖泊呵！"
微风吹来一句赞叹。
湖泊得意了，
每个波浪都兴奋地打颤：

"我宽广无比，
超越了时间和空间，
世界在向我发抖，
我是一切伟大的极限！"

"不见得吧？"
微风又送来一句忠言。
湖泊不由皱起湖面，
发现了飘浮的云片。

——"你不过是我呼出的水汽，
却竟敢如此口出狂言！
我伟大是必须的必然！

---

* 诗的最后一段曾为作者圈去。

我伟大是顶峰的顶点!"

云朵静静地飘着,
脸上微笑淡淡:
"你可以顺着江河,
去到海边看看。"

湖泊忍无可忍,
便开始大声叫喊:
"要比就在这儿比,
我才不上当受骗!

"这种崇洋的鬼话,
早已遗臭了万年!
你再敢妖言蛊惑,
小心被撕成碎片!"

云朵打了个哈欠,
似乎有点疲倦:
"你若喜欢就在这儿比,
不妨看看上边的蓝天。"

湖泊怒不可遏,
就疯狂地冲破堤岸。
它要淹没整个大地,
来与天比个长短方圆。
(最好连天也一同淹没,
把可恶的云朵生吞活咽!)

湖水在大肆泛滥,

云朵却开始午眠。
它觉得水声渐淡渐远,
隐隐还有些青蛙的感叹……

当云朵从短梦中飘出,
却再找不到光彩的湖面,
只有一叶发臭的沼泽,
瘫软在荒丘中间。

1979 年 6 月

家蝇的妙计

一群家蝇"嗡嗡"聚集,
举行了一个空中会议,
研究哪里是安全的落点,
可以避免蝇拍的袭击。

它们争吵得两眼发红,
终于吵出个奇妙的主意,
那就是尽量在蝇拍上降落,
和可怕的对手靠在一起。

这是个过分平常的道理,
家蝇、蝇拍都在不断演习;
家蝇的子孙绵绵不绝,
蝇拍也解决了失业问题。

1979 年 8 月

怪豆传业记

怪豆爬上高高的楼顶,
尽情舒展着弯曲的腰身。
夏日的熏风为它轻轻地按摩,
细雨洗去了它满面风尘。
(多少美丽的金蜂彩蝶,
在向小小的豆花们大献殷勤)

怪豆幸福得昏昏沉沉,
几乎忘记了还有月落日升;
忽一眼看见楼下的草木,
幸福又变成了疑问和担心:
(高楼遮住了许多阳光,
使草木都生得半黄不青)

"这些草木都对我颜色不正,
必须研究其中的原因。
噢,原来是它们低级的境界,
决定了它们妒恨的本能。
(豆根这时还抓着土地,
把养分不断地向上输送)

"若真和这些贱坯讲究平等,
我当初岂不白白攀登?
恐怕就连我的豆子豆孙,
也会被污泥浊水埋没一生。"
(于是所有青青的豆荚,
都留在楼顶把父业继承)

当熏风变成了无情的秋风，
怪豆的身躯便开始僵硬。
它和土地的联系终于断绝，
枯叶像讣告般飞满天空。
（豆荚这时已经十分肥大，
仍旧死死抓住楼顶的枯藤）

怪豆的传记到此便是尾声，
包括它绵长的家世和光荣。
因为来年回春复苏之时，
竟没有萌发一个怪豆的子孙。
（怪豆传业离开立身之本，
绝后便也在意料之中）

笔者写罢小记正待庆幸，
却发现尾声还有余音——
那个高楼依然如旧，
会不会继续遗害他人？
（这段余音如果刺耳，
个别人尽可以闭目塞听）

1979 年 10 月

青蛙的创作

哦，青蛙要当作家，诗人，

趴在荷叶上写个不停。
他从来没空把内容思索,
光想象笔名就动用了全部脑筋。

"一鸣""惊人""平步""青云"
"誉满""天下""盖世""绝伦"……
写呀写,从立夏忙到冬至,
最后才"呱呱"一叫算是尾声。

你若说青蛙写作毫不可信,
我们为什么却常看这类"作品"——
耀眼的虚名排满头条,
可谁也无法找到下文。

1979 年 12 月

商人、马夫和洪水

发洪水啦!发洪水啦!
大地上响起可怕的喧哗。
商人和马夫丢弃了车辆,
慌忙爬上一根树杈。

呵,洪水好像凶猛的狮子,
摇荡着金发,舞爪张牙。
负重的树杈东躲西闪,
眼看就要齐腰折下。

车夫凄惨地向上帝呼救,
但商人却比上帝更有办法。
他对准车夫猛蹬一脚,
洪水中就增添了一朵绝望的浪花。

当大地渐渐恢复了平静,
人们才开始议论这种残杀。
"一切罪恶属于洪水!"
商人总相信这种说法。

1979 年 12 月

· **歌词** ·

云歌

到来的云哪,
雪白的云,
你可带来远方的信?
我日日盼哪,
夜夜等,
为什么没有回音?
没有回音?

离去的云呵,
金色的云,
你可带上爱情的心?
我日日想呵,
夜夜梦,
把它献给远方的人,
远方的人。

1979 年 5 月

云天歌

天呵天,

给我一片白云,
让我知道
他的心纯不纯。

云呵云,
给我一片蓝空,
让我知道
他的爱深不深。

呵——
蓝天呵蓝天,
为何时现时隐?
白云呵白云,
为何变幻不定?
让我怎么回答?
让我怎么问?

1979 年 5 月

· 旧体诗 ·

失梦（三首）

一

船泊湘风晚，
花谢烟雨迟。
人事人难料，
天命天不知。

　　　湘风者，相逢也；
　　　烟雨者，言语也。

二

咫尺芳草路，
可胜天河遥。
谁人慕织女，
有期会鹊桥。

三

人死若有魂，
何必困此身。
日夜长相聚，
不愁梦梦空。

1979年2月

赠友（一）

暖空大雁回，此心何以归。
天涯一相逢，万念化尘灰。
水长不可尽，山高岂能摧。
惟有梦重生，比翼东南飞。

1979 年 2 月

赠友（二）

紫鹤*驾春回，心神散复归。
甘宁寻净土，晋豫染煤灰。
水远黄河浊，山高秦岭摧。
大愿圆于梦，海天任意飞。

1979 年 2 月

官感

新朝一开尽升平，

---

* 紫鹤为作者友人名号。

帝苑寸土葬千金。
可恨流民多反骨,
春夜遗尸永定门*。

1979 年 2 月

游玉潭

冰寒初解水悠悠,
玉潭春日熔金流。
暖风欲传盛夏意,
却见朽缆困轻舟。

1979 年 2 月

瀑

碧泉落千丈,化为虹彩飞。
中有桃花鱼,引来蜻蜓追。

1979 年 2 月

---

* 永定门车站附近当时形成一处上访者的集中栖息地,生存环境很差。

僧感

初醒欲晓天，
春风暖复寒。
醉眼方惺忪，
又见香火燃。
月落云何依，
斗斜星更残。
老死涅槃经，
不得为佛仙。

1979 年 3 月

善感

皇台一时降妖雾，
江山千里葬忠骨。
神州此冤何以灭，
只待天地民为主。

1979 年 3 月

多愁*

暖云千重溶酒家,
冷雨一帘催梦花。
欲别痴情情不去,
殉我孤舟葬天涯。

1979 年 4 月

题巴山

巴山森严连云生,蜀国春鸟不思程;
纵然斩得天河水,难断大江万里情。

1979 年 5 月

明心

苔死有迹,萍生无踪。
烨烨天光,长照荒城。

1979 年 6 月

---

* 作者并减字写为:千云暖酒家／冷雨催梦花／辞情情不去／孤舟葬天涯

天女花

谁将六月雪,凝作天女花;
洁芳透清寒,暑客尽忘家。

1979 年 6 月 黄山后山

1980

给我的尊师安徒生

安徒生和作者本人都曾当过笨拙的木匠

你推动木刨,
像驾驶着独木舟,
在那平滑的海上,
缓缓漂流……

刨花像浪花散开,
消逝在海天尽头;
木纹像波动的诗行,
带来岁月的问候。

没有旗帜,
没有金银、彩绸,
但全世界的帝王,
也不会比你富有。

你运载着一个天国,
运载着花和梦的气球,
所有纯美的童心,
都是你的港口。

1980 年 1 月

给安徒生

金色的流沙
湮没了你的童话
连同我——
无知的微笑和眼泪

我相信
那一切都是种子
只有经过埋葬
才有生机

当我回来的时候
眉发已雪白
沙漠却变成了
一个碧绿的世界

我愿在这里安歇
在花朵和露水中间
我将重新找到
儿时丢失的情感

1980 年 1 月

兴都库什山营地
——阿富汗近影之一

山,

像脱毛的骆驼,
大群大群的,
在星空下静卧。

篝火,
又增添了许多。
保卫主权的战士,
用空弹壳
在吹家乡的牧歌……

地平线上,
没有一粒灯火。

喀布尔河畔
　　——阿富汗近影之二

河水在摇荡,
耻辱地躲向两旁。
一只巡逻汽艇,
带着异国的哗笑,
消失在远方……

孩子倒下了,
像岸边踩空的小麦,
倒在淤泥上。
他再也无法站起,

像地心凝固的岩浆。

河水在摇荡,
拽着孩子浸血的衣裳。
他的小手
终于松开了——
落下一支玩具手枪。

1980年1月

牺牲者·希望者

在历史的长片中,有这样两组慢镜头

牺牲者

你靠着黄昏
靠着黄昏的天空
像靠着昼夜的转门
血的花朵在开放
在你的胸前
在你胸前的田野上
金色的还在闪耀
紫色的已经凋零
你无声的笑
惊起一片又一片

细碎的燕群……

刽子手躲在哪里?

炊烟迟缓而疲惫
河流像它透明的影子
多少眼睛望着你——
杨树上痛苦的疤结
绿波上遗忘的气球
老教堂上拼花的圆窗……
呆滞,疑惑,善良
你多想把手放在
他们的额前
(不是抖动的手)
让他们懂得

刽子手逃走了吗?

血流尽了
当然,还有泪
冰凉的晚风冲洗着一切
连同发烫的回光
遗念,和那一缕淡色的头发
你慢慢,慢慢地倒下
生怕压坏了什么
你的手,深深插进
温柔的土层
抓住一把僵硬的路
攥得紧紧……
夜幕,布满弹洞

刽子手
你们可以鼾睡了。

1980 年 1 月

希望者

你醒来——
缓缓地转动头颅
让阳光扫过思维的底层
扫过微微发涩的记忆……
呵，你睡了多久？
自从灰蝶般脆弱的帆
被风暴揉碎
自从诗页和船的骨骸
一起漂流
自从海浪把你的"罪行"
写满所有沙滩
那死亡，那比死亡更可怕的麻痹
就开始了

过去（说）：
还不满足吗
你这叛逆的子孙！

你醒来——
知觉的电流开始发热
锤击一样的脉跳
也开始震响

梦碎了
化作无数飞散的水鸟
化作大片大片明亮的云朵……
你慢慢地抽动四肢
在太阳和星群间崛起
毛发中的砂石在簌簌抖落
犹如巨大的植物离开了泥土
离开了那海藻般腐败的谣言
把召唤升上太空……

现代(说)：
你在这里呀
我骄傲的孩子！

你醒来——
海退得很远，山在沉默
新鲜的大地上没有足迹
没有路，没有轨道
没有任何启示或暗示
这寂静的恐怖足以吓倒一切
然而，你却笑了
这是巨人的微笑
你不用乞求，不用寻找
到处都有生命，有你的触觉
到处都有风，有你迅疾的思考
你要的一切，已经具备——
自己和世界

未来（说）：
不，还有我

你永远、唯一的爱人

1980 年 1 月

小径

你告诉我
那里有一条小径
长满自由的草
沉静又陌生

但从没有去寻找
没有去走
因为我们是人
而且非常普通

鸽子说：
它连着一片苇塘
甲虫说：
它通向一座森林

我却相信
那里有儿时的脚印
有砖刻的墓碑
有蟋蟀的低吟

1980 年 1 月

梦痕

灯
淡黄的眼睫
不再闪动

黑暗在淤集
无边无际
掩盖了——
珊瑚般生长的城市
和默默沉淀的历史……

我被漂尽的灵魂
附在你的窗前

我看见
诗安息着
在那淡绿的枕巾上
在那升起微笑的浅草地上
发缕像无声的瀑布……

呢喃的溪水
还给我最初的记忆吧

在一滴露水中
我们诞生了
大理石绽开永恒的波纹
像一片磨平的海洋
像寓言般光润

水底白洁的卵石，
渐渐开始了游动……

我是鱼，也是鸟
长满了纯银的鳞和羽毛
在黄昏临近时
把琴弦送给河岸
把蜜送给花的恋人

植物呵，你这绿色的孩子，
等来的要是秋天呢？

你是常春藤
你拥抱着整座森林
使所有落叶飞上枝头
把洁净的天空重新藏起
呵，不要询问……

夜潮退了，退远了
早晨像一片浅滩

在升起的现实上
我飘散着，盲目的
像冰花的泪
化为缓缓升起的云雾
把命运交给风……

灯
橘红的灯

没有作声

1980 年 2 月

雪人*

在你的门前
我堆起一个雪人
代表笨拙的我
把你久等

你拿出一颗棒糖
一颗甜甜的心
埋进雪里
说这样就会高兴

雪人没有笑
一直没作声
直到春天的骄阳
把它溶化干净

人在哪呢？
心在哪呢？
小小的泪潭边

---

* 此诗发表时，第 8 行 "就" 字曾被写为 "才" 字，第 10 行曾被写为 "默默无声"。本书依作者原稿。

只有蜜蜂。

1980年2月

期待与发现

黢黑的大铁球
停在红地板上
在棕网和弹簧下面
在旧拖鞋旁
　　　期待着"发现"
它将沉着地滚动
它将隆隆歌唱

洁净的小信鸽
落在锈烟囱上
在云絮和气球下面
在避雷针旁
　　　发现了"期待"
它却停止了走动
它却默声不响

1980年2月

草棚

　　这朵明亮的灯花
　　又开了
　　草隙中的风
　　无法吹落

　　小猫
　　在桌下嗅着什么？
　　没有彩蝶
　　只有飞蛾……

1980 年 2 月

海岸

　　海岸，卵石
　　一边被烤干
　　一边被浸湿

　　猛烈扭曲的枯叶
　　在天地间
　　起落

　　瓢虫登陆
　　带来了两颗，五颗，二十八颗

灾难的星星

1980 年 2 月

最初

夜
雪在飘动
楼梯的灰土
使黑暗减轻
电话响了
铃声还很天真……

门启开一道小缝
立体声?
一个女孩
穿着红毛衣
开始询问……

1980 年 3 月

关于卷发

我不喜欢卷发,

就像不喜欢黑色的旋涡,
　　　不喜欢旋转的浮叶,
　　　不喜欢无端的喧闹和运动,
　　　不喜欢暗礁,
　　　不喜欢暗礁一样的等待;

还是让它静静地流吧,
从那光润的额前泻下,
没有妒恨,没有争辩,
在自然的山野中漫延……

1980 年 3 月

水呀,真急

水呀,真急,真急,
桥墩后有几条小鱼……

它们在举行会议,
研究着前进还是退避。
太阳在桥面上走过,
带着几分醉意。

研究在不断继续,
河水在不断流去。
月牙在桥栏边停靠,
似乎要看个仔细。

水呵，真急，真急，
桥墩后有几条小鱼……

1980 年 3 月

就义

站住！

是的，我不用走了，
路已到尽头。
虽然我的头发还很乌黑，
生命的白昼还没开始。

小榆树陌生地站着，
花白的草多么可亲；
土地呵，我的老祖母，
我将永远在这里听你的歌谣，
再不会顽皮，不会……

同伴们也许会来寻找，
她们找不到，我藏得很好，
对于那郊野上
积木般搭起的一切，
我都偷偷地感到惊奇。

风，别躲开，

这是节日,一个开始;
我毕竟生活了,快乐的,
又悄悄收下了
这无边无际的礼物……

1980 年 3 月

制法

手
磨剑
磨了这边
又磨那边

血的河流
从哪里发源
一半来自英雄
一半来自罪犯

1980 年 3 月

梧桐三题

叶

无数绿色的手

把太阳捕捉
使它冷却

只有腐苔乞求着余温

　　　干

黑褐的皮
渐渐褪下
露出黄白色的冷淡

告诉你季节换了

　　　籽

球形的权杖
层层叠叠
在空中高悬

为了使垄断得以继续

1980 年 3 月

我在复写住房申请

我在复写住房申请
对一切生命充满同情

两只优雅的喜鹊
正到处寻找树棍
它们要搭一个小窝
在风云变幻的高空

我在复写住房申请

蟋蟀在草间弹琴
庆祝自己的新居落成
也许还有一个伴侣
为它撣去头上的泥尘

我在复写住房申请

蜗牛打开椭圆的屋门
开始在石块上漫行
上帝总是眷顾弱者
子孙上万也不必担心

我不断复写着住房申请
同情心与日俱增

1980 年 3 月

石舫

这是一只大船

永远不能航行
它那岩石的船身
决定了这一命运

它也不会沉没
因为根本不动
世上一切船只
都没这么平稳

也许因为平稳
便有很长寿命
也许因为长寿
便有很大名声

盛名引来游人
蜂拥把它坐乘
不为渡向彼岸
目的是船本身

1980 年 3 月

水泡的想象

秋天的雨
在争论不停，
小水泡开始了旅行……

它看看麦草的屋檐
想象出一片葱茏
绿叶都喜欢跳舞
使春天永远年轻

它看看灰暗的天空
想象出一条彩虹
彩虹都喜欢游泳
使天池色彩缤纷

它看看倾斜的土墙
想象出一名将军
将军都喜欢敬礼
使水泡格外轻盈

秋天的雨
停止了争论,
小水泡也无影无踪……

1980 年 3 月

花雕的自语

相传,花雕是新婚之日埋在地下,到花甲之年才开启的绍兴美酒

我的颅穹完满而光润

贮藏着火和泉水
贮藏着琥珀色的思念
诗的汁液,梦的沉香
朦朦胧胧的乞求和祝愿

这记忆来自粘满稻种
粗瓷般反光的秧田
来自土窖,紫云英的呼吸
无名草的肤色
帆影和散落在泥土中的历史

在一个红烛摇动的时刻
我被掩埋,不是为了
追悼,而是为了诞生
这是季风带来的习俗
也是爱在人间的秘密

我听见落叶、犁镵、夯声
听见蝉和蛹的蜕变
听见蚯蚓和鼹鼠的抚问
(它们把我设想成为
一枚古海岸上巨大的圆贝)

然而,我的创造者
那排门和腰门的开启
柴的破碎,孩子的铃铎
渐渐加重的步音,回忆
我都无法听见

渴求,在渴求中成熟

像地下的根块
——被阳光遗忘，缺少喜色的果实
在无法流露的密封之中
最醇的爱已经酿透

我幻想着昏眩的时刻
白发和咿哑的欢笑
我将倾尽我的一切呼唤
在暂短的沉寂里
溶化星夜和蓝空

1980 年 4 月　于绍兴

竹筒

你说小竹筒中，
有只萤火虫；
然后让我细看，
问晃不晃眼睛。

我说：呵，真亮！
可竟然不爬不动。
你诡谲地笑着，
说已经变成了星星。

我看到天黑，
萤火虫就没了踪影；

怎么倒也倒不出来,
这可真叫人纳闷。

最后打开手电,
才突然发现原因:
竹筒尽管密封,
却被钉了个小洞。

1980 年 4 月于绍兴

老树(二)*

老树
老得要命,
在夜里黑得吓人。

——吓我们,
我们这么近,这么近,
它不高兴。

"我认识你姥姥,
我告诉你外公,
嗯——哼……"

我们不作声,

---

* 1970 年诗档中收有作者的另首《老树》,此处编者加"(二)"以区别。

我们听，
像两个好儿童。

1980年4月　绍兴

水乡

清明
淡紫色的风
颤动着——
溶去了繁杂、喧嚷
花台布
和那布满油渍的曲调……
这是水乡小镇
我走来，轻轻地
带着丝一样飘浮的呼吸
带着湿润的影子
鲜黄的油菜花
蒲公英，小鹅
偷藏起
我的脚印

我知道
在那乌篷船栖息的地方
在那细细编结的
薄瓦下
你安睡着

身边环绕着古老的谣曲
环绕着玩具
——笋壳的尖盔
砖的印
陶碗中飘着萍花
停着小鱼
甲虫在细竹管里
发出一阵噪响……
你的白云姥姥
合上了帐幔
黢黑的小印度弟弟
还没诞生……

我听见
鸟和树叶的赞美
木锯的节拍
橹的歌
兰叶和拱桥弧形的旋律
风，在大地边缘
低低询问……
我感到
绿麦的骚动
河流柔软的滑行
托盘般微红的田地上
盈溢的芳香……
呵，南方
这是你的童年
也是我的梦幻

……

嗯，你喜欢笑
虽然没有醒
是找到了，板缝中
遗落的星星？
那僵硬的木疖
脱落着
变成花香和雾的涌泉
北风，和东方海的潮汐
在你的银项圈中
回旋，缓缓……
是父亲绵长的故事？
是母亲
不愿诉说的情感？
……

我走过
像稀薄的烟
穿过堂屋、明瓦
穿过松花石的孔隙
穿过一簇簇拘谨的修竹
没有脚印
没有步音
排门却像琴键
发出阵阵轻响：
……！——……！——
我知道了
我有两次生命
一次还没结束
一次刚刚开始

在你暂短的梦里
我走了
我走向四面八方——
走向森林
踏入褐菌的部落
走上弯弯曲曲的枝条和路
跃过巧妙起伏的丘陵
走向沙洲
走向大江般宽阔的思想
走向荆条编成的诗
藏进蜂窝、鸟巢
走向即将倒坍的古塔
烟囱，线架的触角
渗入山岳
——勇士的内心
潜入海洋——
永不停息的吻……

在你醒来时
一切已经改变
一切微小得令人吃惊
现实只是——
蛛网，青虾的细钳
还在捕捉夜雨的余滴
梦的涟漪……
我
将归来
已经归来！
踏上那一级级
阴凉温热的石阶

踏上玄武岩琢成的
圆桌的柱基
在小竹门外,在小竹门外
作为一个世界
把你等待

1980年4月　于绍兴、上海

爱我吧,海

> 我没有鳃,
> 不能到海上去。
> ——阿尔贝蒂

爱我吧,海
我默默说着
走向高山

弧形的浪谷中
只有疑问
水滴一刹那
放大了夕阳?

爱我吧,海

我的影子
被扭曲
我被大陆所围困

声音布满
冰川的擦痕；
只有目光
在自由延伸
在天空
找到你的呼吸
风，一片淡蓝

爱我吧，海

蓝色在加深
深得像梦
没有边
没有锈蚀的岸

爱我吧，海

虽然小溪把我唤醒
树冠反复追忆着
你的歌
一切回到
最美的时刻；
蝶翅上
闪着鳞片
秋叶飘进叹息
绿藤和盲蛇
在静静缠绕……

爱我吧，海

远处是谁在走?
是钟摆
它是死神雇来
丈量生命的

爱我吧,海

城市
无数固执的形体
要把我驯化
用金属的冷遇
笑和轻蔑;
淡味的思念
变得苦了
盐在黑发和瞳仁中
结晶
但——

爱我吧,海

皱纹,根须的足迹
织成网
把我捕去
那浪的吻痕呢?

爱我吧,海
一块粗糙的砾石
在山边低语

1980年4月 上海

爱情漫话
(《爱情与遗产》观后) *

也许这是个古老的话题，
但为什么还没忘记？

爱情像花香和绿色，
一到春天就淹没了大地。

我不想在化验室中，
为她确立恰当的公式比例；

也不想把她送进寺院，
去为虚幻的天国献身捐躯。

甚至，唉，(这已经离题万里)
在阶级死后，爱情还很美丽。

有人讲：还是说现在吧。
现在？现在简单得像 1 + 1。

---

* 诗节自作者1980年4月对时任《电影画报》编辑的姐姐约稿信的复信，信如下：

  姐姐：

  你好。你真是一股大编辑派头了，笔气大变，我只得遵命苦吟。我本来是真想歌的，但笔不由人，没三行，怪论就出来了，看来要违心而书是极难的。我还是暂抄下你再改吧。不是诗：

  随即写下的便是这首《爱情漫话》。

  诗之后，作者写道：

  能用才怪呢，还是让爸写吧。

  唉，爹把我大训一顿，只得又写一回：

  以下便写下了《自由的雨燕》这首诗。

哦,不,陈景润完全可以去休息,
这确实是小学的答题。

这个,不要为官,不要求利,
关键是忠心和科研奖旗。

至于形象嘛,那是其次,
虽然拍电影要万里挑一。

天哪,你可听见那些蛐蛐,
在砖隙中对你的评议。

我拼命才学会两句,
它们永不变调的歌曲。

自由的雨燕

这是你的季节
——春天
不论多么低矮的屋檐
都能听到你的呢喃

只要有泥土
就能筑巢
那些华美的宫殿
鹦鹉才看作家园

管它金钱打闪
管它珍馐似山
权贵的院墙里
布满网栏

你高高地升起
带着梦幻
从田边到天边
从人间到云间

1980 年 4 月

阿富汗难童日记

单峰驼

你像山一样大
多好

把发蓝的椰枣树
水井
整个村子
都带来

爸爸有一个铜壶

爸爸有一个铜壶

刻着古兰经
装着家乡的水

每天，祷告三次
把它抹在额上

我不抹它
我想家乡的小河
想把它绕在头上

陶罐碎了

陶罐碎了
碎在山顶

妈妈没有哭
摘下长巾
把赭色的碎片包起

它是老家的胶土捏的
它是老家的窑火烧的
今天
在国外
再也补不好了

云

爷爷看着云
蓝天上的云
草坡上的云

银白的云
像爷爷的胡子
它也老了

我也祷告
下雨吧,真主
云飘过去了
飘回家去
它看见
爷爷的胡子湿成一片

1980 年 4 月

偶遇

像两个异邦水手,
我们在岛上相遇,
四周是拥攘和动荡,
是尘海的呼吸。

你给我看你的航船,
桅杆上没有旗,
甲板却托着无数小灯,
飘着细细的烟缕……

当起锚的时刻来临,
你并没说要去哪里,

只对龙卷风的怪舞,
露出一点惊奇。

太阳在你眼里苏醒,
我感到陌生又熟悉,
好像另一片宏伟的大陆,
也在缓缓升起……

1980 年 5 月

定音

小孩学唱太认真,
喊疼了嗓子只好哼哼哼:
"前进!前进!前进进!"*。

还是蛐蛐会用声,
躲在墙缝中唱不停,
"不去!不去!不不去!"
千百代从不嗓子疼。

1980 年 5 月

---

* 此行或因被联想,而于发表时被改为:前进前进——我的心上人。并去第六行。

路是我们的

　　路是我们的，
　　还有小树，
　　还有那条黑黑的河。

　　城市走不过来，
　　只好等着，
　　灯都困了。

　　你为什么笑？
　　是学月亮？
　　夜云刚刚飘过……

1980 年 5 月

祈愿

　　月牙
　　像淡红的小虾
　　在夏夜温热的海中
　　偷偷地
　　爬

　　多少星粒
　　多少晦暗的虾籽

从来没有孵化

1980 年 5 月

小亭
（为宗维成画配诗）

树和藤缠绕着睡了
小亭还在等待

藤和树簇拥着醒了
小亭还没离开

1980 年 5 月

路

……时间
在我的心上
缓缓碾过
破碎的薄冰下
又涌出了泥浆——
陈旧的血
我躺着，沉默着

因为我是路
命里注定
要被践踏

我受伤了
我把伤痛传给
——大地
于是，森林开始抖动
湖泊发出
低低的呻吟
那巨大笨重的山脉
也蜷缩在一起
然而，我却伸展着
沉默

我的痛苦
不会随着呼喊
像候鸟般
——飞散
也不会
由于乌云的倾翻
而减轻
甚至最纯的雪
也无法
包扎和掩盖

我是路
我是一条
胶结的
无法流动的河

因为那些
重镇和新城
那些瘤的吮吸
我才
变成了
今天的形态

呵，够了
还是听北风
唱一支骗人的
歌吧！
让冰的针芒
给我纹身
我的心上
再没有绿色
几束干枯的车前草
升向天庭

1980 年 5 月

答应

你说我的信过于冰冷
你说我的心没有温存
是呵，热烈的青春早已逝去
只剩下漫长苍老的严冬

假如你爱的是太阳
请千万不要向我靠近
即使太阳也不能溶化幻灭
反而会失去灿灿的光轮

相信吧，永远相信
相信我的善意和年龄
梦醒时你可以见到月亮
那就是我从前的爱人

1980 年 6 月

游戏

那是昨天？前天？
呵，总之是从前
我们用手绢*包一粒石子
一下丢进了蓝天——

多么可怕的昏眩
天地开始对转
我们松开发热的手
等待着上帝的严判

但没有雷，没有电

---

* 一些刊物发表时将 "绢" 改为 "帕" 字。此按作者原作。

石子悄悄回到地面
那片同去的手绢呢？
挂在老树的顶端

从此，我们再不相见
好像遥远又遥远
只有那颗忠实的石子
还在默想美丽的旅伴

1980 年 6 月

绿地之舞

绿地上，转动着，
恍惚的小风车，
白粉蝶像一片漩涡，
你在旋转中飘落，
你在旋转中飘落……

草尖上，抖动着，
斜斜的细影子，
金花蕾把弦儿轻拨，
我在颤音中沉没，
我在颤音中沉没……

呵，那触心的微芳，
呵，那春海的余波，

请你笑吧,请我哭吧,
为到来的生活!
为到来的生活!

1980 年 6 月

苹果

花儿飘落,
花儿飘落,
她的绿叶妹妹们,
在偷偷传说。

露水真多,
露水真多,
小侄女渐渐长大,
还有点羞涩。

她脸红了,
她脸红了,
因为热烈的太阳,
总对它瞧着。

1980 年 6 月

终点

在梦里
我坐车
忘记了车站
一直坐到终点

天真黑呀
满地都是电线
我在找谁呢
一切都是"从前……"

1980年6月

铜色的云
——给一位真正的诗人

你是时代的圣者
是从东方海岸升起的
铜色的云
透过空气中细碎的擦痕
你沉重地注视着
一切,沉默地爱着一切
——金红的岸,倾斜的帆
广大平原上缓缓滚动的泥土
那些村落:草的,羊毛的

黄土的，粉墙乌瓦的
那些纯朴的青年和老人
那些温热的妇女和孩子
那些不断生长
又不断收刈的生命
还有森林（像调得过浓的
色块）还有雪山——
始终清醒的思想
还有那些折光的
炫耀着无数彩虹的河流
还有那些椭圆的水库
与湖泊（只有你才能使用的镜子）
还有那荒弃的风车
潮波中悠悠翻舞的水母
还有那属于全人类的
太阳、月亮、星
还有属于季节的风……

你都注视着——
爱着，那么长久，那么坚定
终于，闪电爆发了
战栗的情感布满天空
天移位了！
冰凉的散发沾满泥水
你把泪，把血，把一切
压抑和错动的痛苦
全部泻下，不论是
南方、北方，还是风蚀的西方
土地溶化着，沸腾着
变成了液体，变成了海

固体已不复存在
万物都在流失，聚集，乞求，寻找
觅求自己的方向
非我的神像倾倒着
失去了色彩和光轮
菌在圣殿的柱基下吹胀
灰白的麻屑飘成一片
沙子展成了扇形
只有硬木的仙兽
做作而阴沉的鸱尾
还在吓人
大陆在漂移，大陆在浮动……

爱倾尽了，尽了
你成为至纯至洁的象征
那银色飘垂的长须
轻抚着所有劳动、思维、爱情
呵，多美，多美，多美！
夜静静的，像个黑孩子
含着水果糖似的月亮
睡了，任性的手，抓着城镇
像抓着一叠发光的新币
一架古老的挂表
梦的游丝还在颤动……
樟叶的泪是鲜红的
松针的泪是细小的
梧桐没有泪，它的叶子
刚刚长出，还不懂幸福
像一小片绿星星……
当然

下水管还在无休止地埋怨
朽坏的老草垛
还在追怀着自己的春天
但有什么呢？你的爱
早已浸透了人间
浸透了缠绕交错的根须
（强大的和细微的）
浸透了地层——整个生命的历史

我知道，在一个早晨
所有秀美的绿麦
所有形态的嘴角、叶片和花
都会渗出你稀有的笑容

1980年6月

祭

我把你的誓言
把爱
刻在蜡烛上

看它怎样
被泪水淹没
被心火烧完

看那最后一念

怎样灭绝
怎样被风吹散

1980 年 6 月

北方的孤独者之歌
——在那纷乱的年代里,一个歌手被流放到北方……

天变了颜色
变成可怖的铁色
大地开始发光
发出暗黄的温热
呵,风吹走了,风吹走了……
那大草原上
那大草原中
时聚时散的部落

一切都在骚乱
都将绝望——抛弃,争夺!
只有那,属于北方
的沉寂和诉说
还在暴雨前的
阵阵寒噤里
轻轻飘过
轻轻飘落……

还是唱歌吧!

唱那孤独者
唱那孤独的歌
像在第一阵微凉里
惊醒的野鸽子
飞出细柔、和谐的梦
去寻找真的家
去寻找真的窠

唱吧，歌呵歌
唱给滩洼中枯涸的水沫
唱给山路上倾翻的大车
唱给圆木的小屋
唱给荒亭的白发
唱给稀少的过客
唱给松鼠
唱给松果……

呵，呵，孤独者
让你的思念
（那么多呢，那么多呢）
像木排一样
去随水漂泊
去随冰漂泊
随着轰鸣，随着微波
……呵，海在等着

为什么？为什么？为什么？
这样沉，这样沉重
扭弯了撬棍
坠散了绳索

像浸透悲哀的古木
隐藏着火舌
呵，永远不问，永远不说
铅味的烟团在草中潜没

让歌飞吧，飞吧！
真正像野鸽子
自在地，自由地……
让早晨的空气
充满羽毛，充满欢乐
像芦花曾充满湛蓝的秋空
（即使北方的天穹
跨度过于宽阔）

孤独者，呵呵，歌
你的女儿还很顽皮
常常把雪花捕捉
儿子却已学会沉默
久久地沉默
他们在陆地的两舷
听着，静听着
你的歌

呵，孤独者，孤独者
你不能涉过春天的河
不会哦，不能哦
冬天使万物麻木
严寒使海洋畏缩
但却熄灭不了炉火
熄灭不了爱

熄灭不了那热尘中的歌

森林的家系
绵长而巨大
河水的朋友
广泛而众多
甚至那冷酷的冰川
也总连着、连着……
但你却是孤独者
只有唱歌

听么？听着，听啵
呵——生命、生存、生活
生命生存生活
山在江水中溶化
浪在石块上跳着
那一切已经消逝
蜡烛的热恋
凝成了流星一颗

不要问为什么
不要问为什么
人生就是这样混浊！
人生就是这样透澈！
闪电早已把天幕撕破
在山顶上
尽管唱歌，尽管唱歌
看乌云在哪里降落。

1980年6月

蚯蚓*

当你失明时
你彻悟了
彻悟了那未知的一切
于是，在一页页土层中
开始写你的著作

这是属于黑暗的文字
字体古怪而流畅
是盲文
只有根须那敏感的指尖
才能阅读

人，自负地翻动大地
给它装上各种硬皮
水泥的、砖的、柏油的……
毁坏了你的书
还印上自己的名字

但草仍在空隙间阅读着
树也在读
所有绿色的生命
都是你的读者
在没有风时他们决不交谈

---

* 诗的前二节发表时曾被压为一节：在一页页土层上／开始写你的著作／字体古怪而流畅／只有根须那敏感的指尖／才能阅读

我是属于人类的
因而无法懂得
但我相信
里边一定有许多诗句
看那小花的表情

        1980年6月

灯

熔蜡凝固了
走马灯不再诱人

赏灯者艾艾怨怨：
火柴潮得不行

我只好接通电路
弧光照彻夜空

赏灯者捂住双眼：
是灯？怎么不怕风？

        1980年6月

在夕光里*

在夕光里，
你把嘴紧紧抿起：
"只有一刻钟了！"
就是说，现在上演悲剧。

"要相隔十年，百年！"
"要相距千里，万里！"
忽然你顽皮地一笑，
暴露了真实的年纪。

"话忘了一句。"
"嗯，肯定忘了一句。"
我们始终没有想出，
太阳却已悄悄安息。

1980 年 6 月

---

* 这首诗曾作为《小诗六首》之一于 1980 年 10 月号《诗刊》"青春诗会"（7 月至 8 月举办）专辑发表（其它五首是《远和近》《雨行》《泡影》《感觉》《弧线》）。该组诗的发表引发很大争议，促成和强化了"朦胧诗"的叫法。

作者曾提及这六首诗是顶替一时不能获通过的《永别了，墓地》送上的。为了达到"积极、明朗、向上"的要求，作者为六首诗临时加写了《序》：

我爱美，酷爱一种纯净的美，新生的美。

我总是长久地凝望着露滴、孩子的眼睛、安徒生和韩美林的童话世界，深深感到一种净化的愉快。

我渴望进入这样一种美的艺术境界，把那里的一切，笨拙地摹画下来，献给人民，献给人类。

我生活，我写作，寻找美并表现美，是我的目的。

远和近

你
一会看我
一会看云

我觉得
你看我时很远
你看云时很近

1980年6月

田埂

路是这样窄么?
只是一脉田埂。

拥攘而沉默的苜蓿,
禁止并肩而行。

如果你跟我走,
就会数我的脚印;

如果我随你去,
只能看你的背影。

1980年6月

小巷

小巷
又弯又长

没有门
没有窗

你拿把旧钥匙
敲着厚厚的墙

1980 年 6 月

芦席

你是一首岸的诗
是粗糙的手
在炎日西斜的门栏上
编成的

那泥土的润凉
露的生机
使我枯干的梦复活了
变成一条鱼

它游来游去

在水湾中游,在浅滩中游
透过一个个水泡
去看放大的星星

你也是一片静思的湖
布满了微妙的波纹
从各方面来的
有风、网,有老树的根须

早已潜没的情感
在我心上交错
也许这就是鳞的起源
与进化无关

当没有空气的夏天消失
你便默默退去
在那圆形的秋空中
将有芦花在飘……

1980 年 6 月

赠别

今天
我和你
要跨过这古老的门槛
不要祝福

不要再见
那些都像表演
最好是沉默
隐藏总不算欺骗
把回想留给未来吧
就像把梦留给夜
泪留给大海
风留给帆

1980 年 6 月

等

世界都湿了
星星亮得怕人

我收起伞
天收起滴水的云

时针转到零点
扪了上帝的脚跟

你没有来
我还在等

1980 年 6 月

想

斜阳
射进北窗
一碗苦药
正在发烫

屋顶
布满蛛网
一枚圆月
闪着泪光

1980 年 6 月

小春菊

朋友在我的床头
放了一束小春菊
白的花瓣、浅黄的蕊心
有前有后地看着我

我看出它在笑
笑得细微而真挚
那是孩子在成熟之前
唯一一次淡淡的笑

死亡的影子飘散了
斜阳轻抚着梦
春天清凉的渠水
开始在指间流动

我听见我的呼吸
像蝶翅扇起的微风
我怎忍心再醒呵
去看小春菊渐渐凋零

1980 年 6 月

窗前

你轻轻地说：
春天不好，秋天
"是的，秋天再见"

等绿海退回南方
等太阳斜向西天
呵，只等不盼

是那么偶然，偶然？
梦魂又飘过
你的窗前

垂帘，静静的垂帘

安息着无数无数
黄金的叶片……

1980 年 6 月

未知

在我们的路上
有一条小河
时明时暗
时明时暗
漂着一副马鞍

在小河的对岸
有一个屋子
半蹲半站
半蹲半站
亮着一对独眼

1980 年 6 月

蝉的歌

是什么时候

蝉又开始叫了
也许因为夏日的风
过于粘稠

在天空——淡蓝的泡影里
你唱着歌
唱的是小钢钻
怎样打出星星

可惜歌声并不美好
远不如天真的鸟叫
总使一些也想唱歌的人
牙齿发生过敏

1980 年 6 月

黑星

你看着我
那样看着
眼睛
像黑色的双星
不再运行

笔
停
在古老的诗行间

墨滴
缓缓流动

1980 年 6 月

疑惑

车，一辆，一辆
过去了
载着失望

我的希望还在路上

你在路上
我在路旁
究竟有什么相像？

1980 年 6 月

避免

你不愿意种花
你说
"我不愿看见它
一点点凋落"

是的
为了避免结束
你避免了一切开始

1980 年 6 月

悟

树胶般
缓缓流下的泪
粘和了心的碎片

使我们相恋的
是共同的苦痛
而不是狂欢

1980 年 6 月

答

爱的结果是什么?
未必不是癌
不爱的结果是什么?
未必是癌

而癌未必不爱

1980年6月

我总觉得

我总觉得
星星曾生长在一起
像一串绿葡萄
因为天体的转动
滚落到四方

我总觉得
人类曾聚集在一起
像一碟小彩豆
因为陆地的破裂
迸溅到各方

我总觉得
心灵曾依恋在一起
像一窝野蜜蜂
因为生活的风暴
飞散在远方

1980年6月

干枯的幼树

在冬夜枯死的幼树
在夏日更枯了
一片青草托着它
　　　和它的影子
它默然亭立
在绿色中也不能复生

那绿色本应是它的
像是它流佚的生命
　　　触目而青翠新鲜
天空也应属于它
而它不像有知觉

它应当收回它的绿
呼应它的天空
然而只是应当
不像是灼热的
　　　甚至冷酷的现实

现在还有什么么？
哪怕听听鸟和蝉的吟歌
它没有一片叶子可以挥洒呵
就这样吧
只好这样
忘记
　　　忘记下去

1980 年 6 月

解释

有人要诗人解释
他那不幸的诗
诗人就写了
一篇又一篇解说词
越写越被叫好诗

后来他去了广交会
发现那里全是诗
于是他当选了解说员
人人说他很称职

再没有人要他解释
他那有幸的诗

1980 年 6 月

我想

我想住间大房子
中间放张床

床上堆满小白花
我躺在床底下

胆大的客人会笑
胆小的客人会逃跑

我当然什么也不为
只觉得自然又愉快

1980 年 6 月

地基

蜷缩的城市
伸出手——推土机
推平了一畦又一畦菜地

肥沃不再是荣誉！

无所事事的土块们
在等待砖石和水泥
在等待新度量——平方米

一小段田埂还在发绿

一棵小树站在上面
想象着航行
想象着岛屿……

想象着
周围是海，自己是旗

1980 年 6 月

我们喜欢上早班

我们喜欢上早班
早一点把太阳点燃
然后沐浴最干净的晨光
进入崭新的一天

赤诚的青春
闪射清洁的火焰
和初升的太阳一起
切割沉重的黑暗

1980 年 6 月

晨光

我要用一片树林
来保存金色的早晨
哦,那不是秋天的树林
那是四季幸福的合金

你第一次向我走来
带着太阳的笑容
百鸟为此喑哑
晴空飘满歌声。

1980 年 6 月

海云

灰色、银色的
云
从一排排舷窗口飘过
从一排排弹洞前飘过

水手说
你是海洋浪漫的女儿
在寻找帆
在寻找那单薄的情人

我却觉得
你是毁灭的烟
你是上一个生命世界
喑哑的灵魂

1980 年 7 月

泡影

两个自由的水泡,
从梦海深处升起……

朦朦胧胧的银雾,
在微风中散去。

我像孩子一样,
紧拉住渐渐模糊的你。

徒劳地要把泡影,
带回现实的陆地。

1980 年 7 月

街景

黄白色
变质的太阳
在热尘中浮动
在天窗中滚荡
沸沸扬扬

天空
一条一条
像截下的纸边
被铜线和钢缆
反复捆绑

爱的海流
欲的汪洋
割裂的湿铁板
在恋人脚下

咯咯作响

1980年7月

迷失在落叶下的孩子

叶落了
是小杨树的画片
在飞散……
生命
那漂亮的绿漆
渐渐脱下
显露出古老的金黄
从镇上来的风
把它收集在一起
用暗蓝的宽袖
抚来抚去

今夜
这里睡着两个孩子
七岁的是姐姐
三岁的是弟弟
青黑色的远处
湖水扭动着
吸盘
像要把谁捉去?
在不等距的树隙里

天空发出簧的低响
是规劝

弟弟走不动了
关节像粒青豌豆
家也不会走来
姐姐的耳边
有一个小痣
一只蚂蚁
一颗黑星星
她的塑料鞋里
灌满细细的砂
发着热
想着阳光

爸爸默默地走过
哑影子
粘着所有树根
被拉得又细又长
它找到了
孩子
却无法说话
被弯得很圆的电
是妈妈的车
一闪
就飞逝了

最高处的叶片
手心盛满露水
一不小心

就撒了
无数叶子又来接它
又来接它
只有一滴落在姐姐鼻尖
有点痒
她笑了
她能背动弟弟了
告诉妈妈、爸爸：
在大月亮的夜里
知了也会叫呢

1980 年 7 月

永别了，墓地

　　在重庆，在和歌乐山烈士陵园遥遥相望的沙坪坝公园里，在荒草和杂木中，有一片红卫兵之墓。
　　没有人迹。
　　偶然到来的我和我的诗，又该说些什么……

一、模糊的小路，使我来到你们中间

模糊的小路
使我来到
你们中间
像一缕被遗漏的阳光
和高大的草

和矮小的树
站在一起
我不代表历史
不代表那最高处
发出的声音
我来了
只因为我的年龄

你们交错地
倒在地下
含着愉快的泪水
握着想象的枪
你们的手指
依然洁净
只翻开过课本
和英雄故事
也许出于一个
共同的习惯
在最后一页
你们画下了自己

现在我的心页中
再没有描摹
它反潮了
被叶尖上
蓝色的露水所打湿
在展开时
我不能用钢笔
我不能用毛笔
我只能用生命里

最柔软的呼吸
画下一片
值得猜测的痕迹

二、歌乐山的云，很凉

歌乐山的云
很凉
像一只只失血的手
伸向墓地
在火和熔铅中
沉默的父母
就这样
抚摸着心爱的孩子
他们留下的口号
你们并没有忘
也许正是这声音
唤来了死亡

你们把同一信念
注入最后的呼吸
你们相距不远
一边仍是鲜花
是活泼的星期日
是少先队员
一边却是鬼针草
蚂蚁和蜥蜴
你们都很年轻
头发乌黑
死亡的冥夜

使单纯永恒

我希望
是红领巾
是刚刚悬挂的果实
也希望是你们
是新房的照片
在幸福的一刹那
永远停顿
但我却活着
在引力中思想
像一只小船
渐渐靠向
黄昏的河岸

三、我没有哥哥，但相信……

我没有哥哥
但相信你是
我的哥哥
在蝉声飘荡的
沙堆上
你送给我一只
泥坦克
一架纸飞机
你教我把字
巧妙地连在一起
你是巨人
虽然才上六年级

我有姐姐
但相信你仍是
我的姐姐
在淡绿的晨光中
你微微一转
便高高跳起
似乎彩色的皮筋
把你弹上天空
它绷得太紧
因为还有两根
缠绕着
我松松的袜子

而他呢?
他是谁?
撕下了芦花雀
带金扣的翅膀
细小的血滴撒了一地
把药棉和火焰
缠上天牛的触角
让它摇摇晃晃地
爬上窗台
偿还吞食木屑的罪过
他是谁?
我不认识

四、你们在高山中生活

你们在高山中生活
在墙中生活

每天走必须的路
从没有见过海洋
你们不知道爱
不知道另一片大陆
只知道
在缄默的雾中
浮动着"罪恶"
为此，每张课桌中央
都有一道
粉笔画出的界河

你们走着
笑着
藏起异样闪动的感觉
像用树影
涂去月光的色泽
在法典中
只有无情和憎恨
才像礼花般光彩
于是，在一天早晨
你们用槠树叶
擦亮了
皮带的铜扣，走了

谁都知道
是太阳把你们
领走的
乘着几只进行曲
去寻找天国
后来，在半路上

你们累了

被一张床绊倒

床头镶着弹洞和星星

你们好像

是参加了一场游戏

一切还可以重新开始

五、不要追问太阳

不要追问太阳

它无法对昨天负责

昨天属于

另一颗恒星

它已在

可怕的热望中烧尽

如今神殿上

只有精选的盆花

和一片寂静

静穆得

像白冰山

在暖流中航行

什么时候,闹市

同修复的旋椅

又开始转动

载着舞蹈的和

沉默的青年

载着缺牙的幼儿

和老人

也许总有一些生命

注定要被
世界抖落
就像白额雁
每天留在营地的羽毛

橘红的，淡青的
甘甜和苦涩的
灯，亮了
在饱含水分的暮色里
时间恢复了生机
回家吧
去复写生活
我还没忘
小心地绕过墓台边
空蛋壳似的月亮
它将在这里等待
离去的幼鸟归来

六、是的，我也走了

是的，我也走了
向着另一个世界
迈过你们的手
虽然有落叶
有冬天的薄雪
我却依然走着
身边是岩石、黑森林
和点心一样
精美的小镇
我是去爱

去寻求相近的灵魂
因为我的年龄

我深信
你们是幸福的
因为大地不会流动
那骄傲的微笑
不会从红粘土中
浮起,从而消散
十一月的雾雨
在渗透时
也会滤去
生命的疑惑
永恒的梦
比生活更纯

我离开了墓地
只留下,夜和
失明的野藤
还在那里摸索着
碑上的字迹
摸索着
你们的一生
远了,更远了,墓地
愿你们安息
愿那模糊的小路
也会被一个浅绿的春天
悄悄擦去

1980 年 7 月

树干

千万根须
向我汇集
万千枝条
自我迸散
我
就是今天
坚实而孤寂
连接着过去和未来

深入地层的
祖先呵
紧紧拥抱着历史
然后束起胡须
——你们把
这样的使命
注入我的体躯
使我奋发
也使我萎靡

扑向蓝空的
孩子呵
欢跃地捕捉星星
时刻张着手臂
——你们用
这样的要求
牵动我的神经
使我伸展

也使我弯曲

震动和风
都强调
我是今天
是桥
连接着荒野和道路
是江
连接着高山和大海
我直立着
连接着地和天
连接着
无限深厚的黄褐
无限高远的蔚蓝

1980 年 7 月

碧绿的星

碧绿的星呵
升上夜空

乌云的触须
摇荡不停

我的心潮乱了
再无法平静

每个思念的浪尖
都闪着你的眼睛

1980 年 7 月

征服

大厦
像巨型弹夹
被深深压入地下

公路
像蓝色弹道
在远处反复交叉

大自然
后退一步
发出低沉的威吓

1980 年 7 月

我的眼睛混浊了

我的眼睛混浊了

像污染的湖泊
汇入了这样多的杂念
被风扬弃的灰
为制造而喷泻的烟

我的眼睛混浊了
世界的影像又怎能圣洁
讲究卫生的使徒
请尽量早起
那时才有透明的露珠

1980年7月

听

海洋在挥霍它的伟力
——你在听;
火山在倾吐它的热恋
——你在听;
夏蝉在打磨它的曲调
——你在听;
诗人在嘲笑所有嘲笑
——你在听……

终于失望了,
并没听到你的回声。

1980年7月

猎

年老的铳炮,
咳了一下,
喷出一嘴铁砂。

树林受伤了,
落了三片叶子,
碎了两朵野花。

呜——
战果多大:
小柳莺半分钟
没敢发问;
大杜鹃一分钟
没有回答。

1980 年 7 月

夏末

白杨树
搅拌着大气
蝉声却难以洗涤

无数心形的绿叶

在摇荡中
渐渐蜷曲

太阳的
温存和暴烈
早已被阴云偷去

细细的向日葵
举不起奉献的花
垂首呆立

1980 年 7 月

遗念

我将死去
将变成浮动的谜
未来学者的目光
将充满猜疑

留下飞旋的指纹
留下错动的足迹
把语言打碎
把乐曲扭曲

这不是孩子的梦呓
不是老年的游戏

是为了让一段历史
永远停息

　　　　　　　　　　　　　　1980 年 7 月

豆荚

豆花
像婚宴上
小小的白餐巾
飘落着，落着
宣布了
你们神圣的结合

从此
便紧紧相依
在新鲜的梦中
在清浅的呼吸中
孕育着
幻想之子

淡绿的浆汁
凝结着
凝成一个又一个
圆形的幼童
像绿星星
串连在一起

爱吧,拥抱吧
当夜还很醇
市场还没醒
蚊虫刚刚沉寂
土地依恋着余温
爱吧

你们将分离
孩子被剥去
感恩
将变成苦恨
这才是人类
使你们爱的目的

1980 年 7 月

瞬间

疾风吹着肥大的叶片
形体在摇摆
间距在变幻
星星点点的土地
星星点点的蓝空
红褐色交叠的虫翅上
星星点点

这就是我的索求

雨水的折光
深海中鱼群变向的闪烁
黄金的细砂或淡白的花粉
一粒心火
一丝无知的笑
——瞬间

索求使我运动
从这个星系到那个星系
穿过紫荧荧的真空
弧形的轨道
斑杂的光谱和波
只有一个目的
使瞬间得以连接,继续

1980 年 7 月

调

加一笔蓝,
是天宇;
加一笔黄,
是土地。

把蓝和黄,
加在一起,
是绿,

是生命的天地。

1980 年 7 月

大禹的自白

在"粉碎"的年代,大禹塑像曾被砍下头,放在垃圾车上游街示众——

涉过漫长漫长神圣的死亡
涉过天国和冥府的阶梯
我的头颈
和后人加上的冕旒
一起落下,落向
埋葬过我的土地
无数清秀的孩子欢呼着
他们交迭的手臂
那么年轻
既没有纯白的光泽
也没有河堤一样
隆起的血脉
多么奇怪,他们相信
我是神明
我工作了四千年
往无数颅穹中
装愚昧的粘土

感谢他们
感谢他们的轮子
文明的繁星
就是在转动中布满天空的
所有惊醒的我都看世界
都看街上,那么高兴
似乎找到了怪异娃娃
喧闹也会旋转
像一个恍惚的青色玉璧
像我见过的乞讨和烟
然而,在那遥远的时间里
在褪色的腰门
和排门后面
在破碎的桶板和泥炉后面
在我所苦恋和憎恶的
河流那边,则是沉默
——水和泥,从古至今
雾,拱桥,饱含泪水的豆荚
脱发的老人,帐中的幼婴,山和海洋

他们并不刻毒
不需要上诉
不必看由于阿谀、威胁
所产生的皱纹
我枕的是落叶和石筒
枕着
的确存在的一切
我的旅榻是柔软的
让那细细的竹梢抽打吧
驱赶彩色的蚊虻

对于油漆面具
我早已厌恶
我的肤色
是大地和木材的颜色
是太阳下江水的颜色
只有这种颜色
绘出了我的伤痛

我被粉碎
风干的思念,发出响声
淡黄的烟升起
在暂短的阴霾之中
树林充满寒噤
我依旧愉快
像真实的我一样
在雾雨中
渗入几丁质的薄壳
渗入种脐
去到每颗种子中新生——
穿过红麻绵长的神经
金合欢的花萼
在枝头,让微笑沾满露水

我渗入
地基
和无数乌瓦、红砖的裂片混杂
还有风化的糠屑
壁画的灰
铸铁的焦渣
在一阵阵可怕的压榨之间

是统一的足迹
鼓的跳跃
炮竹——被撕碎的卷宗
大片大片的
青果般滚落的号子
之后是水泥
这灰白的果浆并无味道
在鲜稻草的濡湿之中
是长久的肿胀
麻痹
使我又想起息壤的故事

我凝结
我的思想
重新成为大地的思想
牢固得铁和火都难于取消
分散到处，整体的我
承托着这些——
生命，死亡
簇新渐而绽裂的圆鼎、碑石、风
蓬草和风筝的竹筋碎骨
钩吻草和锚
浅草地、草原和通红的地毯
各色的花和各色的血
公开和隐秘的凶杀
一个个烫手的弹壳
冰凉的螺壳
蜗牛一样依附在远近的村落
宏伟的版图
转瞬成了干枯的苔色……

我的爱悄然无声
不是胆怯也不是自豪
我茫然的胸腔
充满卵石
那些我征服过的石头
充满了灾难动荡的无声喧响

一阵鲜红的血的潮汐过后
预言将浮现
就像无数布满斧痕的断木
停在芦花中间
河溪忘记了追问
湖还在沉思
大群大群的
由于不断醒悟而苍白的云
回到劈碎的三角洲上
它们依恋水面
天空因高远而肤浅
不能给一个倒影
静是最美的乐曲
虹在雨燕翅上展开
光谱里没有了天真的草绿
我在淡淡的水光下
苏醒又朦胧
长眠
甲骨钟鼎书牍锦帛纸张印刷
长眠
土地依旧楚痛
泪水难以吸收
玩具在街巷漂流……

我不会瞑目
这样多的磷
在我身体里燃烧
这样多的蓝色魂灵
不让我合上眼睛
这样多的陨星和迸溅的麦粒
送走,迎来,又送走
"可能",是一个新词
可能是对儿时游戏的回忆吧
可能是我屏住的呼吸吧
可能只不过是些插图吧
从西方沙漠归来的海风
把它们吹成碎片
又扬上高空
让一阵阵潜在的激怒
和霞从天际涌出
这样的呼喊应当扩展
像伞,像蓝天
让所有行走,沉睡,拥抱的人类明确
在我头顶
一个亘古的信念早已铸成

息壤:传说中一种能自己生长永不耗减的土壤,据《山海经》记载:大禹的父亲鲧,曾偷盗天帝的息壤堵截洪水。

1980年7月

感觉

天是灰色的
路是灰色的
楼是灰色的
雨是灰色的

在一片死灰之中
走过两个孩子
一个鲜红
一个淡绿

1980 年 7 月

自信

推土机
推倒一棵树
又推倒另一棵
在茂盛的蝉鸣中
铺展安静的路

1980 年 7 月

春叶

交错的枝条
交错的笔
把透明的绿
点满天空

1980 年 7 月

桐油

清清亮亮的汁液
从白桐籽中榨出

流向磨损的木桶
流向古旧的舀勺
流向羊毛刷的尖端

一层又一层冲刷
凝成了琥珀的光

小船轻轻地漂走了
硬木的花纹上停着闪电
玩偶眼里总有泪水

或许我竟类属白桐籽

用透明的心液凝结出作品

1980 年 7 月

小鱼

乱礁中
有一片水洼
游着一条小鱼
吞着细微的水泡
等待潮汐

不会来了
过去只能回忆
如果它微微跳起
就会看见
刚合拢的海堤

1980 年 7 月

诗人的悲剧

诗人说
地球像个苹果

太阳说
我会把它晒红

于是,海枯了
绿野化为飞尘

只有刚出炉的砖瓦
才没感到吃惊

可敬的诗人呢
早就不见了踪影

难道他的诗里
没写过一条果虫?

1980 年 7 月

两地

在灿烂的晨光中
住着一窝小野蜂
早上嗡嗡嗡
晚上不作声

一个妻子
走下木梯
脸色比空气还明丽

专心刷一双胶鞋
刷红泥黄泥的斑点
和水泥灰白的印迹
在无数路上走过的鞋
才会如此美丽

在湖蓝的晴空下
住着一窝小野蜂
早上嗡嗡嗡
晚上不作声

一个丈夫
倒向躺椅
长长的腿再不愿弯曲
一只泥鞋扔在墙角
还有一只不见踪迹
泥点撒了一地
路走了千里万里
正在幸福地呼吸

在清澈的泉流边
住着一窝小野蜂
早上嗡嗡嗡
晚上不作声

鞋刷好了
那么仔细
一双鞋新崭崭地放着
如果是一只还会刷吗?
好大的世界呀

秩序秩序秩序
银河涨水的时候
总能欣赏牧笛

在爱人的心上
住着一窝小野蜂
早上嗡嗡嗡
晚上不作声

1980年8月

佩兰

一个孩子
通过梦
寄来了信
信中有一枝微小的花
叫做佩兰

她说:你看
它没有枯
还会香呢
它是在楼顶的水槽里
偷偷长大的

我想打开心页
却打开了

《草叶集选》
用佩兰的影子
遮住"一株活着的橡树"（注）

（注）《草叶集》中，有这样一句诗：在路易斯安那，我看见一株活着的橡树正在生长

1980 年 8 月

睡莲

在绿影的摇荡中
你梦着
使最纯的云朵
都显得陈旧

不是雕栏
不是晴空闪过的长窗
不是蜜蜂的低语
或彩蝶礼貌的吻

是颗晶亮的水珠吧
它被石子溅起
石子来自海岸
曾装在一个顽童的兜里

1980 年 8 月

雨行

云灰灰的,
再也洗不干净。
我们打开雨伞,
索性涂黑了天空。

在缓缓飘动的夜里,
有一对双星,
似乎没有定轨,
只是时远时近……

1980 年 8 月

船要沉没了

船要沉没了
波浪不安地摇动
船长还没有离去
他在指挥搬运

我要沉没了
烛火不安地摇动
诗神也没有离去
在抢运我的灵魂

但愿真有大陆?
但愿真有永恒?

1980 年 8 月

译者的形象*

在你宽阔的脑海里
飘扬着无尽的旗帜和帆

它们通过你笔隙的海峡
——驶向东方海岸。

1980 年 8 月

种植

手绢飘落着
从二楼阳台上
晴空含着微笑
我用竹竿还给你
你说:谢谢

---

* 标题初为:傅雷的形象

乌黑的额发撫过白云

从那天起
我就开始种植
葡萄、金银花、紫藤
让它们顺着竹竿
攀越阳台的铁栏
呵，你会看见

有人说，你搬走了
谁说的？
为什么还有晴空
白云无声地移动
粉蝶在花影中
飘落又上升

然而却出现了少年
淡雀斑多么陌生
靠在阳台边
吹吹口哨
摘下一粒葡萄
说：呸！真酸

1980 年 8 月

我找你

我找你

找得多么累呵

不是在世界上
不是用眼
不是用脚
是用未知的感应
用心
在童话里寻索

一个，一个
小葫芦
像绿梦的孩子
长着不可触及的茸毛
风也不敢走动
知了在叫

白窗帘
都拉得很低
里边没有音乐
没有规律的砧声
只有幼童
任性的敲打

我知道
你在一个地方
在呼吸
在笑
在拍碎波浪送来的
一千朵太阳

我找你
找得多么累呵

1980 年 8 月

梧桐皮

你剥落着
像层层叠叠的版图
像帝国的进军

终于
海洋涌进了内湖
岛屿在秋风中沉没

大胆的孩子
拾起一片
说：这是我的

1980 年 8 月

在戈壁，我成了游牧者

在戈壁

我成了游牧者
走向被云朵沾湿的土地
春天的绿颜色
洇开又消失
含砂的太阳
在不停打磨
必须像青铜
对幻觉保持沉默

再无法停步了
因为有风
云就没有定居的可能
河流爬过的路
只剩一片苦涩
但生命呢
仍要继续,要活
在戈壁
我成了游牧者

1980 年 8 月

落叶飞散

落叶飞散
土地被刮净
失去鳞片
遥远的天海

一片湛蓝
雨云的潮汐
早已收敛
该过过磅了
别再吞噤
北风在山顶
磨亮刀尖
城市的鳃瓣
还在打颤
快开始吧
落叶飞散

1980 年 8 月

在陌生的街上

在陌生的街上
有许多人跳舞
跳得整齐而莫测
使我无法通过

由于长久的等待
我变成了路牌
指着希望的地方
没有一字说明

1980 年 8 月

在这里河流转弯

在这里河流转弯
笔直地穿过山涧
它变得有些勇猛
接连攻击着河岸

在这里河流转弯
抛下等待的荒滩
一个孩子站得远远
所有枯草都被吹断

在这里河流转弯
原因等着人勘探
大雁连成了一线
莫测的高天灰中透蓝

1980 年 8 月

博物馆

博物馆,
沉寂,庄严;
神圣的旗帜,
斜垂在门边。

一个娃娃,
爱上了旗穗,
把它编成,
金黄的发辫。

1980 年 8 月

北非之夜

一个黑孩子
在北非燥热的
荒丘上
在把他染黑的夜里
茸茸卷发
沾满砂粒
枯草在唇边
吸吮
夜空在吸吮中弯曲

一粒彩色的星星
从另一片大陆
从他扩散的瞳孔里
升起
用全人类的语言
问候天宇

1980 年 8 月

弧线

鸟儿在疾风中
迅速转向

少年去捡拾
一枚分币

葡藤因幻想
而延伸的触丝

海浪因退缩
而耸起的背脊

1980 年 8 月

雨梦

无数清清凉凉的溟灵,
从雨中,
飞入梦境。

微微蜷曲的感觉里,
有一片小湖,
飘满花缨。

我背着自制的弓箭,
穿着凉鞋,
在两极滑行。

1980 年 8 月

虚惊

天,黑着脸
步步逼近
树木吓得大哭
草要发疯
怎样呢
是电焚
是荒洪
都错了
轰鸣消散之后
有一个太阳的镜头
一分钟
之后是真空

1980 年 8 月

泳

水平线
在我唇边变幻
使我无法说出
自己的语言

1980 年 8 月

建筑工地

后边
是有形的风
是石子和铁的歌
是标语和人

两旁是楼影
不能转身

前面是一段绿野
狭长的晴空
剪接的虹

1980 年 8 月

预兆

一个小学生
穿着短裤
在沙堆上爬

暗绿色的
帆布皮带里
别着杨树枝
当作尾巴

他一会是狐狸
眯起眼睛，狡猾
一会又学狼
可惜正在换牙

我看着他
不知是该笑
还是该怕

1980 年 8 月

林中

新鲜的果实
悬在四方

蓝天像条小溪
在树隙间流淌

我没有渴求
也没有热望

枯叶的烟魂
还在流浪

1980 年 8 月

在淡淡的秋季

在淡淡的秋季
我多想穿过
枯死的篱墙，走向你
在那迷蒙的湖边
悄悄低语
唱起儿歌
小心地把雨丝躲避

——生命中只有感觉
生活中只有教义
当我们得到了生活
生命便悄悄飞离
像一群被打湿的小鸽子

在雾中
失去踪迹

不,不是这支歌曲
在小时候没有泪
只有露滴
每滴露水里
都有浅红色的梦——
当我们把眼睛微微闭起

哦,在暗淡的秋季
我没有走向你
没有唱,没有低语
我沿着篱墙
向失色的世界走去
为明天的歌
能飘在晴空里

1980 年 8 月

信念

土地上生长着信念
有多少秋天就有多少春天
是象就要长牙
是蝉就要振弦
我将重临这个世界
我是一道光线

也是一缕青烟

1980 年 8 月

赠诗友

赠舒婷

冬日的阳光
轻撫着民主墙

木棉在无声地燃烧
橡树散发着喧响

一阵阵海的温情
把我带向南方

赠晓鹤

你的魂灵里
布满纯银的花葶

月亮是淡红的
叫我怎能看清……

赠常荣

早晨的花朵

远去在静静的海上

那是自由和美的航程

赠伐林

你是高山上
砍伐林木的人

山谷复诵着斧声

我是深谷中
早已哽哑的枯叶

在微微激动……

伐林者高姓

赠小妮

树枝
摇了一下

小孩哭啦

你说，别怕
这是快乐的雨
这是调皮的风
这是鸟在回家

谁知道?
——惊讶!
　　　　"惊讶"者小妮友敬亚也

　　　　　　　　　　　　　　1980年8月

世界和我

　　(1) 第一个早晨

推开门
带上最合法的表情
不要看见别人
也藏好自己的心

煤烟沉沉

再叫我的名字
我不承认

　　(2) 位置

心、心
一排排
像暗淡的古钟
挂在教堂的顶端

在需要时
才会交响

(3) 仪式

小蜡人
站在窗边,站好
对窗外的我
永远惊奇吧

(4) 涉

没有一个海湾
比渴求的眼睛
更深

乞丐的手
像珊瑚般生长

(5) 断片

孩子对妈妈说:
我想飞呢

蒲公英离开了
他的头顶

(6) 我想

我想哭

我想让秋天的暴雨
在心上涌流

我想笑
我想在春天的呼吸中
继续长高

(7) 问

落叶
你是被打碎的春天吗？
那我散落的头发
又是什么？

(8) 中和

我变成一支情歌
去爱雪
去爱纯白的大地

让那舒畅的寒冷
去中和
热恋的火焰

(9) 梦

在寂寞中
花，占领了天空

再不需要蝴蝶

每朵花
都有轻柔的翅膀
都有你的芳馨

(10) 第二个早晨

大地
被狂风吹得干干净净

我站起来
目送着
雨云的背影

(11) 停顿

我变成一个影子
去穿越西亚沙漠

我看见一些石柱
带着古怪的花纹
迎接我

它站着
绕起悠长的地平线
它的创造者
柔顺地躺在那里

它却是他们
曾经站立的标志

它也代表我

(12) 渴望

    A
当沼泽泛起霞光
它便不再是死亡

我像等待已久的微风
奔跑着
去亲吻太阳

    B
渴望并不是沼泽
不是早晨
渴望是一座
石灰岩的山峰
在黄昏中
被余晖映红

(13) 墓门

你站在
黑夜的门前
站在最后的夕光里

燃烧的发缕
一<u>丝丝</u>
飘进死亡

你看见了石像

(14) 安息

月亮是假的
它只是舷窗的灯光

我漂在船后
静听着永恒的喧响

(15) 梦很清醒

苦咸的海湾里
能漂浮甜果吗?

在大海枯萎之后
水草将长上天空

我将化为深绿的抛物线
重新表现自己

(16) 安息的不安

在苇叶的天地里
会有一只眼睛?

我的心跳了

我害怕回声
也害怕没有回声的呼喊

(17) 商标

一个野蛮的微笑
被摄下,被剪裁
被金色和银色的
字母环绕

于是
它代表文明笑了
代表香精笑
代表牙膏、自来水笑
代表公司、代表股票笑
代表无数
贪婪、绝望、困惑
的眼睛
笑

(18) 你笑了

你的笑
是大海拥抱海岛的笑
是星星跳跃浪花的笑
是椰树遮掩椰果的笑

你笑着
使黑夜奔逃

(19) 问答

黑夜是贼吗?

他盗走了什么?

不
是我撕坏了他的衣角
是我拿走了他的弯刀

(20) 第三个早晨

巨大的树木
为什么
我想拥抱你

早晨来了
小草都在土岗上眺望
你已看见了
她浅红的衣裳

(21) 我怕,我不怕了

我怕人知道我的心
我怕人看见我的心
他们有枪
他们有刀
他们的铜茶炊
泛着油光

在这里
我不怕了
这里草比人高
我的心结识了小野兔

和它一起蹦跳

(22) 你又笑了

当闪电的纵队
驰过之后
你微微一笑
额发遮住了眉毛

小枞树晃了一下
瘦弱而强大

(23) 追念

白热的空气
取消了一切
一切范畴和边界

你却扎起一束黑纱
想去追悼残夜

(24) 墙和窗

墙,使我们隔离
窗子,使我们联系

我们需要更大的窗子
却不想从墙中走出

(25) 太阳看见了我

太阳看见了我
我说：
你为什么
总把我留给黑夜呢？

在叹息中
颤动的书页
从没有告诉我什么

(26) 退避

当闹市带着诱惑
向我逼近的时候
我只能低下头

(27) 白天

白天
所有旗帜
都获得了色彩
所有衣裙
都开始飘舞

我心中的夜
也想飞走了

(28) 又问

风呵
你带走了诗页
带走了呼唤
带走了所有灰烬

我,你不曾看见?

(29) 第四个早晨

一棵模糊的树
分出无数枝叉

你淡淡的目光
似乎忘记了选择

(30) 微微的希望

我和无数
不能孵化的卵石
垒在一起

蓝色的河溪爬来
把我们吞没
又悄悄吐出

没有别的
只希望草能够延长

它的影子

(31) 政治

鸟翅的圆规
划出天空和大地的边界

天空
完好无损
大地
伤痕累累

我颤动的笔
把大地的痛苦
导向天空

(32) 回复

当风
把窗纸吹破之后
我便不再怕了

我比风
更自由
我比风
更狂暴!

(33) 请求

不要回头

不要看

不要给我留下
不可解释
又不能忘记的
目光

听，天幕之后
有多少孩子在笑

(34) 桅杆（树）

你不断在陆地上升起
又不断在海中沉没

我的攀登
多么徒劳

(35) 古堡

A

战争的天花
损坏了你的面颜

大大小小的弹坑
已经结疤

不要嫌弃我的影子
虽然它难以洗白

请相信它胜过云朵
那松落的绷带

　　B
把一切希望的狂喊
留在古堡里

走出来的
只是哽哑的影子

(36) 有关修复

　　A
当地球
破裂的时候
我多想把它粘好

不是用血
不是用泪
是用幻想之树上
纯白的乳胶

　　B
不，地球经过震荡
依旧完好

破损的只是面具后
那空虚的头脑

(37) 恐怖

我伏在平原上
恐怖地看见
另一颗亮星
徐徐迫近

你也忘记了自己

(38) 思

　　　A
巨岩上
长满枯藓
又从何想象
他年轻的面颜

我明白了
你为什么总在那里
默默看天

　　　B
望着天空的眼睛
比天更蓝

(39) 悟

树木结满了果实
便不再是树木

(40) 问之继续

油橄榄和羽毛
是留给谁的?

炮镜在发亮

(41) 叛道

在每个朝圣者
的心上
都有一片沙漠

酋长
我要离开你
去独自生活

(42) 无用的发现

从海上来的云
发现了裂谷
竟无法回去报信

在人类之间
鸿沟还将长存

(43) 争论

梦,悄悄地

传来一张纸条
告诉我
生活是假的

生活说：
不，是梦

(44) 我不是勇士

我不是勇士
我不是勇士

我却想戴上尖盔
我却想高举长矛
我却想穿过彩色的岩石
让火烈鸟的羽毛
在头顶飞飘

我不是勇士
多么可笑

(45) 挣扎

一个太阳
在头巾里挣扎

它不愿作为礼物
被送给皇家

(46) 隐形

在温存的丘陵上
太阳留下了轨迹

我没有脚印
我没有脚
我抛弃了人

只有这时
我才敢询问

(47) 微微的希望之后

那块石头
不想走向海洋
永远在蓝波下
观看太阳

云朵那么单薄
河流又怎有力量

(48) 思的满足

每块巨石下
都有一袋银币

你却在巨石上
唱歌

你有更多的秘密

(49) 赴约

太阳和月亮
轮流等待

她们比地球更冷静
她们比地球更热情

但有谁相信
我的翅膀
是纸叠的

(50) 梦鸟

整个雨季
你都在飞

把红宝石的泪珠
不断衔来

(51) 再生鸟

你落在盾牌上
金亮的眼睛逼视我

我害怕相信
我害怕那模糊的应允
我害怕

昨夜的积水
又化为飞云

(52) 第五个早晨

把黑夜撩开
宣布：
太阳，请进

(53) 重复的醒

又是混浊的日子
又是清澈的梦

惟一的小窗
还关得紧紧

(54) 抉择

我不敢看你
风摇荡不定

另一个世界
更广大无垠

(55) 技巧

在印着圣母的
明信片上

写一首诗

用三行赞美圣婴
用一行咒骂自己

(56) 搜集

我是研究古币的人
每枚磨损的太阳
都被我买下

(57) 弥合

在现实断裂的地方
梦
汇成了海

(58) 刺

我要划破感觉的厚茧
我要流出欢快的血液

(59) 第六个早晨

在薄暗里
花朵轻轻飞来

心像透明的水母
微微摇摆

(60) 紫云英

紫云英，紫云英
你把我掩埋吧

不要让灯看见
不要让星星看见
不要让多嘴的鸟看见

我要在你的耳语中
消失

(61) 边界

无数树木的骨骼
钉成墙
在探照灯下
闪着白光

谁不爱家乡
可总有逃亡

(62) 抉择的继续

晨光中
你那么不真实地站着
像个字母

我不是走近

就是走开

(63) 再悟

多彩的桦树皮
像许多飘碎的旗帜

现在已经不是
呼唤风的季节

(64) 跨栏

　　　A
草，长成一片
长到天边
否认大地是泥土组成

　　　B
我自由地
走着
永远，永远……

永远？
饥饿就是最好的栅栏

　　　C
为了跨越饥饿的栅栏
我去找马
一匹纯净的马

我对它说
在白天和黑夜之间
有一个空隙
我们逃走

   D
世界摇碎了

在银亮的马鬃上
在火的指尖
是抛来的地平线……

（65）偷渡

静
静静的眼睛

固执的码头
渐渐松开了缆绳

我想横渡大海
却不要风

（66）播

骏美的小马
从我身上踏过
它是古汉墓前
浮雕的子孙

它从我身上踏过
我的思想
便不再荒凉
诗句像一丛丛灌木
把流沙阻挡

(67) 爆发

红海兴奋了

热情的浪推着大陆
小船在颠簸

月亮诞生不久
在惊奇地看着

(68) 复原

经过旋风的打磨
大海平滑了

心的碎片
又重新组合
但再不是天真的我

(69) 节奏

跳舞时
口袋里的分币
为什么响?

这是社会的节奏

(70) 第七个早晨

沙原无息无声
罕见的雾
正在降临

早晨
应当是明确的象征

你赤着脚
踏坏无数麻木的饰纹

(71) 绝音

干死的草
裹着溺死的小猫

赞美总有相应的诅咒

可惜
再无法表达

(72) 囚禁

我被囚禁了
在离我很远的地方
在你心里

我并不是烈士
但愿意坐牢
为了光荣之外的幸福

(73) 变

在白天
我变得很黑
在黑夜
我变得很白

我想变成蓝色的
应该到哪里去呢?

(74) 报复

我被迫走入城市
像一粒弹子
被装进锁里

我要卡住所有钥匙

(75) 又一次请求

你在地铁旁边
你在橱窗旁边
你在无数人和物的旁边
你总在旁边

在我的心里

你不要这样吧

(76)你的抉择

是新换的玻璃
是新刷的油漆
在最重要的时刻
你总拿起最不重要的东西

(77)法律

记住！记住！
既然有心
就有这种义务

(78)第八个早晨

在醒来时
世界都远了

我需要
最狂的风
和最静的海

(79)探望

在夜的底片上
显出一个又一个
十字架
伸着短臂

能够阻挡谁?

是我吗
是我对你的探望吗

(80) 钟声

钟声
震落了雨滴

(81) 失效的问

当我不想了
你才响吗

我讨厌这种冰凉的
安慰

(82) 最后的请求

让我像勿忘草一样
在这里生长吧
或像安息香的叶片
轻轻飘落

我枕着你
悠长的梦
才感到生命的跃动

(83) 折射

在世界上
我感到了你
在你眼里
我看到世界

我需要
我的位置

(84) 复活的钟声

青铜在震响
晴空在震响
荒原
石块
海

浪
水纹
死亡
灵魂在震响
世界在震响

(85) 第九个早晨

口哨是漂亮的叹息
它是星星发明的

在希望的天窗上
悬挂着绿苹果

1980 年 8 月

大写的"我"

我直视着太阳
直视着明利的晨光
仿佛一把把宽刃的匕首
在旋转中逼近
彩色犹疑的梦,纯蓝的颜色
都使我吃惊
金属没有幻想吗?
鲜血没有思念吗?
呵,我要跑,要叫
要一动不动地
看大海怎样遮去一半陆地
那润滑发凉的愉快
和燥热的朦胧,交替升起
迫使我,踏过山脉
像踏过错乱的琴键
每一步都有意外的回音

金黄的向日葵花瓣
纷纷落下,像散开的音符
像皇族的溃灭

一支乐曲消失了
消失在青灰的走廊尽头
消失在时空里
但我却因为注视
而吸收了太阳
(真的，天空只留下一个
被称为月亮的白印)
巨大的能，使我上升
沿着断断续续
绿绒线一样的江岸
沿着一条无形的天轨
情感的热力
在向四面飞散
亮紫色的天幕起伏不定

固体在熔化
向我涌来，飞溅的
不是波浪，是云
是无边无际的拥抱、亲吻
由于蓬松的幸福
我被分散着，变成了
各种颜色、形体、元素
变成了核糖核酸、蛋白
——纠缠不清的水藻
轻柔而恐怖的触丝
鱼和蛙在游动中
渐渐发育的脊骨
无数形态的潜伏、冬眠
由于追逐和奔逃
所产生的曲线

血的沸热和冷却

哦，我嘲笑死
嘲笑那块破损的帷幕
它不能结束我的戏剧
我是人
分布在狭长的历史上
分布在各个大陆
彩色的岩石上
河流使我的歌悠久
地震使我的骨骼不断扩展
雨云使我的头发湿润
我是黑色的男孩
偷戴上熟铁的脚镯
我是棕色的少女
擦拭着陶瓶的细颈
我忽而又是雪白的老人
在疑问的网中安息

我是金黄的
像丰收的钟
像碧叶下成熟的橘子
像麦秸的光辉
像突然闪动炮火的海岸
我是金黄的
我的信念
在粗糙的碑石上熔化
使纯金一样不朽的历史
注视着每片黄昏
也许，我会沉默

因为一个已经临近的时刻
我将像太阳般
不断从莫测的海渊中升起
用七种颜色的声音
告诉世界
告诉重新排列的字母和森林
东方——不再属于传说

1980 年 8 月

冬日的温情

在冬天的树上
落着一只大鸦
黑得像接近黎明的夜
因而发出光亮
它的眼睛在交替使用
后面是无声的晴空

一种温情
一种温情中扩展的压抑
迫使我走开
去踩实松松的荒土
在稀少的影子里
难道没有许多蝌蚪
游着,侦察着绿珊瑚

1980 年 9 月

关于风

    一棵苗圃里的小树
    出于好奇
    弯了一弯身体
    立刻被正直的同伴
    遮蔽

    在荒漠上
    没有遮蔽
    也没有好奇
    仅存的几棵怪柳树
    却异常弯曲

1980 年 9 月

海滩

    海,竟像一个小贩
    把什物摆满沙滩

    起伏有序地叫卖
    推送着重复的情感

    从内陆来的孩子呀
    请千万不要受骗

那只是梦的结石
那只是心的残片

1980 年 9 月

羽化

因为一个过长的梦
我变成了蛹
在古木的皱纹间
度过严冬

我曾说过话
在那北风放歌的时辰
白色的水气并未消散
凝成了薄薄的茧层

冷吗，不冷
太阳在越走越近
一阵温暖的微波
使我睁开眼睛

泪水放大了游丝
像一片交错的彩虹
不知名的幼鸟
在远处拔着高音

鞘壳绽裂了
翅翼在震颤中延伸
蜷缩的时代已经过去
现在应当放松

飞呵，飞吧
春天多么透明
我要整个天宇
而不是星星点点的蓝空

1980 年 9 月

我的路

绿色葱茏的河岸
柳枝垂到地面

寸草不生的深山
怪石对着蓝天

人迹罕绝的星汉
消失了梦境和时间

1980 年 9 月

昨天,像黑色的蛇

昨天
像黑色的蛇
盘在角落
它活着
是那样冷
死了,更不会热
它曾在
许多人的心上
缓缓爬过
留下了青苔
涂去了血色

现在
它死了
压在一座
报纸的山下
难以捉摸
无数铅字
像蚂蚁般聚会
讨论着
怎样预防它复活

1980年9月

我的信念

由于漫长的等待
我的心已不那么年轻

再不愿用泪去擦洗
圣坛上庸人的脚印

但我仍要坚持
向着纯美和永恒

不论是幸福的死
还是痛苦的生

1980 年 9 月

两重

海岸很长
去两个方向

陆地广阔
烟雾可以流浪

洋面深远
云月可以漂荡

此刻站在海岸
却是看过西方看东方

1980 年 9 月

夕阳

曲曲折折的
夕光
躲过楼群
落在地上

细长的姑娘
发卡闪亮

有多少衣裳
半干半湿
还在阴影里
盼望

早熟的小灯
像金橘一样

下班了
车铃在唱
小心

那片磨损的碎砖
刚画出
孩子的想象

1980 年 9 月

我的诗

我的诗
不曾写在羊皮纸上
不曾侵蚀
碑石和青铜
更不曾
在沉郁的金页中
划下一丝指痕

我的诗
只是风
一阵清澈的风
它从归雁的翅羽下
升起
悄悄掠过患者
梦的帐顶
掠过高烧者的焰心
使之变幻
使之澄清
在西郊的绿野上

不断沉降
像春雪一样洁净
消融

1980 年 9 月

摇篮

夜海很深
很抽象——
一片交叠的喧响

你游远了
去打捞
触礁沉没的太阳

我不会游泳
留在岛上
站在你离去的地方

用几粒
带楞的星星
卜测希望

1980 年 10 月

繁衍

古老的海岸
新鲜的沙滩
长满牡蛎的十字架
歪向一边

繁衍哪
懦弱而又大胆
在锈蚀的死亡上
寻找生的空间

1980 年 10 月

海景

水鸟和潮涌
不断升起

把摇荡的天空
悄悄推移

无数条
活泼的新月

还在围网中

跳来跳去

1980 年 10 月

答宴

我端起那杯苦酒
对生活说：不够

在需要心的地方
请放上一块石头

1980 年 10 月

碱地

像迷失方位的雨水
走向陌生的地方

孤独的木桥微微震颤
潜伏的青蛙默声不响

也许有几管芦苇
在构思盛夏的乐章

过路的细波匆匆一吻
带走些许苦咸的晨霜

1980 年 10 月

规避

穿过肃立的岩石
我
走向海岸

"你说吧
我懂全世界的语言"

海笑了
给我看
会游泳的鸟
会飞的鱼
会唱歌的沙滩

对那永恒的质疑
却不发一言

1980 年 10 月

冥月

此刻
幽暗的地府之风
吹断橘树枝

那绿莹莹
金属化的叶片
擦伤了岩石

当惊飞的灵魂
在断崖和静海间
消散

你也就解脱了
像一枚
毫不掩饰的果实

1980 年 10 月

高尚

沿着雨水下山的路
走上峰顶

淡紫色的碎石迸溅着

在放纵中丧生

为了忘记坠落
我把灵魂转向天空

黄昏中的小枞树
像标本样扁平

       1980 年 10 月

这不是神话

都说这不是神话
天使确有翅膀
他们自己飞上天庭
却把人都丢在地上

由于人云亦云的信仰
我总遥望着上苍
想着是因为自己有罪？
还是天上住房紧张

       1980 年 10 月

猜想

这是一片小小的草叶
张着五个手指

我们猜是什么意思

是给我?
是赞成?
是不行?
是没命?
我们时走时停

1980 年 10 月

再见

你默默转向一边
转向夜晚

夜的深处
是密密的灯盏

它们总在一起
我们总要再见

再见
为了再见

            1980年10月

在梦海边

在梦海边
有许多熟悉的同伴
他们沉默不语
预感着什么危险

一个陌生的孩子
在微风中行进
跳过不怀好意的岩石
走向沙滩

那里有一只小船
被爱的水声诱惑
变换一千种姿势
想要解开绳缆

            1980年10月

简历

我是一个悲哀的孩子
始终没有长大

我从北方的草滩上
走出,沿着一条
发白的路,走进
布满齿轮的城市
走进狭小的街巷
板棚,每颗低低的心

我在一片淡漠的烟中
继续讲绿色的故事

我相信我的听众
——天空,还有
海上迸溅的水滴
它们将覆盖我的一切
覆盖那无法寻找的
坟墓,我知道
那时,所有的草和小花
都会围拢,在
灯光暗淡的一瞬
轻轻地亲吻我的悲哀

1980 年 10 月

红色的孩子

红色的孩子
在绿草地上爬
太阳看着他
妈妈看着他

当风变凉的时候
他就去找妈妈
尽管太阳的热力
能够温暖天下

1980 年 10 月

红果

我拿起一个红果
红得像最忠诚的星星

把它放近耳边
轻轻一捏
便听到咝咝的声音

是什么破裂了？
也许是几百万甜美的家庭

1980 年 10 月

不要说了,我不会屈服*

不要说了
我不会屈服

虽然我想生存
想稻谷和蔬菜
想用一间银白的房子
来贮藏阳光
想让窗台
铺满太阳花
和秋天的枫叶
想在一片静默中
注视鸟雀
让我的心也飞上屋檐

不要说了
我不会屈服

虽然我渴望爱
渴望穿过几千里
无关的云朵
去寻找那条小路
渴望在森林和楼窗间
用最轻的吻
使她睫毛上粘满花粉
告别路灯

---

* 诗刊发时曾加副题:在即将崩塌的死牢里,英雄这样回答了敌人——

沿着催眠曲
走向童年

不要说了
我不会屈服

虽然我需要自由
就像一棵草
需要移动身上的石块
就像向日葵
需要自己的王冠
我需要天空
一片被微风冲淡的蓝色
让诗句渐渐散开
像波浪那样
去传递果实

但是,不要说了
我不会屈服

1980 年 10 月

留学

在一个紧张的夜晚
土地具有了弹性
人和人拉开了距离

我被弹入高空

后来有一滴露水
结束了我的飞行
它把我悄悄粘住
在一片绿影之中

闪闪烁烁的小蜂
不断把露水偷饮
我洗去了许多观念
来报答森林的收容

粉蝶展开翅页
教我读上边的译文
不同长短的光弦
发出各种单音

这是一种语言
用来表达疑问
我开始回想家里
那盏寂寞的小灯

终于有一条小路
把我领回都城
社会经过一番手术
似乎恢复了面容

我没有说话
到处都传来我的声音
渐渐收拢的人群

在讨论明天的事情

他们都很年青
并不是来自森林
盐和擦伤告诉我
他们来自海面和地层

1980 年 10 月

灵魂之浴

钟不再摇荡
浪不再喧嚷

灯光无声无息
喷洗着雪白的回廊

你在低低吟唱
在那无法想象的地方

暖流带着热恋
涌进暗淡的海洋

1980 年 10 月

安慰

青青的野葡萄
淡黄的小月亮
妈妈发愁了
怎么做果酱

我说：
别加糖
在早晨的篱笆上
有一枚甜甜的
红太阳

1980 年 10 月

找寻 (二) *

风铃在摇晃
风铃在晃
打湿的小星星
一粒粒落在草上

苍白的父亲
从铜瓦下走出

---

* 1970 年诗档中收有作者的另首《找寻》，此处编者加"（二）"以区别。

走到小路旁
那里的圆石头
怪模怪样

女儿丢了
还是悄悄躲藏?
一大群红嘴雀
忽起忽落
好像也在帮忙

她穿什么衣裳
什么衣裳?
满山坡的花树叶
都有点像

 　　　　　　　　　　1980 年 10 月

巨树

一

你像绿色的火炬,
燃烧在东方。

二

天空是浑圆的,
土地是柔软的,
道路在你脚下汇集,

春天在你手中生长。

三
一个苍白的黎明,
太阳孤独地出现了
人类寻找你的脚步,
使世界失去平衡。

四
高高升起的阴云,
渐渐合拢,像灰色的狱墙,
要窒息一切生机!
暴雨和电光纵横交错……

五
你拥抱着大地,
生命之火就不会熄灭。
每一片跳荡的叶子,
都化作一片森林。

六
你像碧绿的野火,
燃烧着希望。

1980 年 11 月

远古的小船

千百年前,一只小船驶进赛纳河。

它疲倦了,在河心的小岛边停泊下来。

于是,小岛获得了一个渔村,一个形象的名字——水上之屋。

巴黎,就是水上之屋的儿子。它的市徽就是一只远古的小船……

一

波浪传递着我的生命
传递着
不愿沉没的阳光
那掌心中温和的力量
使我前进
分开海和天空
去结识善良的沙洲
以及怪癖的礁石
穿过海峡——那两个大陆
渐渐关闭的嘴唇
在最短的夜里
把一颗颗希望着的心
送给等待的眼睛

二

海狮好奇地
从极地游来
后面还有美丽的虎鲨

它朦胧的斑纹正在扩大
章鱼在强烈地拥抱后
又惶惶退去
使惊散的小鱼闪烁不定
只有凿船贝坚持着它的爱
在蜜吻中露出了牙齿
对于这些
我只有沉默
用傲慢或谦卑
来等待厌弃

三

我知道海的心情
知道它宽容的原因
墨色的暖流
从珊瑚林中涌出
邀请那透明的冰水
去参加舞会
无数神秘的感知
诞生又泯灭
游动的和固着的生命
一代又一代潜入岩石
它们用自己骨骼的图案
装饰着时间
使海的记忆成为一个象征

四

一群群华贵的云朵
从天际走来
银灰色的裙裾连成一片

在这骄盈的阶层下
我张开帆
张开所有索寻的手
我不是在求乞
它们并不足以
引起我的注意
我询问的
只是那些清贫的风
它们从森林中来
知道我同伴的消息

　　　五
是的
我怀念那些同伴
正直的红松和白松
我们曾在天池边聚集
俯看着飞鸟
一起唱歌
最古老的月亮
都变成了孩子
和新生的菌子在绿梦中猜谜
呵，你们也许一生都在欢聚
直到雷火降临
你们的灾难是升上天庭
而我的不幸却是沉入海底

　　　六
也许我会安然地
到达晚年
告别流浪的宿命

在纤绳礼貌的引导下
驶入脉脉含情的内河
也许还有一小片沙洲
可供我俯卧
让阳光砭除痛苦的风湿
也许还有一对忘记世界的恋人
向我热烈地走来
搬动彩色的巨石
把我架起
在我的覆盖下安息

七

暴风雨瘫软了
躺在粗砂铺成的水洼里
一缕炊烟告诉天空
告诉所有向往天空的生命
我是屋顶
我仍在航行
但运载的已不是希望之花
而是在幸福中膨胀的果实
我在天海中航行
在生命的沿岸停泊
许多赤裸的孩子将从窗门间涌出
跳进阳光
和活泼的小蟹开始嬉戏

1980 年 11 月

我们去寻找一盏灯

走了那么远
我们去寻找一盏灯

你说
它在窗帘后面
被纯白的墙壁围绕
从黄昏迁来的野花
将变成另一种颜色

走了那么远
我们去寻找一盏灯

你说
它在一个小站上
注视着周围的荒草
让列车静静驰过
带走温和的记忆

走了那么远
我们去寻找一盏灯

你说
它就在大海旁边
像金橘那么美丽
所有喜欢它的孩子
都将在早晨长大

走了那么远
我们去寻找一盏灯

1980 年 11 月

年夜

碎窗纸的歌
结束了
玻璃上没有波纹

新房在暗红的梦中

小猫睁着眼睛
小狗睁着眼睛
柔和的背上
热气浮动

草垛上有一颗亮星

1980 年 11 月

雪的微笑

　　　一
雪的土地
纯洁的土地
静静的,临近幸福的土地
在蓝色磁波中颤动的土地
停住呼吸

灌木把细小的花纹
描在它的额前

　　　二
河流结束了我的寻找
在泥土和冰层之间
是涓涓闪动的泪水
是一支歌
是最天真的妒嫉

我像蒲公英一样布满河岸
凝望着红屋顶

　　　三
不知为什么
我想起了梦
想起一只失恋的白鸥
被潮水送上沙滩
送上它最后瞩望的岛屿

闪闪发光的羽毛
吸引着小鱼

四

属于土地的人们
仰望着天空
相信太阳
相信太阳留下的色彩
相信墓地上闪耀的群星

纪念碑像顽强的桥柱
一支支,伸向永恒

五

我是一个凡人
我站在阳台上
观看世界
我不能再向前行进一步
使孤独得到解脱

就是这样的心
也不能在市场上流通

六

纯洁的国土,信念
在春天的夜晚融化
没有任何预谋
花朵就开放了
森林就占领了群山

我将抖动透明的翅膀
在一个童话中消失

1980年12月

那条小路

那条小路
那条在晨雾中溶化的小路
连着我心灵的小溪

你去问吧
庄稼都沉默不语

当然,我知道
十姐妹不能保密*
你会发现一切
当一只五月的海军蛱蝶
突然从草滩上离去

春天
春天在微笑中示意

那就来吧
沿着那条溶化的小路

---

* 刊发时作者加注:"十姐妹"是一种野蔷薇。

嗯,不许碰坏露滴

1980 年 12 月

我唱自己的歌

我唱自己的歌
在布满车前草的道路上
在灌木和藤蔓的集市上
在雪松、白桦树的舞会上
在那山野的原始欢乐之上
我唱自己的歌

我唱自己的歌
在热电厂恐怖的烟云中
在变速箱复杂的组织中
在砂轮和汽锤的亲吻中
在那社会文明的运行中
我唱自己的歌

我唱自己的歌
既不生疏又不熟练
我是练习曲的孩子
愿意加入所有歌队
为了不让规范知道
我唱自己的歌

我唱呵,唱自己的歌
直到世界恢复了史前的寂寞
细长的月亮
从海边赶来向我:
为什么?为什么?
你唱自己的歌

1980 年 12 月

寂寞的情歌

在散漫的河流上
走来一支歌
一支天真的情歌
小佩铃样的金星星
在暮色中闪烁

灰家雀飞了,远了
是因为寂静
是因为饥饿
冰冻的轮迹没入麦田
残雪像点点浮沫

你能唱些什么?
在这样的时刻
遥远的时刻
无边无际的冻土地

在等待太阳沉落

1980 年 12 月

思想之树

我在赤热的国土上行走
头上是太阳的轰响
脚下是岩浆
我没有鞋子
没有编造的麦草
投下浑圆的影子
我只有一颗心
常常想起露水的清澈

我走过许多地方
许多风蚀的废墟
为了寻找那些
值得相信的东西
我常看见波斯菊
化为尘沫，在热风中飞散
美和生命
并不意味着永恒

也许有这样一种植物
习惯了火山的呼吸
习惯了在绝望中生长，

使峭壁布满裂纹
习惯了死亡
习惯了在死神的金字塔上
探索星空
重新用绿色的声音
来呼唤时间

于是，在梦的山谷中
我看见了它们
棕红色的巨石翻动着
枝条伸向四方
一千枚思想的果实
在夕阳中垂落
渐渐，渐渐，渐渐
吸引了痛苦的土地

1980 年 12 月

山间黄昏

鸦群飘散着
赤松林在山顶燃烧

那逝去的声音
是哭泣还是低笑？

新鲜的谷地上

斜放着一捆捆树苗

小儿子在挑选"弓箭"
妈妈却忘记了铁锹

1980 年 12 月

我知道了,什么是眼泪

我知道了
什么是眼泪

雨水
在荷叶的掌心滑动
浸湿了小手帕
使上面的花朵
变得鲜艳
蜜蜂,用鼻子唱歌
从一叠叠建筑中飞出
拿着透明的小桶
它要结婚
要在月亮们到来之前
洗刷新房的墙壁

我知道了
什么是眼泪

小溪
忘记了路标
在一阵微笑中
跌得粉碎
惊魂不定的水母
都游进深夜
海洋里没有声音
没有任何猜测
有多少星星
有多少星星溅起的水泡
就有多少生命

我知道了
什么是眼泪

乌云
一片又一片黑帆
放射着闪电
追赶浪花
在洗劫的路上
撒满天真的种子
耕耘的季节已经过去
沙地上
蝶鱼的眼睛半闭半睁
不知痛苦的贝壳说
我要心

我知道了
什么是眼泪

1980 年 12 月

新年

银制的白桦林
青铜的小松树
圣诞老人走来了
点亮一支一支红蜡烛

发芽的火苗要长叶
长出花骨朵
豪猪闻味没闻见
须须都烧糊

爱美的雪花要结婚啦
旋风在跳舞
一跳跳到圣坛上
撒了一地果子露

红闪闪的是血珠
晶亮亮的是泪珠
都忘了月亮是新郎
它在悄悄哭

1980 年 12 月

· 寓言故事诗 ·

一个大枇杷
  写给《儿童文学》*

  猴子、兔子和蛤蟆,
  一起出门去玩耍。

  走到一棵果树下,
  看见一个大枇杷。

  怎么才能得到它,
  它们各自有办法:

  兔子性急跳得高,
  可惜还差一丈八;

  蛤蟆张开大嘴巴,
  等着枇杷自落下;

  猴子不跳也不等,
  兴高采烈树上爬……

  兔子跳得大汗下,

---

  * 《儿童文学》发表时或因版面原因,第六、七、八、九小节合并为:只有猴子把树爬,/最后枇杷摘到啦。

蛤蟆等得眼发花；

猴子摘到大枇杷，
然后就说属大家：

快乐要是不分享，
甜的也成苦的啦！

猴子、兔子和蛤蟆，
围着枇杷乐哈哈。

继承

当细小的闪光凝结在夜空
成为记忆的星星
一队猴子出发了
像他们充满信念的母亲
他们一个拉一个打捞月亮
比先辈更有智慧耐力和决心
最后他们说必须告诉后代
一定要走得更远更深
没有记忆的河水又在结冰
水里的月亮有时比天上的更难看清

1980 年 1 月

泥蝉[*]

春夜的细雨和风,
使土地恢复了弹性。
一只泥蝉爬上地面,
带着浓重的土腥。

它不算出土文物,
却像木俑般正经,
透过琥珀色的眼镜,
轻蔑地打量着蜻蜓:

"你们的胡飞乱舞,
算什么立异创新?
在我降生的那些年月,
早就见过这类飞行。

"我生在高高的树尖,
都甘愿长期深入土层,
你们却背叛了大地,
盲目地追随天外浮云。

"哼,不听先辈的教训,
小心遭到严惩,痛悔终生!"
泥蝉忿忿地爬到静处,
忽然停住不动——

---

[*] 曾题作:泥蝉的表演。

怎么？它头上裂开条小缝，
露出另一副面孔，
悄悄地模仿着蜻蜓，
把翅膀延展、伸平……

1980年1月

果农的故事

故事发生在从前之前，
发生在时间的摇篮旁边，
那个地方如果一定要标明，
大约应画在地图的背面。

总之，那里有一个果农，
他的父母忽然双双归天，
根据法律和法律般的习惯，
果农便承袭了全部财产。

那是一个不大不小的果园，
园中的果树可算姿态万千，
果农一当家就立下鸿图大愿，
要创造举世震惊的高产稳产。

为了牢牢抓住丰收的关键，
果农运算了大半个冬天，
最后指出果实是丰收的实质，

别的问题嘛,都不值一谈。

是呵,篱笆倒了,为啥要修建?
土地干了,何必要浇灌?
有这劲不如去买一辆大型马车,
将来好拉着果实去到处展览。

说话间已是多情的春天,
果树枝头缀满美丽的花瓣,
花朵诱来了爱美的女孩,
成群地蹦跳着采花打扮。

邻居看了便来告诉果农,
谁知他听了却十分坦然:
"我所需要的只是果子丰收,
花若不摘,自己也会凋残。"

转眼间又到了热烈的夏天,
果枝上蜷缩着青黄的叶片,
叶片招来了吓人的害虫,
成群地蠕动着大嚼大咽。

邻居见了又来把果农规劝,
谁知他听了却很不耐烦:
"我所需要的只是果子!果子!
叶子到秋天自己也要落完!"

这回可真到了盼望的秋天,
果树都弯扭着发皱的躯干。
果木引来了盗树的惯贼,

成群地晃动着又锯又砍。

邻居忍不住又来报信,
果农这回脸色可有点改变:
"请你、你把话说说清楚,
他们是砍果子还是砍树干?"

当他弄清了盗贼的目的,
便又慢慢擦去头上的虚汗:
"计算产量从来不用去称木头,
树要不砍,千百年后也会腐烂。"

终于,终于到了收获的那天,
教堂的钟声好像阵阵喷泉,
果农架起崭新的马车,
喜气洋洋地直奔"果园"。

不必等那路上的烟尘落下,
大家对果农的收获已经了然。
最后请读者们全体起立,
祝愿这个故事与现实完全无关。

1980 年 2 月

水泡骑士

水泡骑着波浪,

穿过大半个海洋；
多少次翻身落马，
都转为一跃而上。

彩帆在紧紧追逐，
海豚在远远护航……

水泡在胜利地跳荡，
渐渐萌发了异想；
它想去驾驭大陆，
在山顶上媲美月亮。

潮水诡秘而狂暴，
沙滩坦白而善良……

水泡跳上了沙滩，
眨眼间就破灭消亡；
可怜只有动荡的海面，
才是它快活自在的天堂。

火焰在大地上闪动，
日月在青空中发光……

1980 年 2 月

自负的猴子和同伴

一片绿荫，

　　　　遮断了炎热的小路。
一只猴子，
　　　　开始对同伴讲述：

"我们的头上
　　　　悬挂着幸运的星宿，
稍等片刻
　　　　就可以大嚼大咀。
我的攀登本领
　　　　可以去全世界演出，
就是树高万丈
　　　　也没有半点踌躇。
那些瓜果桃梨
　　　　不管它长在何时何处，
都无法逃脱
　　　　我神通广大的追捕。
你只消在树下，
　　　　小心地仰头观望，
果实就会冰雹般，
　　　　从乌云中涌出……"

它的同伴听罢
　　　　并不欢欣鼓舞，
却把那自负的猴子
　　　　一把绝望地拉住：
"你的本领再大，
　　　　我也并不糊涂，
看得见这里只有
　　　　不结瓜果的杨树。"

　　　　　　　　　　　1980 年 2 月

异国的传说

一

暴雨后的黄昏清清凉凉，
阴云生出了虹的翅膀；
一个骑士离家去征战，
头盔在湿风中闪闪发亮。

他的发缕像金丝般华贵，
淡绿的眼里藏着春光；
他任凭马儿去选择道路，
自己却虔诚地把恋人默想。

骑士来自一座精巧的城邦，
那里有无数喷泉和铜像；
但这并不代表城邦的骄傲，
代表它的是位织毯姑娘。

每当傍晚她就在窗口出现，
如同圆月般完美，明亮；
她在那里梳理着彩色羊毛，
似乎也梳理着全城的目光。

骑士的心被织进壁毯，
被悬挂在夜空中飘飘荡荡；
为了解救自己不幸的情感，
骑士便全副武装奔向远方。

穿过一片片彩色的秋林,
踏碎一湾湾沉静的水塘;
有多少战舰将要倾覆?
有多少堡垒将要沦丧?……

二

当候鸟飞回骑士的家乡,
惊人的传闻使全城沸扬;
到处都是关于他的争论——
战绩、容貌和将获的封赏。

市民都穿上节日的盛装,
长号和礼炮发出轰响;
骑士骤然在拱门中显现,
就像日蚀后新生的太阳。

年迈的国王迎上前去,
将他全身都挂满勋章;
鲜花像瀑布般飞泻而下,
有几次险些把骑士埋葬。

在队前有一列庄严的仪仗,
把俘获的战旗一路铺张;
最后铺到了姑娘的窗前,
骑士便跳下马跪在地上。

一霎时海洋都停住呼吸,
他手上集中了世界的重量;
那是一页白金铭刻的情书,

正颤抖着向姑娘献上……

姑娘轻轻放下梭子,
声音像微风吹散骑士的梦想:
"我不能接受一个囚徒的敬意,
金钱和盛名是最可怕的牢房。"

三

骑士倒下了,一声不响,
倒在他成功的转椅上;
红水晶的吊灯在头顶摇摆,
胭脂石的壁炉在身边发烫。

他的眼窝像两洞深井,
头发也像败草般黯然无光;
在那长圆形的颅穹之中,
难道真凝结着冷却的岩浆?

不,他并没有变成石像,
他变成了一团飞旋的电光——
沉重的橡木门轰隆倾倒,
楼梯的栏杆也飞到街上。

骑士的侍从四散逃走,
惊慌的呼喊充满街巷;
有几个狂乱地跑进皇宫,
把可怕的事变报告国王。

国王还未弄清那些叫嚷,

半空中又摔下一叠勋章；
国王透过悬冰样的长眉，
看见了骑士凝滞的影像。

解脱的骑士遥望上苍，
再没有希望，也不失望；
一片晨色在他额前升起，
溶化了启明星金黄的光芒。

四

又是暴雨后沉寂的时光，
晨雾中传来金属的鸣响；
那不是铃铎，不是刀剑铿锵，
是骑士在奔赴流放的边疆。

没人押送，铁链也未锁上，
这都是对他从前功绩的补偿；
有些市民还送到郊外，
为他准备了远行的车辆。

骑士大步走着，毫不彷徨，
昔日的军靴上溅满泥浆；
他又走进色彩斑驳的秋林，
却忽而轻轻地放下背囊。

他拾起一条妄图行走的小鱼，
把它送回梦样的池塘；
呵，在这一瞬间他看见了什么？
水影中婷立着织毯姑娘。

姑娘在大雷雨中等了许久，
终于像白云飘向骑士身旁：
"带我去吧，连同我的爱恋，
因为你正走向自由的天堂。"

朝阳不由自主错开目光，
林中铁链发出一阵轻响；
打湿的虫翅无法再振鸣，
鸟儿却开始了新的歌唱。

1980 年 2 月

巨门

一

幻想常使我失去体重，
在透明的时空中自由飞升；
有次因为偶然的故障，
竟然"违法"飞出了国境。

我飘落在大草原的中心，
那里有一座"丰碑"高耸；
我剥开厚厚的锈壳和枯苔，
却没有找到一字铭文。

人写的历史很爱失真，

我只有去询问无关的幽灵；
经过若干次冥间采访，
我才写出了以下的诗文。

二

火箭像一千只赤鹰，
同时扑向古老的城门；
铜炮的浓烟又把它们熄灭，
犹如阴云吞没了群星。

巨大的攻门椎开始撞击，
城郭就像鼓架般抖动；
市民疯狂地把上帝呼唤，
谁知上帝却刚刚入梦。

破碎的城门终于倒下，
魔鬼睁开了雪亮的眼睛；
决堤般喷射的蛮邦铁骑，
扬起一阵冰冷的阴风。

三

昼夜轻掠过城廓上空，
火和血还在缓缓爬行；
年轻的王子在瓦砾中醒来，
哀痛得几乎变成了木俑……

哪里是圣洁的神坛？
哪里是幽深的园林？

就是用最细密的围网,
也无法捕回飘散的美景。

最后王子终于慢慢站起,
开始怀疑地呼唤属民;
一只猎犬首先奔来,
后面跟随着悲伤的人群……

四

他们告别了祖先的坟茔,
踏着落叶开始远行;
在沙漠的腹地度过酷夏,
在冰山的背脊捱过严冬。

犹如一缕盲目的流云,
幸存者停在绿野之中;
大群的野羚远远观望,
长角上落满云雀和百灵。

王子命令卸下帐篷,
要在这重建美丽的都城;
人们都感动地扑倒在地,
把丰美的草叶尽情亲吻。

五

草原上漫开乳白的羊群,
开矿的井架探入云层;
圆木和彩石组成街巷,

耀眼的铜饰布满窗棂。

新的教堂已经落成,
清脆的钟响还有点天真;
人们开始为新一代洗礼,
那悲惨的记忆也随之消融。

但这里边并不包括王子,
因为他刚从午睡中惊醒;
帷幔上残留的点点夕光,
就像父亲的血一样通红……

六

"主呵!噩梦难道又要显应?"
远方送来了报警的书信,
说有几百个蛮邦军团,
带着攻门椎又在逼近。

王子丢下信惊恐万分,
心脏"通通"地撞击着前胸;
好像可怕的攻击已经开始,
他赶忙跳起身碰上宫门。

这一碰使他有点清醒,
一条"妙计"落在心中:
"门!如果有一扇钢铁城门,
父辈的悲剧就不会发生……"

七

一经决定,即刻动工,
夜空中飞舞着大群火星;
铁水汇成了暗红的圆湖,
沙型俯看着模糊的山岭。

当启明星第十次升起,
这空前的铸造便大功告成;
银亮的铁门在城边屹立,
晃得太阳都差点失明。

王子在光彩中传谕全民,
说永恒的和平已经降临:
"我们将蔑视那些蛮邦,
他们的攻门椎不再有用!"

八

润红的花瓣撒满街心,
欢快的舞步把它狂吻;
地窖里滚出了大桶美酒,
市民们划着拳开怀畅饮。

在这与民同乐的黄昏,
一个醉汉忽然向王子发问:
"我,我们的城门已经铸好,
可那城墙啥,啥时动工?"

王子并没有回答醉汉,
因为觉得是对牛弹琴;
他带着一脸高明的微笑,
自言自语地转回寝宫……

九

当初全因为城门破损,
蛮邦的屠夫才得以逞凶;
那漫长的城墙并未被碰,
可见修筑它是徒劳无功。

"我这次把力量全部集中,
敌人,敌人,泡影,泡影……"
自得的王子沉入梦海,
大大的月亮浮上高空。

盛典的午夜多么宁静,
萤火虫在寻找蜗牛的脚印;
那霜样的月色突然溶化,
只剩下遍地潮湿的阴影……

十

像一片无声无息的乌云,
蛮军涌进了草原新城;
没有呼救,没有呻吟,
只有忠诚的猎犬吠了几声。

当朝阳又一次在血中出浴,

夜和死才解除了联盟；
城市就像个落地的胡桃，
所有生机都被蛀空。

王子的头已脱离了脖颈，
在枕上睁着惊奇的眼睛；
他的预言并没有错误，
敌人的攻门椎确实没用。

十一

风雨洗去了光荣和血腥，
青草恢复了它们的占领；
新城只剩下一座巨门，
还阴沉地注视着春夏秋冬。

是因为锈蚀还是鸟粪？
巨门再无法开启，转动；
所以后人就把它误认作丰碑，
来纪念祖先的无上聪明。

如果读者至此还有疑问，
就请自己去再做考证；
亲自去看看王子的杰作，
也许比读诗更省光阴。

1980 年 3 月

鱼缸中的惨案

一条古怪的鲇鱼，
被放进金鱼缸里。
孩子天真地以为，
它只是有点滑稽。

鲇鱼是有点滑稽，
摇动着一对长须。
可等到台灯熄灭，
它就露出了本意。

金鱼虽受过教育，
却不懂生活的哲理：
衣裙无论多么华美，
也难比牙齿的锋利。

有几只被咬破肚皮，
剩下的也鲜血淋漓。
鲇鱼虽已吃饱，
却仍在热情地追击……

孩子早上醒来，
不由得哭哭啼啼——
鱼缸里一片通红，
鱼儿都已经死去。

金鱼们死于失血，
鲇鱼则死于窒息。

他们是受害的难友,
凶手据说叫贪欲。

1980 年 3 月

光荣竞赛会

白云抹净了满天雨滴,
树木又增添了一轮记忆。
动物们都汇集在森林边缘,
来参加一种有趣的"竞技"。

大家都带来最得意的东西,
由到会的全体民主评议;
如果谁据有最大的骄傲,
所有展品就成为对他的献礼。

狮子带来了猎人的投枪,
蝮蛇衔来了商人的金币,
猕猴摘来了云间的椰枣,
鹭鸶携来了孤傲的情侣……

对于堂皇的种种展品,
总是有赞美,也有非议;
只有半截伤残的蚯蚓,
引起了大家一致的惊奇:

"他难道也来参加比赛?
是展献落叶?还是污泥?"
蚯蚓蜷扭着可怜的体躯,
勉强回答了众人的问题:

"我带来的东西叫做痛苦,
它是弱者唯一的荣誉;
如果谁在比赛中独占鳌头,
我甘愿把它献给光荣的第一。"

动物们听罢都纷纷退避,
谁也不想把痛苦赢回家去;
所以蚯蚓就当选为冠军,
在欢呼中被大象高高举起。

这件事也许并无意义,
但世人总喜欢拉点哲理;
我只好说不要追求虚幻的光荣,
它和痛苦经常是同义词语。

1980 年 3 月

蜜蜂和蜜

被捕的蜜蜂爬上了瓶壁,
拿瓶的小孩有点着急:
"它一定是肚子饿了,

嗯,我得去买斤蜂蜜。"

汹涌的蜜汁流进瓶底,
蜜蜂开始惊慌地逃避。
"它一定是觉得太少。"
小孩在一旁自言自语。

小孩把瓶子灌满蜜汁,
蜜蜂再无法保持距离,
它最后费力抖下翅膀,
就在窒息中默默死去。

无论多么必须的东西,
过多也造成悲剧。
这个道理并不新鲜,
古话叫物极必反过犹不及。

1980 年 4 月

瞎猫

"瞎猫撞上死耗子。"
自古有句谚语。

于是有只瞎猫,
真的去碰运气。

它第一撞,撞上马蹄,
被马狠狠一踢。

它第二撞,撞上钉耙,
挂得鲜血淋漓。

第三撞更加悲惨,
它撞进一口井里。

死耗子没有发现,
倒漂起死猫一具。

将希望全寄于偶然,
难保不一败涂地

1980 年 4 月

窗扇

一座古老的教堂,
立在城市中央;
一扇彩色的小窗,
在风中吱吱歌唱;
蓝穹像静默的天海,
白云像自由的波浪;
温和灿烂的秋日,
渐渐驶向南方;

早霞晚霞升落,
好像旗帜飞扬;
候鸟被它们吸引,
告别草滩、苇塘——
大群大群升起,
飞向春的家乡……

那扇彩色的小窗,
怎忍受这一片苍茫;
它也想升上天穹,
去追赶太阳的金桨;
它也想飞向南国,
避开酷暑严霜;
它扭断了所有螺栓,
开始实践梦想;
这是个不幸的尝试——
窗扇失去依傍;
它非但没有上升,
反而急速下降;
徒然挂了下树枝,
就摔在石台阶旁;
那里有一个盲乞,
吓丢了细细的探杖。

1980 年 6 月

迷误的战舰

中古时有一艘巨型战舰,
从天涯海角返回家园;
船尾沸腾着纯白浪花,
好像勇士们思乡的情感。

战舰征服了许多帝国,
夺取了教皇神圣的王冠;
今天所有帆都狂喜地张开,
准备拥抱家乡的炊烟。

那是一座极美的岛屿,
油橄榄在碧空下安眠;
金塔和妻子等待的目光,
使勇士的心中光辉灿烂。

但是为什么还没有到达?
水平线上只有落日一团。
船长拉坏了望远镜筒,
水手气闷地拍打罗盘。

呵,再不会找见,不会再见,
所有的烟骸都已飘散;
那是一次火山的热恋,
把岛屿劫往无底的海渊。

现在海水蓝得多么天真,
没留下一丝可疑的波澜;

先哲升天时也没有遗训,
说岛也许比船寿命更短。

于是,寻找就继续下去,
勇士都相信走错了航线;
他们察阅了所有海洋,
有的洋面竟被翻起了毛边。

最后在一阵绝望的风中,
战舰搁浅在诗行中间;
浓缩的岁月开始结晶,
凝成了一个苦咸的寓言。

故事的缘起纯属偶然,
但是不是也有必然的内涵:
在人们深信不疑的时候,
往往最容易遭遇欺骗。*

1980 年 6 月

马驹

有匹大胆的马驹,
要逃脱一切人间苦役。
它想出个绝妙的办法,

---

* 诗的后四行曾为作者删去。

就是去寻找上帝。

从日落走到星稀,
从平原踏入山地,
忽遇上一片迷蒙大雾,
把道路全部抹去。

小马驹有点迟疑,
不安地打了个喷嚏,
惊醒了一只八哥,
奉送了一番道理:

"不要害怕摔跤,
跌倒了还能够爬起,
只要勇往直前,
就一定会夺取胜利!"

小马驹受到鼓励,
抖擞精神,腾空而起。
谁知迷雾来自深谷,
马驹跌下了悬崖峭壁……

这个小小的故事,
并没有过深的寓意,
只是劝告青年,
不要太迷信勇气。

如果前途无法看清,
徘徊也许更加有益;
因为有些无情的存在,

明白时已经追悔不及。

1980 年 7 月

标本

斜阳穿过瓶壁
弯成一道彩虹

福尔马林和酒精
浸着自负的蠕虫

蠕虫望着窗外
飞升着彩蝶和野蜂

心里涌出股股
轻蔑和不平:

"他们也算生物?
经过什么鉴定?

"连档案都不具备,
更别说拉丁文命名。

"我才是生物界的代表,
尽管丧失了生命。

"要不那聪慧的人类，
干吗要长久保存？"

1980 年 7 月

小鸟伟大记

在透湿透湿的世界上，
有一个大殿很高。
殿檐下有个鸟窝，
窝里温暖而干燥。

主人是一只小鸟，
正在梳理羽毛。
下面飞舞着蜻蜓，
使积水微微闪耀。

小鸟偶然俯瞰水影，
刹时发现自己渺小——
好像大殿上有只蚂蚁，
在那里探头探脑。

"天哪！这是我吗？难道？"
小鸟忽然万分苦恼。
它竭力昂首挺胸，
情形也没改变分毫。

小鸟于是哭哭啼啼，
蜻蜓只好赶来劝导。
小鸟说到伤心之处，
蜻蜓不禁微微一笑。

蜻蜓立在小鸟颈边
告诉了它一个绝招：
你只要如此如此，
大殿就能变成蚁巢。

小鸟飞向远处一块积水，
面积比核桃大不了多少。
小鸟站稳就向水里一瞧，
大殿在背后竟比它还小！

"哈，可笑，真可笑！
我一展翅就把大殿遮掉！"
骤然伟大的小鸟，
跳起了节日舞蹈——

"谁说我曾在那儿居住？
呸！全是造谣，造谣！
就算它有十根圆柱，
都难比我一根羽毛！"

在透湿透湿的世界上，
有一只透湿的小鸟。
它再不能回窝了，
由于伟大的自豪。

1980 年 8 月

古老的问题

有个青年
小小的年纪
却撞上了
一个古老的问题
他爱上了
一位美好的姑娘
可姑娘的父母
决不同意。

青年写信,
要经过检查;
姑娘回信,
要等待审批。
于是,青年
和他心爱的姑娘
只好猜些
小孩的谜语。

青年爱得
已经要昏迷
满心的话
却说不上一句;
他难受得
只好到处乱跑
生生跑坏了
三双鞋底。

最后这青年
越想越气
就发誓赌咒
决不忘记:
"将来等我的
女儿长大,
我也不宽大
我的女婿!"

这个问题
真是个问题
细细一算
也十分有趣:
青年最后
总要变成祖宗
所以问题嘛
只好古老下去。

1980 年 8 月

磨刀石和拖把

由于一个偶然的缘机,
磨刀石和拖把靠在了一起。
它们的对话有点押韵,
所以也就变成了我的诗句。

磨刀石用背蹭蹭墙壁,
发出好一阵长嘘短吁:
"我牺牲了我坚实的身体,
磨砺了多少刀枪剑戟;
谁要用它们装备军队,
保险能做拿破仑第一。
可是我那偏心的主人,
全不思念我的功绩;
最多任命我去堵堵鸡窝,
防止黄鼠狼之流的偷袭。

"你看看那桌上的砚台,
是个多么蠢笨的东西!
它就会在那磨块臭墨,
而且越磨越不锋利。
可那天来了几个外宾,
主人还把它大加赞誉。
我说我的拖把大姐,
你评评这哪还有天理?"

谁知拖把更加伤心,
一张口就泪水淋漓:
"我说尊敬的磨刀石兄弟,
你还不知我的冤屈,
我总用这一头长发,
去扫荡那浊水污泥,
使这自高自大的人类,
避免了矽肺和瘟疫;
可他们却受恩不报,
反把我拧得活来死去。

"你瞧那砚边的毛笔,
是个多么阴险的东西,
经常把纯洁白净的纸张,
涂上黑暗的墨迹,
可至今不仅未被制裁,
反让它把笔筒占据;
这岂止是没有了天理,
简直是颠倒了天地!"

磨刀石和拖把越说越气,
决心要去找主人评理;
至于主人如何决断,
难保不是国家机密。*

1980 年 9 月

---

* 末句作者曾改为:笔者还未得到确切消息。

· 歌词 ·

我的独木船

一

我的独木船
没有桨，没有风帆
漂在大海中间
漂在大海中间
没有桨，没有风帆

风呵，命运的风呵
感情的波澜
请把我吞没
或送往彼岸
即使是梦幻
即使是梦幻……

我在盼望那沉静的港湾，
我在盼望那黄金的海滩，
我在盼望那岸边的姑娘，
和她相见
和她相见
和她相见……

二

我的独木船

没有舵，没有绳缆
飘在人世中间
飘在人世中间
没有舵，没有绳缆

风呵，命运的风呵
生活的波澜
请把我埋藏
或送回家园
即使是碎片
即使是碎片……

我在想念那美丽的栈桥，
我在想念那含泪的灯盏，
我在想念那灯下的母亲，
祝她晚安
祝她晚安
祝她晚安……

1980 年 4 月

我要看见她

一
小小的星儿，
你瞧什么？
我要去看她；

厚厚的云儿,
你笑什么?
我要去看她;
细细的树儿,
你等什么?
我要去看她;
悄悄的风儿,
你跑什么?
我要去看她。

二

矮矮的篱笆,
跳过去啦!
我要去见她;
浅浅的河水,
蹚过去啦!
我要去见她;
高高的山坡,
登上去啦!
我要去见她;
宽宽的大海,
游过去啦,
我要去见她!

副歌
喃喃,喃喃,喃喃喃,
谁也别想拦,
啦啦,啦啦,啦啦啦,
谁也没法拉——
我要去看她,

我要去见她,
哈,
我要看见她。

1980 年 4 月

我的伴侣,我的过去

一

亲爱的伴侣
怎能忘记
你把我的生命
谱成了一支歌曲
我在世界上奔流
天天歌唱你
天天歌唱你
歌唱你那
淡淡的微笑
歌唱你那
轻轻的呼吸

二

美好的过去
怎能忘记
你把我的灵魂
变成了一支火炬
我在人世间燃烧

夜夜寻找你
夜夜寻找你
寻找你那
灿烂的目光
寻找你那
温柔的手臂

  副歌
呵，
亲爱的伴侣
美好的过去
我永远歌唱
 永远赞美
我永远寻找
 永远追忆
那已经消失的
你——

1980 年 4 月

我是一座小城

一

我的心
是一座城
一座最小的城
没有喧闹的市场

没有杂乱的居民
清清净净
清清净净
只有一片树林
只有一簇花丛
还偷偷掩藏着——
儿时的深情

二

我的梦
是一座城
一座最小的城
没有森严的殿堂
没有神圣的坟陵
安安静静
安安静静
只有一团薄雾
只有一阵微风
还悄悄依恋着——
童年的纯真

副歌

我是一座小城
一座最小的城
只能住一个人
只能住一个人
我的梦中人
我的心上人
为什么不来临
为什么,为什么

不来临

1980 年 4 月

梦之歌

一

一片片绿色的云哪
那是春天的梧桐
遮住楼窗
遮住路灯

世界睡去了
只有我们
只剩我们
只有我们清澈的爱情

二

一串串紫色的星哪
那是盛开的泡桐
望着小路
望着家门

妈妈睡去了
只有我们
只剩我们
只有我们溶化的魂灵

副歌
　心呵，不要动
　梦呵，不要醒
　天呵
　不要亮
　我们永远永远不离分

1980 年 4 月

小山雀

　　　　一
　小小的山雀呵，
　在窗台上降落，
　在窗台上降落，
　抬头看一看，
　低头啄一啄……
　　　你在怀疑我
　　　你想试探我
　为什么？为什么？
　因为你的好奇
　因为我的独特

　　　　二
　小小的山雀呵，
　在树林中飞过，
　在树林中飞过，

高声叫一叫，
低声说一说……
　　你在怀念我
　　你想找到我
为什么？为什么？
因为你的多情
因为我的冷漠

　　　三
小小的山雀呵，
在鸟笼里紧锁，
在鸟笼里紧锁，
嘴巴张一张，
眼睛合一合……
　　你在怀恨我
　　你想报复我
为什么？为什么？
因为你的弱小
因为我的推脱

　　副歌
天生的命运呵
天生的隔阂
即使你满心智慧
我也只能是猜测
但我愿意因你唱支歌
　　　为你唱支歌

1980年4月*

———————————

* 这首歌词的前身是作者写在大约半年前的《疑·念·恨》。见1979年诗档。

你唱起一支童年的歌

一

在太阳醒来的时刻
你唱起一支童年的歌
那快活的节拍
就像融化的雪水
从屋檐上滴落
从树枝上滴落

那是一个美丽的故事
那是一个遥远的传说

二

在月亮困倦的时刻
你唱起一支童年的歌
那美好的旋律
就像天真的泉水
从群山间走过
从石缝间走过

那是一个奇特的故事
那是一个迷人的传说

副歌
透明的泪水
从你的嘴角滑落
童年的歌曲
从我的心中流过

呵,呵
让我们手拉着手
去寻找每一个时刻
去寻找月亮的声音
去寻找太阳的颜色
去采那故事里的小红花
去摘那传说中的金苹果
呵,呵
去采那最美的小红花
去摘那幸福的金苹果

1980 年

遥远的歌

一

那是梦
那是梦
你的信
却清晰可认

你在唱歌
你在提问
你从小路上走来
你说"嗯"……

二

那是心
那是心
你的人
却无影无踪

像一片云
像一阵风
像一团长久的雾
像流星

副歌

呵，你无处寻
呵，我不可能
在世界上走吧，走吧
大地的尽头
——是海洋
海洋的尽头
——是天空
永远不相认
永远不相逢

1980 年

献给潮水的歌

一

潮水呵！
为什么
你不肯来到
我的面前？
是什么使你
迟疑和留连？

我多么渴望
你那温和的波澜
把爱情的脚印
铺满沙滩。

二

潮水呵！
为什么
你不愿留在
我的身边？
是什么使你
痛苦和不安？

我多么需要
你那奔泻的情感
把欢乐的浪花
撒满蓝天。

副歌

呵——
我只有默默地等
我只有悄悄地盼
因为我是一块礁石
因为我是一块山岩
永远不能走动
永远不能呼唤
永远不能倾诉——
我心中的语言
永远不能坦露——
我心中的爱恋
潮水呵——
我在等,我在盼

1980年6月

夜歌

一

没星星
没月亮
我们走在小路上
没星星
没月亮
大地的尽头一线灯光

呵——
明天身在何方?
明天身在何方?
这条陌生的小路
这点遥远的光芒

　　二
暗风吹
树影晃
我们停在小河旁
暗风吹
树影晃
黑夜的中心一片迷茫

呵——
今后是什么样?
今后是什么样?
这条沉默的小河
这片模糊的希望

　　副歌
呵——呵——
明天身在何方
今后是什么样
这点遥远的光芒
这片模糊的希望

1980年6月

蒲公英做了一个梦

一

蒲公英，蒲公英
蒲公英做了一个梦
梦见它变成一颗星
一颗最亮的星
一颗最美的星
闪在银河中

早上的风来捞珍珠
捞起了星星
捞起了星星做别针
做呀做
做成一根银别针

送给太阳吧
太阳好脸红
为什么？为什么？
也许明天要定亲
也许明天要定亲
太阳戴上了银别针
亮晶晶，亮晶晶
谁也看不清

嗯嗯嗯
蒲公英做了一个梦

二

蒲公英，蒲公英
蒲公英做了一个梦
梦见它变成了一朵云
一朵最白的云
一朵最轻的云
飘在蓝天中

晚上的风来采棉花
采到了白云
采到了白云做纱裙
做呀做
做成一条长纱裙

送给月亮吧
月亮爱干净
为什么？为什么？
可能今天要结婚
可能今天要结婚
月亮换上了长纱裙
迷蒙蒙，迷蒙蒙
谁也看不清

呀呀呀
蒲公英做了一个梦

1980 年 6 月

· 旧体诗 ·

遥寄

久别无片语
花影夜夜深
碧空谁人测
皓月照白云

1980 年

江南小景

兰叶拱桥竞相弯
柳帘欲掩乌篷船
云燕何故近春水
半壁泥巢犹未干*

1980 年

---

* 作者并减字写为：兰叶竞相弯／柳帘乌篷船／云燕近春水／泥巢犹未干

· 连环画配诗 ·

雪山恩仇记*

一

金沙江水泪长流，难以流尽人间仇。
阴云沉沉满天滚，败叶纷纷遍地走。
冰川日日寒透骨，雪山夜夜愁白头。
苍穹一万八千岁，月暗星淡昏幽幽。

二

金沙江畔大金寺，幡遮烟绕多少时？
累累白骨筑殿堂，斑斑血泪染基石。
千百堆穷**纳贡来，脚步蹒跚力难支。
活佛端坐经坛上，扬起尘拂降"恩赐"。

三

紫红袈裟金缎带，活佛缓缓把口开：
"魔气迫近金沙江，邪教汉军东方来。
石匠热布罪沉重，竟敢指路引祸灾。
上天发怒山会崩，众生尽要沦苦海。"

---

* 这首诗是 1980 年 8 月人民美术出版社出版的 133 页连环画（小人书）《雪山恩仇记》的说明文字。 连环画据顾工著于 1974 年的中篇小说《红军的后代》画。 诗 133 节据小说内容一一为每幅画配写。 作者于出版后的连环画书上对个别文字有校动。

** 原注： 堆穷即农奴。

四

听到活佛唱鬼调,热布两眼怒火冒。
浑身铁骨铮铮响,皮绳绷紧青筋暴。
活佛心中暗吃惊,强自镇定发冷笑:
"快把罪人投江中,消除神怒息狂涛!"

五

金沙江畔起邪风,白浪龇牙要吞人。
铁棒喇嘛恶声嚎:"赶快跪下拜天神!"
热布转身啐仇敌,喇嘛气得脸发青,
凶相毕露抡铁棒,热布怒吼震山林。

六

山林震动乱藤颤,露出一张男孩脸,
眉毛抖动冷汗滴,眼神惊恐热泪溅。
看到阿爸遭毒手,为儿怎不碎心肝!
双手紧紧抓乱石,片片山石鲜血染。

七

阴风折树声声哀,热布晕倒在山崖。
喇嘛凶残灭人性,将他塞进牛皮袋。
勒紧袋口无天日,投进江中恶浪盖。
忽听江畔呼声惨,男孩流泪扑过来。

八

苍山有意水无情,男孩高呼逐浪奔。
喇嘛见状色陡变,忙令差巴*"除祸根"。
蹄声骤起火花溅,步履踉跄血迹新。

---

* 原注: 差巴即差役。

孩儿拼死救阿爸，佛门慈悲正杀人！

九

山河呼啸天地转，孩子跌倒在石滩，
手脚抽动身难起，昏昏沉沉把爹唤。
身后阵阵蹄声近，面前滔滔江潮漫，
苍天无主地无灵，更有谁能救苦难！

一〇

忽听一片战马鸣，好似空中降天兵，
狂飙滚滚到河滩，一声怒喝似雷霆！
差巴胆怯偷眼看，红旗如火刀如银，
顿时三魂九魄飞，仓皇拨马投密林。

一一

红军团长岳天宇，抱起男孩泪欲滴——
浑身青紫伤累累，一双赤足血淋漓……
眼见喇嘛蛇蝎毒，天宇怒火冲天起，
民族政策要执行，手握钢枪枪难举。

一二

男孩苏醒猛一惊，奋力挣扎跳起身，
口中连连喊"阿爸"，又逐滔滔江水奔。
天宇急忙把他追，马队跃动随后跟。
只见男孩纵身起，一下跳进大江中。

一三

两山夹峙江面窄，水流湍急浪澎湃。
男孩沉浮如落叶，拼命还把皮绳拽。
天宇奋勇来相救，击碎恶浪一排排。

战士随后跳下水,协力捞起牛皮袋。

一四
牛皮袋中人翻动!天宇挥刀断捆绳。
解开皮袋见热布,眼闭口张气息存,
满头鲜血和污泥,遍体新伤连旧痕……
阶级社会几千载,奴隶压在最底层。

一五
清风吹散满天云,热布朦胧见红军,
一股热气心头涌,顿觉天地放光明;
手扶男孩硬撑起,抓住天宇泪盈盈,
阶级深情如潮涨,难忘红军救命恩!

一六
骏马飞腾疾如箭,奔来一名通讯员,
汗水淋淋透军衣,开口便把命令传:
"敌军骑兵来偷袭,总部命令要全歼。"
天宇扬鞭惊雷动,铁骑腾跃过山巅。

一七
山地一场围歼战,杀声起伏惊破天。
机枪横扫遍地火,炮弹爆炸满山烟。
匪兵狂乱像飞蝗,红军凌厉似疾电。
四面合围如铁桶,残敌纷纷落马鞍。

一八
枪声稀落余烟飘,敌尸狼籍满山坳。
匹匹惊马仰天鸣,面面断旗落荒草。
男孩赤脚踏匪徒,摘得短剑欢声叫。

战果累累天宇喜，暗暗夸赞小英豪。

一九
万年雪山披红霞，婴儿出生雪山下——
红军军医闵玉玫，分娩借住热布家。
热布妻子叫央金，热心照料母女俩。
这天早起打酥油，忽听枪声山中炸。

二十
水汽弥漫小屋中，塘火闪闪红光喷。
玉玫斜卧皮褥上，怀抱婴儿听枪声。
央金进门熬奶茶，面色惶惶心头紧。
玉玫渐渐笑开颜，料定红军获全胜。

二一
央金将信又将疑，却听屋外欢声起。
男孩捧剑跳进门："阿妈这是战利品！"
热布跟随天宇入，眼望妻儿更欣喜：
又是一个大胜仗，消灭白匪骑兵旅！

二二
塘火映照闵玉玫，两颊微微泛红辉。
婴儿也知人间喜，梦中一笑多甜美。
天宇看得心花放，革命又添新一辈：
小红军呀快长大，咱们一块战白匪！

二三
阳光灿烂照小屋，奶茶沸腾水汽浮。
玉玫开口说取名，天宇深情把话吐：

"她于此刻降藏区，我看应当叫金珠*；
砸碎铁链闹翻身，永随党走革命路！"

二四
长夜不眠诉别情，东方未晓军号鸣。
红军整队上征途，千百堆穷拭泪送。
脚踏寒霜路边站，奶茶酥油手中捧。
天宇玉玫随军走，热布全家跟出门。

二五
央金不舍玉玫走，吞声哽咽强开口：
"孩子出生未满月，一路风霜怎能受？"
玉玫亲吻小金珠，慢慢送到央金手。
雪山湘水亲姐妹，情深似海无尽头。

二六
热布挥泪声低沉："但愿此生再相逢。"
天宇握别语意深："但愿革命早成功。"
热布央金呆呆立，天宇玉玫上征程。
忽听男孩嘶声喊："叔叔我也当红军！"

二七
男孩边喊边狂奔，死死抓住马缰绳，
身子打旋手不放，两脚蹬空绳不松。
尘土飞扬沾乱发，泪水迸溅湿马鬃。
天宇急忙勒住马，心头翻起浪千重。

---

* 原注：金珠藏语意 "砸"。

二八
天宇犹豫望热布，热布脸上光彩浮：
"雏雁跟着群雁飞，天南海北尽通途；
幼狮跟着雄狮走，何惧恶狼与猛虎；
小儿若能当红军，就算攀上登天路。"

二九
玉玫又把央金问，央金点头露笑容。
男孩欢跃爬上马，跟随红军去长征。
万水千山生死别，天涯海角骨肉情。
红旗飘飘入云去，又复多少秋与春……

三〇
红军离去豺狼凶，大金寺院来抓人。
热布闻讯急躲避，全家逃上乱石岭。
喇嘛扑空更恼怒，点燃小屋烟火腾。
热布半山回头望，心中充满仇和恨。

三一
夜风入林声沙沙，全家露宿大树下。
央金挤奶*喂婴儿，嘴角含笑泪滴哒。
热布深情望金珠，心潮滚滚起浪花——
纵然此身筋骨碎，也要保住红军娃。

三二
漂流四方七八年，历尽千辛经万难。
小金寺中需石匠，抓住热布去开山。
铁锤声声送春秋，天上鸿雁去又还。

---

* 画上热布、央金、婴儿边上是奶羊。

金珠呵护渐长大,跟随阿爸学凿岩。

三三
松林深处白雾浓,温泉流淌声轻轻。
少女拨雾来取水,黄鹂歌唱树芳馨。
艰难困苦花照开,金珠已经十四春。
弯身舀取温泉水,水汽浸湿细辫绳。

三四
一声布谷十里传,金珠背水回家转。
心中喜讯生翅膀,老远就把爸妈喊。
推开柴门水不倒,话儿却比泉水欢:
"人说当年老红军,马上又要进雪山。"

三五
春风吹得柴火旺,满屋通红明晃晃。
央金拍打女儿手,千年冰雪都化光。
热布捋须嘿嘿笑,喜泪顺着眼角淌。
满心欢乐说不出,奶茶溢在火塘上。

三六
喜梦未尽悲事发,乱蹄如雹碎山花。
忽闻蹄声近屋门,女儿惊惧叫阿妈。
门倒尘飞梁柱倾,闯进铁棒大喇嘛:
"石匠热布罪如山,竟敢延误支乌拉*!"

三七
差巴如狼扑上前,抽出皮绳一丈三,

---

* 原注: 支乌拉即服苦役。

一头捆住热布手,一头拴死在马鞍。
铁棒喇嘛打马走,热布跟跄拖后边。
"阿爸我也跟你去!"悲声回荡山谷间。

三八
风搅灰沙遮星月,座座梵塔染人血。
父女挥锤凿石狮,活佛走来声嘶竭:
"此狮要镇东方魔,不得误了降神节。"
热布冷冷来回答:"定迎天神降世界!"

三九
一条横街万石铺,活佛悠悠转回府。
忽而侧目问格役*,寺基可曾有魂护?
格役忙答未寻见,活佛慢慢捻佛珠:
"石匠娃子有灵气,上天赐她转世福。"

四〇
格役领旨又回转,恶煞换了菩萨脸:
"娃子她妈把她寻,中魔倒在佛坛前。"
热布震惊欲前往,格役抬手把他拦:
"不可误了凿石狮,阿妈见娃即心安。"

四一
小金寺中阴森森,千回万转如魔宫。
绸幔飘动青烟出,金佛怪笑铜兽狞。
忽听铁帘哗哗响,阴风吹灭长明灯。
金珠放声喊阿妈,出来一个凶煞神!

---

* 原注: 格役即大喇嘛。

四二
一个煞神四个鬼,两个捆来两个推。
金珠惨叫被封口,阵阵冷气透骨髓。
佛堂眨眼变地府,四面八方皆昏黑。
突见前边鬼火闪,木笼张大吃人嘴!

四三
狗吠狼嚎声凄厉,走来一队小沙弥*。
泪水涟涟心悲痛,手捧石块步难移。
金珠挣扎撞笼盖**,声声惨来声声急。
雪山三百八十寺,多少性命葬石基。

四四
漫天昏昏风呼啸,油灯颤颤乱影摇。
一锤轻来一锤重,热布心中起疑潮。
突见人影风中来,又似追寻又似逃。
原来是个小沙弥,满面惨白嘴唇焦。

四五
沙弥战栗说不清,寒风吹得泪纷纷。
热布突然梦中醒,只觉五雷轰头顶。
沙弥甩手回身跑,热布飞步尾随奔。
沙弥手指后庭院,热布抽刀闯佛门!

四六
为了救出红军娃,地府如铁也要砸!
巨石嶙嶙染鲜血,砖砖瓦瓦飞脚下。
热布掀翻大石堆,抱起金珠热泪洒。

---

* 原注:沙弥即小喇嘛。
** 画面是寺基基地,金珠已在笼中。

一息尚在谢苍天,万千仇恨且埋下。

四七
热布背上小金珠,连夜狂奔回家屋,
催促央金快收拾,全家逃走莫迟误。
金珠恍惚睁开眼,阿妈泪水收不住,
忽听远处声嘈杂,狼嚎狗吠恶鬼呼。

四八
狂风如虎啸山林,一家三口林中奔!
松枝扬手似指路,枯木伸爪欲抓人。
踏翻荒坡千丛棘,闯断老树万丈藤。
央金不敢回身望,风卷蹄声夜森森。

四九
小路盘旋上云端,一条溜索系两山。
悬崖连天石欲坠,风狂雪暴空谷寒。
金珠忙唤父母过,父母让她先越涧。
漫坡林木齐惊呼:"追兵已到莫迟延!"

五〇
热布奋力送金珠,金珠如燕飞过谷,
又推央金上溜索,瞬息万变过险处。
热布回身见敌近,短剑一横睁怒目。
铁棒喇嘛一声令,差巴齐喊抓逃奴。

五一
热布挺立绝崖边,十级风暴难摇撼。
"热布—阿爸—快快过!"央金、金珠失声唤。
热布挥刀天地惊,一刀斩断生死线。

恶棍凶徒步步逼,热布双目喷烈焰。

五二
热布胸中烈火燃,力战群魔转成团。
乱棍之下刀脱手,栽倒悬崖半步前。
万丈深渊隔亲人,百尺溜索挂一边。
央金咬牙裂心肺,金珠恸哭碎胆肝。

五三
铁棒喇嘛气败坏,怒把热布吊山崖。
人骨长鞭如骤雨,鲜血迸溅皮肉开。
热布睁眼望东方,一线曙光破阴霾。
临死高呼惊神鬼:"红军红军快回来!"

五四
春雷滚滚悬冰落,当年红军回来了!
轻骑飞跃二郎山,雄师席卷大渡河。
军威赫赫昭天下,长驱西进奏凯歌。
昌都城外炮声起,十万天兵驱妖魔。

五五
山炮震响硝烟喷,烟中杀出岳风云。
纵横疆场十四载,农奴后代成英雄。
马如迅雷刀如电,劈开敌阵千百重。
敌兵崩溃不成军,英雄连队战旗红。

五六
母女二人披风尘,远途来到昌都城。
千思万念望红旗,九死一生投亲人。
央金参加运粮队,金珠报名当民工。

跟随大军返金沙,解放苦难众乡亲。

五七
天宇今为副司令,丝毫不减当年勇,
手指地图讲形势,战略战术样样明:
"筑起康藏云中路,内地边疆血脉通;
百万农奴盼解放,汽车定要越雪峰。"

五八
卫生部长闵玉玫,霜染鬓发面生辉。
转战南北年复岁,雁行万里今欲归。
何惧再走长征路,更念金珠展翅飞。
政委凝视副司令,天宇远望笑微微。

五九
筑路大军不畏难,雪山脚下扎营盘。
战前召开干部会,风云连长做动员:
"主峰五千五百米,分给咱们英雄连;
为了公路通拉萨,定要劈开这座山!"

六〇
风云话音还未消,猛听高声喊"报告!"
一看是个女藏娃,颗颗汗珠挂眉梢:
"我叫金珠会打石,支援大军架金桥。"
藏民紧跟走上前,兴高采烈把名报。

六一
风云笑将金珠问,为啥要来开山岭?
金珠理直气势昂:"我们热爱老红军!"
藏民点头战士乐,水乳交融军民情。

征途万里向何处？统一祖国救亲人。

六二
上下混沌成一片，日月星辰都不见。
狂风吹过沙石起，暴雪袭来盖山巅。
军民一心力无敌，高举红旗奔向前。
号声嘹亮迎风雪，铁流横贯奇拉山。

六三
奇拉山上摆战场，排炮轰鸣锤叮当。
战士撬弯粗铁棍，姑娘背烂牛皮筐。
巨石崩落群山动，空气稀薄歌声扬。
雪山连天天连路，路伴彩虹进西藏。

六四
山高路险云阻挡，冰坍雪崩截断粮。
大金寺院施诡计，搜空青稞造饥荒。
筑路军民战难关，大锅煮沸野菜汤。
互送互让同甘苦，阶级深情暖心房。

六五
风云奋力把车推，眼前阵阵乱云飞。
腹中无粮肠辘辘，胸有斗志不可摧。
军民结成移山力，热汗融化冰雪堆。
人似山鹰车如燕，穿云破雾高山退。

六六
小车推到石坡边，风云迈步还向前。
战士民工齐惊叫，金珠飞身将他拦。
小车倾翻火花迸，车轮朝天碎石溅。

烟尘腾腾遮远树,一串滚雷落山涧。

六七
风云昂然不变色,伸手摸寻手推车。
金珠抬脸惊失声,连长眼睛云雾遮。
班长说他患雪盲,鱼汤能够清肝火。
金珠听了记在心,要去深涧把鱼捉。

六八
奇拉山高耸云天,月如金锚挂山前。
坡前垂冰坡后暖,寒霜露水各半边。
草波荡漾行无声,松涛澎湃夜不眠。
金珠飘飘风中来,悄声细语唤女伴。

六九
夜风吹过鼾声息,女伴醒来好惊奇。
金珠拍拍背水筒,邀请她们去捉鱼。
喇嘛寺中有定规,鱼是龙王百代裔,
谁若捕鱼惊龙王,轻则挖眼重剥皮。

七〇
荒山积雪无人烟,老林深处有山涧。
林中针叶窸窣响,冰下鱼儿深水眠。
为给大军治好眼,哪怕佛门法规严。
金珠三人齐奋力,打破坚冰绿波翻。

七一
绿波翻滚鱼欢跳,女伴惊喜不敢叫。
金珠忙展花裙布,接住银鱼一条条。
冰河映照星光闪,背筒摇晃月牙笑。

惊起寒雀满山飞,啼落残星天欲晓。

七二
大雾迷茫掩群山,朝阳初升红艳艳。
百鸟朝阳互问安,一曲山歌天上传。
班长放眼寻歌手,水气浮动人影淡。
金珠穿云踏歌来,背筒一倾飞瀑溅。

七三
鱼儿游荡碧波翻,炊事班长乐开颜:
"有了这些灵丹药,雪盲休想再捣乱。"
战士围看谈笑欢,都把姑娘来夸赞。
金珠抿嘴心里甜,胸前佩珠光闪闪。

七四
风云正从路边过,听说捉鱼脸变色。
厉声追问谁人干,金珠怯怯说声"我"。
一阵冰雹化细雨,风云耐心讲政策:
"民族风俗要遵守,严防敌人来挑拨。"

七五
云雾散尽天地宽,太阳升起光耀眼。
三人送鱼快步回,阵阵暖流涌心田。
金珠记起阿爸话:"红军不拿一针线。"
高原青松千年立,风吹霜染色不变。

七六
邪风驱云遮住天,铁棒喇嘛来巡山,
忽见冰碎水波动,喇嘛满脸杀气现:
"汉军穷极破山规,难逃我佛巧机关。"

听得人声山后来,藏进林中暗窥探。

七七
寒霜铺路路如银,山风推人人自行。
姑娘快步到河边,冰面如镜映花裙。
三人一齐放鱼归,鱼儿欢跳闪银鳞。
忽听身后恶魔嚎,林中扑出鬼一群。

七八
差巴嘶叫奔上前,眼冒鬼火嘴喷烟。
大棒挥舞乱树摇,女伴呼叫惊九天。
金珠见状心肺炸,推倒差巴怒声喊。
众敌蜂拥抓金珠,女伴逃进密林间。

七九
昌都战役灭藏军,藏府被迫议和平。
康藏全境获解放,帝国主义魂魄惊。
派遣特务来破坏,匪首戈戎偷越境,
取道直奔大金寺,一路邪火伴阴风。

八〇
金沙古刹阴云重,梵塔朦胧灰雾浓。
钟声回荡小巷里,合掌诵经大殿中。
活佛后堂升禅座,心境暗淡面色冷。
闻报有客西方来,披起袈裟挂笑迎。

八一
后堂一片灯火明,座座香炉绕烟云。
活佛、戈戎寒暄罢,又叙当年离别情。
"司令久别大金寺,今日何缘又光临?"

"帝国公司董事长,托我带来信一封。"

八二
"此信难解胜天书,阴阳五行太糊涂。
寒地贫僧修行浅,不知何谓'水'与'土'。"
戈戎淡笑喷烟雾,皱纹围绕黄眼珠:
"'土'是动土筑公路,'水'是发水炸冰湖。"

八三
"你用洪水淹共军,不也冲了小庙门?"
"舍掉儿子好捉狼,暴发必须下血本。"
活佛冷冷吹热茶,戈戎凶凶搓手心。
忽听铁棒叩石阶,喇嘛进殿挤笑容。

八四
铁棒喇嘛来报告,笑鼓一对肿眼泡:
"领地青稞搜刮尽,汉军果然饥难熬,
派出娃子偷神鱼,人赃俱被我拿到!"
活佛闻言心暗喜,嘴角透出一丝笑。

八五
活佛吩咐依计行,差巴打开后殿门。
戈戎诧异问何计,活佛得意微欠身:
"不劳司令破冰湖,今日'水'字已相应。
抓住一个偷鱼娃,可胜麾下百万兵。"

八六
白昼无光阴惨惨,金珠绑在后殿前。
皮鼓滚雷摧心肺,活佛合掌面向天:
"汉军魔气迷贱民,竟敢捉鱼渎神山。

龙王震怒要发水,须挖贼眼消大难!"

八七
多少堆穷头难抬,吞声哽咽泪满腮。
法螺凄凄天失色,莽号沉沉布阴霾。
行刑差巴逼上前,手举铜盘氆氇袋。
金珠心下声声哀,大军大军快点来……

八八
女伴逃回报凶信,风云怒火燃在胸,
翻身上马如虎跃,穿林过沟似狂风。
眼花犹见江水闪,山静忽听莽号鸣。
三匹快马三只箭*,直射大金古寺门。

八九
差巴正要将眼挖,忽报来了金珠玛。
活佛心惊叫停刑,又命前殿备香茶。
张惶失措迎出门,一看人少心放下,
半阴不阳问何事,风云沉着献哈达。

九〇
风云跨进大殿门,正气凛然讲来因:
"我军尊重藏风习,派人去把鱼放生。
请问贵寺居何心,半路劫走女民工?"
活佛理屈难答对,只得连说"里边请"。

九一
风云取出协议书,又把政策细讲述:

---

* 画上三人三马,三人是岳风云和两个报信藏女。

"只要不与敌勾结,将来自有光明路。
我军进藏保国防,贵寺理当多协助。"
活佛闻言暗盘算,勉强答应"赦"金珠。

九二
四人*走进后庭院,堆穷躬身泪涟涟。
风云环顾众乡亲,阶级深情漫心田。
再看金珠身被缚**,不禁一步跨上前。
谁知活佛心叵测,忽然伸手把他拦。

九三
借刀杀人毒计诡,活佛惑众装慈悲:
"娃子本可恕无罪,怎奈魔障还未退。
大军若能除此怪,龙王方会息洪水。"
差巴应声走上前,金珠头上放魔鬼。

九四
雪盲眼花心明亮,风云慢慢举起枪。
饿鹰盘旋鬼怪笑,堆穷揪心屏息望。
千载血仇凝准星,万代怒火压枪膛。
子弹呼啸瞬息间,鬼胎迸飞欢声扬。

九五
欢声雷动震长空,饿鹰惊散乱纷纷。
女伴飞步扑上台,掀去头套斩断绳。
毒雾消散山河笑,黑云坠落天地明。
风云兴奋走上前,金珠满眼泪盈盈。

---

* 画上四人:岳风云、两藏女和活佛。
** 画上的金珠头被扣在氆氇袋里。

九六
雪山脚下花枝摆，春夏秋冬去复来。
回顾往事动心魄，遥想明日情满怀。
筑路大军旗入云，机场工地歌如海。
飞机将要降草原，金珠、风云心花开。

九七
万里草原花如锦，乡亲奔来报喜讯：
"金珠阿妈运粮来，正在翻跃雪山顶。"
多少话要对妈讲，金珠一刻也难等，
借得风云白战马，欢天喜地去相迎。

九八
破坏阴谋遭重创，活佛颓丧脸无光。
戈戎两眼露血丝，摔碎瓷杯奶茶淌：
"我看还是炸冰湖，冲垮公路淹机场；
你的预言也应验——惹怒龙王大灾降！"

九九
活佛侧目眉尖挑，又作老牛破车调：
"摇树难把天摇坍，拔草难将山拔倒。
此刻不必造凶劫，功果须待天时到。"
戈戎见事不投机，便与活佛分两道。

一○○
余霞一片染五彩，百鸟归林过山崖。
山下炊烟袅袅起，山上民工忙打柴。
忽见有个陌生人，东张西望正徘徊。
民工扬声把他问，生人仓皇逃窜开。

一〇一

月下偷粮是田鼠，半夜挖堤是蝼蛄。
民工赶忙回营地，报告生人可疑处：
"那人模样像戈匪，背着木箱奔绝路。"
风云问路通何方，民工遥遥指冰湖。

一〇二

连部召开紧急会，齐把敌情来查对。
众人捧柴火焰高，风云心中亮百倍：
"特务逃去已半天，冰湖可能要炸毁。
破敌可以分两路，一路截水一路追！"

一〇三

风云话音还未消，活佛前来把案报：
"戈匪要把冰湖炸，情况紧急争分秒。
恳请大军快行动，不然小庙也难保。"
风云正色来宽慰，望他今后走正道。

一〇四

风平夜静星满空，万木肃立待出征。
战友握别言语少，只觉满腔血沸腾。
你上三山擒虎豹，我下九泉缚蟒虫。
但等明日传捷报，满天朝霞东方红。

一〇五

明月升起星光消，同志月下把手招。
马达轰鸣满山谷，惊起宿鸟绕树梢。
擒匪小队登峻岭，爆破工兵穿河道。
双管齐下如铁钳，狡兔三窟也难逃。

一〇六
山上山下四季分，低处春夏高处冬。
拨开花草寻疑迹，踏破雪线听寒风。
雪原浩荡如银海，战士大海能捞针。
淡淡月光照征途，影影绰绰见"狼"踪。

一〇七
雪山深处铃铎响，一列牦牛过山冈。
央金带领运输队，不畏险阻送军粮。
金珠百里迎阿妈，将妈请到白马上。
有说有笑话离别，过风过雨把歌唱。

一〇八
驿路盘旋绕山走，央金驻马笑开口：
"穿越冰湖有捷径，不必翻山过深沟。
今晚军粮到营地，明早就可煮米粥。
我要亲自拜连长，谢他虎口把你救。"

一〇九
冰湖如玉佩雪峰，晶光环绕耀星空。
湖心闪闪腾细浪，白雾飘荡银河中。
央金金珠踏冰来，忽见湖畔黑影动。
母女上前探究竟，快声快语问分明。

一一〇
嗞嗞红光火花射，黑影点燃导火索。
金珠想起活佛咒："龙王定要兴洪波。"
舍生忘死扑上去，戈戎凶猛将她拖。
央金扑向火冒处，戈戎返身将她捉。

——一

戈戎图穷匕首现,直刺央金寒光闪。
金珠挺身拦黑影,七寸钢刀穿透肩。
央金惊叫忙抵挡,戈戎弄拳抱头窜。
火煨嘶嘶不可灭,一场大祸在眼前!

——二

央金紧紧抱金珠,纵马飞离危险处。
牦牛怪吼随后奔,溅起碎石落深谷。
猛听身后惊雷炸,大地震撼雪山酥;
水柱喷射上九霄,冰块闪闪漫空舞。

——三

沉雷滚滚天外来,惊涛骇浪乱石开。
水龙飞舞峭壁倾,险峰雄峙深谷窄。
风云山口布战阵,千斤炸药精心埋。
哪怕洪峰高百尺,指挥若定有安排。

——四

洪水咆哮群峰抖,万里波涛夺路走。
大浪倾翻如山倒,巨石滚泻似天漏。
风云下令车发动,一条电缆拖车后。
管它地动天惊诧,不到时候不松口。

——五

挥手风云叫声"放"!天地倾斜巨雷响。
洪流飞泻三千尺,烟尘腾起一万丈;
碎石纷纷如乱箭,惊涛闪闪似刀枪……
水龙刹时身骨软,一座泰山从天降!

一一六
悬崖崩坍成大坝，巨浪拍岸声喧哗。
洪水回旋无路走，波涛翻滚荡山峡。
战士民工齐欢呼："爆破截流成功啦！"
万木欢欣天破晓，高山平湖映早霞。

一一七
戈戎心惊又肉跳，慌不择路把命逃，
上坡乱窜如丧犬，下山翻滚赛野猫。
猛听喝声"不许动"！擒匪小队拦路腰。
戈戎仓皇抬头看，垂死挣扎把枪掏。

一一八
戈戎打枪转身窜，洪水茫茫路遮断。
野兽绝望露狰狞，豺狼濒死亦凶残。
擒匪小队枪声起，戈戎惨叫落山涧。
行凶作恶终有报，大水埋葬黑心肝。

一一九
水吼石崩动深谷，回声隆隆震肺腑。
机场民工皆惊骇，纷纷拜倒求宽恕：
"永远不敢再捉鱼，龙王龙王请息怒！"
战士疑惑望雪山，雪山环绕千重雾。

一二〇
民工祈祷心胆战，忽听劈头一声喊：
"不是龙王降天灾，全是特务施暗箭！
刺伤我儿狠如狼，炸开冰湖罪滔天！"
大家抬头见央金，高举钢刀鲜血染。

一二一
浓雾散尽天更晴，却听天上起轰鸣。
一架飞机天外来，红光闪闪耀蓝空。
云扬长袖献哈达，山戴银盔列队迎。
欢声回荡天地间，朝阳冉冉东方升。

一二二
机声轰响战鼓传，天宇玉玫忆当年*——
森林层层伏奇兵，草原片片扎营盘；
关山重重跃战马，江河滔滔扬征帆……
万水千山踩脚下，今日倍觉阳光暖。

一二三
银鹰旋绕从天降，追风驰电落机场。
人流奔涌荡春潮，战旗翻卷掀红浪。
鲜花飞舞彩绸起，鞭炮齐鸣金鼓响。
机轮落地万众呼，八一红星映霞光。

一二四
天宇玉玫下飞机，代表纷纷迎上去。
哈达今又献红军，丝丝缕缕见情意。
当年长驱征日寇，今日回师镇边地。
粮草源源天上来，军民欢欣歌舞起。

一二五
一副担架穿人丛，金珠仰卧昏沉沉。
霎时喧哗全沉寂，玉玫快步上前迎。
急速取出听诊器，掀起血襟仔细听。

---

* 画上天宇、玉玫正在飞机上。

众人低声问情况,玉玫眼角起笑纹。

一二六
央金一旁声哽咽:"将来怎见冈大姐。"
玉玫心中闪电光,十六年前情深切。
起身脱口唤"央金!"央金惊喜泪雨泻。
阶级姐妹紧紧抱,红心顿化千年雪。

一二七
天宇心潮撞肺腑,扶住央金问热布。
央金一愣如挨刀,唇颤舌抖说不出。
女伴抽泣代回答:已经牺牲在深谷。
天宇玉玫大悲痛,双双泪眼望山麓。

一二八
央金忽然破涕笑,原来金珠苏醒了。
两眼清澈映碧空,柔声细气把妈叫。
央金轻轻拉玉玫:"这是你的小宝宝。"
一悲一喜似做梦,想天想地想不到。

一二九
往事滔滔起心底,央金迟疑问天宇:
"当年我那小男孩,是否还在跟着你?"
天宇挥手指雪山,目光炯炯透笑意:
"你儿风云率连队,正要开赴新阵地。"

一三〇
两人正说当年娃,驰来一辆六轮卡。
车上跳下岳风云,晨光灿烂照面颊。
天宇上前做介绍,风云深情喊阿妈。

雪山恩仇十六载,千秋万代传佳话。

一三一
万代天险汽笛鸣,车队盘旋上高峰。
英雄连队建新业,整装列队又出征。
风云山边回头看,心潮滚滚荡激情:
"定要继承先辈志,定让天下属人民!"

一三二
金沙暖浪连天涌,革命豪情逐白云。
金珠憨声对爹讲:"多想跟您去出征。"
眼看女儿长成材,天宇心中喜气升:
"长征道路尚未尽,前面还有万里程。"

一三三
万里程呵万里程,来了多少接班人。
脚步隆隆破险关,翅翼闪闪过蓝空。
红军战歌更雄壮,长征大旗更鲜红。
天宽地阔看未来,无限美景浴春风。

1980年2月

1981

无名草

　　　　一
北风把云吹到我脸上
凉凉的
使人回想
在那些蓝色的空隙里
有翻造雪山的场地

　　　　二
石膏的女神诞生了
草原消失着
丘陵汹涌不定
羊群和狼
开始在共同的星空下狂奔

　　　　三
在冰雹的践踏中
在沙的暴乱中
在仙人掌强悍的刺激中
我的花
枯成一团

　　　　四
我的影子被匆匆掩埋
雪停了
　月亮被丢在尽头
　几位劣等铜匠
把它打得凸凹不平

五
在无法平整的区域里
一条小河
走近我
告诉我关于春天的故事
我悄悄拥抱了黑土地

六
我有紫色的叶子
也有绿色的
我要用黄昏的日光
铸成崭新的花冠
表示——我统治自己

七
在光润的岸边
有饮水的声音
有牧人的白毡房
那里有一对银耳环
轻轻一碰

八
没有人批准我的诞生
我没有名字
我年青
我将把爱情的花粉
献给第一只野蜂

1981 年 1 月

早发的种子

我是一名列兵
属于最低一级
我缩在土块的掩体下
等待着出击

忽然我看见炮火
太阳向阴云进逼
我一下跳出工事
举起绿色的小旗

冲呵！我奋勇前行
大地却无声无息
冰山是冬天的军营
森林像俘虏样站立

我终于慢慢地倒下
雪粒多么密集
我小心不惊动同伴
以免将他们激励

在我死去不久
春天获得了胜利
大队大队的野花
去参加开国典礼

它们从我墓上走过
讨论着蝴蝶的外衣

我再少一点勇敢
就将和她们一起

我从没被谁知道
所以也没被谁忘记
在别人的回忆中生活
并不是我的目的

1981 年 1 月

空隙

空隙
石块和木板的疏忽
引诱着
偷偷窥视的眼睛
左轮枪转动
屏息的准星

春天在呜呜作响
种子在寻找阳光
一个蜈蚣
像弹链样甩动,消失

空隙

1981 年 1 月

我坐牢了

我坐牢了

低垂的睫毛
变得僵硬
变成一根又一根铁栅
不冷不热的风
把它摸得发亮

一边是影子
一边是油漆的微笑
我靠在墙和地上
每天
数几片面包

我没找到锉刀
却有一片羽毛
我混在鸽群中飞去
忍住自由的鸣叫
我要在现实到来之前
悄悄接近蓝天

枪响了
鸽群陡然飘散
像一些碎纸
然后消失
我靠在墙和地上
我坐牢了

我坐牢了
我不能逃走
在发亮的铁栏外
在远处
还有用硬铅笔
反复画出的树枝

我坐牢了
细小而无情的瞬间
锉断了我的目光
我在尘沫中消失
只剩下铁栏和墙

隐隐地
我也涂满油漆,发亮

1981 年 1 月

回归(一)

不要睡去,不要
亲爱的,路还很长
不要靠近森林的诱惑
不要失掉希望

请用凉凉的雪水

把地址写在手上
或是靠着我的肩膀
度过朦胧的晨光

撩开透明的暴风雨
我们就会到达家乡
一片圆形的绿地
铺在古塔近旁

我将在那儿
守护你疲倦的梦想
赶开一群群黑夜
只留下铜鼓和太阳

在古塔的另一边
有许多细小的海浪
悄悄爬上沙岸
收集着颤动的音响……

1981 年 1 月

雪天

雪天
站牌一动不动
像个忠实而孤独的丈夫
等待

那个车来了
庞大而琐碎
像个真正的妻子
为了最后一点恪守
忍住气喘
低着头又走开

1981 年 1 月

土地是弯曲的

土地是弯曲的
我看不见你
我只能远远看见
你心上的蓝天

蓝吗？真蓝
那蓝色就是语言
我想使世界感到愉快
微笑却凝固在嘴边

还是给我一朵云吧
擦去晴朗的时间
我的眼睛需要泪水
我的太阳需要安眠

1981 年 1 月

我喜欢在路上走

我喜欢在路上走
一个人
看着太阳
看着她从草尖上
从羚羊的角弯里
从干燥的秸秆上升起

我喜欢在路上走
我不要帽子
不要屋顶
不要那重复的墙
我不想看见上面的水迹
像噩梦的影子

我喜欢在路上走
太阳爱我
也爱所有的人
我渴望成为一片大陆
在她的注视下
拒绝海洋

我喜欢在路上走
我喜欢在黄昏的路上
看见灯光
我喜欢一个人
一个人

必须有太阳

1981 年 2 月

约会

我是牧民
我骑在山的驼峰上
在黑夜里漫行

　　渐渐，渐渐
　　靠近那盏小灯

你抬起眼睛
又抬起一个手指
——不要作声

　　黄铜的月亮
　　像个警铃

呵！知道了
妈妈就在隔壁
在找一封来信

1981 年 2 月

古尸

我需要什么?
我停在了世界上
干燥地停放着
没有亲切的泥土
没有云
没有清凉的花朵和早晨
苦痛胶结住
我的身体

人们从远处来
来看我
不是为了尊敬或怜悯
而是好奇
看我在另一个世界
做什么表情
我多想哭
却没有声音和泪水

给我一点水吧
给吧
融化那个心底的裂谷
我将像鱼那样游泳
像蛙那样跳跃
像孩子那样爬过白栅栏
在湿湿的草地上
匍行

1981 年 2 月

雪下大了

雪下大了,真大
藏起岩石的小塔
塔中的烛火悄悄熄灭
冷风吹皱了溶蜡

凝结的天空多么沉重
却没有机会崩塌
被吸引的大地轻轻升起
接住每一片雪花

雪幕上有几个破洞
那是打湿的乌鸦
疲倦不堪的驼铃声
就在它身边悬挂

还是让门铃歌唱吧
把太阳带回家
我们是夏天的爱人
冬天只是一个童话

1981 年 2 月

初夏

乌云渐渐稀疏

我跳出月亮的圆窗
跳过一片片
美丽而安静的积水
回到村庄

在新鲜的泥土墙上
青草开始生长

每扇木门
都是新的
都像洋槐花那样洁净
窗纸一声不吭
像空白的信封

不要相信我
也不要相信别人

把还没睡醒的
相思花
插在一对对门环里
让一切故事的开始
都充满芳馨和惊奇

早晨走近了
快爬到树上去

我脱去草帽

脱去习惯的外鞘
变成一个
淡绿色的知了
是的,我要叫了

公鸡老了
垂下失色的羽毛

所有早起的小女孩
都会到田野上去
去采春天留下的
红樱桃
并且微笑

1981 年 2 月

为什么这样

为什么这样
诗人
为什么要用诚实的诗
去换取
虚假的爱情

为什么这样
诗句

为什么要用清澈的诗
去换取
混浊的政治

为什么这样
诗灵
为什么要用崇高的诗
去换取
卑下的生存

1981 年 2 月

星岛的夜

敲敲
星星点点的铃声
还在闪耀

在学校
在课桌一角
有一张字条

是最初的情书？
是最后的得数？
谁能知道

房上猫跳

吓灭了萤火虫
蜗牛在逃跑

还在盯梢——
歪歪斜斜的影子
悄悄

1981 年 2 月

假如钟声响了[*]

假如钟声响了，
就请用羽毛
把我安葬；
我将在冥夜中，
编织一对
巨大的翅膀——
在我眷恋的祖国上空
继续飞翔

1981 年 2 月

---

* 发表时，题目曾写作：假如……

因为有月亮

因为有月亮
你走远了
站在远远的路口上
看着我
我不会发光

因为有月亮
你熄灯了
打开一扇又一扇圆窗
等着我
我不会升降

因为有月亮
你睡着了
不再害怕自己的梦想
想着我
我将是太阳

1981 年 2 月

请拿起这枝花

请拿起这枝花
既然已经折断

去走你的路
在凝结的沙海上隐现

让风在愿意的时候
吹去任何一瓣
让属于星星的道路
在空中飞散

最后请走进圣坛
再近些
将枝条扭弯
重温那脆弱的瞬间

1981年2月

寄海外

衰老是人类的不幸
是一片
渐渐稀疏的森林
但我相信
你没有颓唐
你心中仍充满单纯的
怀念
像一枚椰果
漂洋过海
在彼岸继续铺展着绿色的思情

我也是绿色的
在温热的国土上生长
为了证实民族的生命

1981 年 2 月

静静的灾难

早晨
明朗的枝条上
墨黑色的鸟群
一动不动

夜色已被洗净？

渡鸦
静静的灾难
注视着
一动不动

1981 年 2 月

漂泊

再没有海岸
再没有灯火

一切都是泡沫

新大陆的存在
只是一个传说

我只想停止
哪怕是沉没*

1981 年 3 月

我是一个任性的孩子

我想在大地上画满窗子
让所有习惯黑暗的眼睛
都习惯光明

也许
我是被妈妈宠坏的孩子

---

* 这二行曾写为：抛下铅似的心锚/船仍在无奈漂泊

我任性

我希望
每一个时刻
都像彩色蜡笔那样美丽
我希望
能在心爱的白纸上画画
画出笨拙的自由
画下一只永远不会
流泪的眼睛
一片天空
一片属于天空的羽毛和树叶
一个淡绿的夜晚和苹果

我想画下早晨
画下露水所能看见的微笑
画下所有最年轻的
没有痛苦的爱情
画下想象中
我的爱人
她没有见过阴云
她的眼睛是晴空的颜色
她永远看着我
永远，看着
绝不会忽然掉过头去

我想画下遥远的风景
画下清晰的地平线和水波
画下许许多多快乐的小河
画下丘陵——

长满淡淡的茸毛
我让它们挨得很近
让它们相爱
让每一个默许
每一阵静静的春天的激动
都成为
一朵小花的生日

我还想画下未来
我没见过她,也不可能
但知道她很美
我画下她秋天的风衣
画下那些燃烧的烛火和枫叶
画下许多因为爱她
而熄灭的心
画下婚礼
画下一个个早早醒来的节日——
上面贴着玻璃糖纸
和北方童话的插图

我是一个任性的孩子
我想涂去一切不幸
我想在大地上
画满窗子
让所有习惯黑暗的眼睛
都习惯光明
我想画下风
画下一架比一架更高大的山岭
画下东方民族的渴望
画下大海——

无边无际愉快的声音

最后，在纸角上
我还想画下自己
画下一只树熊
他坐在维多利亚深色的丛林里
坐在安安静静的树枝上
发愣
他没有家
没有一颗留在远处的心
他只有，许许多多
浆果一样的梦
和很大很大的眼睛

我在希望
在想
但不知为什么
我没有领到蜡笔
没有得到一个彩色的时刻
我只有我
我的手指和创痛
只有撕碎那一张张
心爱的白纸
让它们去寻找蝴蝶
让它们从今天消失

我是一个孩子
一个被幻想妈妈宠坏的孩子
我任性

1981 年 3 月

雨（二）*

　　人们拒绝了这种悲哀
　　向天空举起彩色的盾牌

1981 年 3 月

我们相信
　　——给姐姐**

　　那时
　　我们喜欢坐在窗台上
　　听那筑路的声音

　　夏天，没有风
　　像夜一样温热的柏油
　　粘住了所有星星

　　砰砰，砰砰……

　　我们相信
　　这是一条没有灰尘的路
　　也没有肮脏的脚印

---

* 1973 年诗档中收有作者的另首《雨》，此处编者加"（二）"以区别。
** 发表时副题曾写为"——给姐姐和同代人"。

我们相信
所有愉快的梦都能通过
走向黎明

我们相信
在这条路上,我们
将和太阳的孩子相认

我们相信
这条路的骄傲
就是我们的一生

我们相信
把所有能够想起的歌曲
都唱给它听……

砰砰,砰砰……

呵,那时,曾经
我们坐在窗台上
听那筑路的声音

1981 年 3 月

春天死了

还有什么要说?

还有什么能说？

春天死了
她没有悔过

沉没的大地上
漂满花朵

1981 年 3 月

收获

是呵，多么疲倦
麦捆在身后静静安睡
让我们也合上眼睛吧
温热地吻着
饮着泉水

饱满的云从天空飘过
一朵，一朵

现在，可以走了
拿着圆钝的镰刀
走向麦田尽头绿色的草原

1981 年 3 月

马车

村民们
黢黑,黢黑
舞动着长长的草叉和藤鞭
在十月
在田野上
驱赶着一头头
黄金的巨兽

1981 年 3 月

诗的原件

A
妈妈在前面走
头也不回

拿脏苹果的孩子
愤怒地哭着
却步步跟随

B
为什么要把衣服
截短又接长?

最轻的是空气
最美的是阳光
它们是我的时装

C

呵,再开一条路
我心中的桦木林
已经稀疏

幻想的小朋友
你还需要多少房屋?

1981 年 3 月

圆号在响[*]

在疑惑的天空下
在油污的河上

圆号在响

像蜷缩的水蛭
像变形的太阳

圆号在响

---

[*] 1982 年发表时曾加副标题:——香港印象。

那灿烂的交响乐
那热情的海洋
早已退回远方

桅杆消失了
旗帜又何必飞扬?

在门口挂起时装
把商品堆满教堂

灰尘,遗忘
鸟雀像幽灵般漂浮
老鼠黑得发亮

圆号在响

蛋黄在滚油中爆炸
香气充满了厨房

圆号在响

一阵怪癖的海风
关上了所有门窗

圆号在响

1981 年 4 月

给恩斯特*

在古老的
粗瓷一样亲切的
城堡上
画下圆形的月亮
旁边是细长的叶子
和巨大的蓝色花环

沿着那些台阶回想
我走向
最明亮的悲伤

1981 年 4 月

队列**

圆形的小女孩
迈着圆圆的步子
拉着她的姐姐
姐姐穿着布裙子
花边卷了
是前边细长的

---

* 发表时作者曾加注：恩斯特是德国著名画家，他致力于记录梦境世界的美感。

** 发表时加副标题：——我们的时代需要速度。

和高大的姐姐的
遗产

在那些咿呀、尖笑、
歌唱、沉静的女儿前面
是强大的母亲

母亲自信地看着世界
那些车辙
那些突然亮起的
西方的天空
那些故意吃惊的鸟
和将要到达的村落

母亲是永恒的
母亲跟随着
母亲

她老了
穿着黑背心
和松弛的粗线毛衣
她用松树的枝条
小心地量着土地
没有想起
夕阳里,正在暗淡的爱情
纯银的发缕
在暮云中闪耀

队伍是缓慢的

1981 年 4 月

最后

最后,最后一次
我醒来
窗帘站在一边
阳光像白发般灿烂
蒲公英
在年轻的风中
飘舞,落满我的书架

那里有我的名字
我用诗的卵石
精心铺成的小路
有永远闪耀不定的泪水
有幻梦的湖泊
森林在水影中
脱下了警察的服装

也许,还有歌
还有许多
用金盏花和兰钟花
组成的欢乐
我可爱的小朋友
曾在那里奔跑
为了一只黑色、恐怖的蝴蝶

现在我卸下一切
卸下了我的世界
很轻,像薄纸叠成的小船

当冥海的水波
漫上床沿
我便走了
飘向那永恒的空间

1981 年 4 月

古代战争

马铁和刀饰在阳光下闪耀
流苏和盔缨在硝烟中飞飘
死
死的光荣谁都需要
欢迎死神的仪式
比欢迎上帝
还要热闹

方队到齐了
站好
举起那神圣的花布片
吹号

为了使母亲痛哭
为了使孩子骄傲

1981 年 4 月

我残废了

我残废了
我不能去散步
和我所爱的人走在一起
和所有古怪的影子
一起
走向早晨

我残废了
我不能跳过石块
跳过也爱蹦跳的溪水
去看那些忧郁的李子
和那些蓝眼睛
可爱的小花

我残废了
一切都在我身边驰过
灯火像搬迁新居的蜜蜂
双色的
昼夜
像斑马的条纹

我残废了
我只有停留
甚至不能像一棵小树
站得那样美好
我没有绿色的希望
我不会长高

我残废了
我仍要微笑
我的微笑是自由的
它像云朵一样
和那些棕红色的鹿群
在远处飞跑

　　　　　　　　　1981年4月

我的墓地

我的墓地
不需要花朵
不需要感叹或嘘唏
我只要几棵山杨树
像兄弟般
愉快地站在那里
一片风中的绿草地
在云朵和阳光中
变幻不定

　　　　　　　　　1981年4月

你的心,是一座属于太阳的城市

最初
我爱你的眼睛
它那样大,那样深
我相信
在那黑玻璃一样
莫测的夜里
一定
一定安息着幻梦的鱼群

现在
我已看不见你的眼睛
就像穿过透明的夜
到达了黎明
你的心
是一座属于太阳的城市
巨大的光环
飘浮不定

我走过
喷泉,和黄金的屋顶
阳光在泪中颤抖
渐渐聚成火星
我低低地喊着
把我烫伤,把我焚烧干净
我要在火焰的心里
变成光明

呵，天蓝色的世界
真美，真轻
鸽子降临了
像一阵雪白的暴风
你灵魂的塔尖上
挂满小小的风铃
我将在那里摇响
永远不停

1981 年 4 月

小花的信念

在山石组成的路上
浮起一片小花

它们用金黄的微笑
来回报石块的冷遇

它们相信
最后，石块也会发芽
也会粗糙地微笑
在阳光和树影间
露出善良的牙齿

1981 年 4 月

草原

墨色的草原
融化着
染黑了透明的风

月光却干干净净

被困惑收拢着
银亮的羊群
一动不动

让我看看你

你的眼睛
在熟悉的夜里
为什么还是那样陌生

1981 年 4 月

自信

你说
再不把必然相信
再不察看指纹
攥起小小的拳头

再不相信

眯着眼睛
独自在落叶的路上穿过
让那些悠闲的风
在身后吃惊

你骄傲地走着
一切已经决定
走着
好像身后
跟着一个沮丧得不敢哭泣的
孩子
他叫命运

1981 年 4 月

幻梦录像 (一)

一枚枚红枫叶
别在蜘蛛网上

刚刚授衔的士官生们
唱着歌
去朝见日本天皇

那里有月亮

那里有太阳
世界再不苍茫

1981 年 4 月

不要在那里踱步[*]

不要在那里踱步

天黑了
一小群星星悄悄散开
包围了巨大的枯树

不要在那里踱步

梦太深了
你没有羽毛
生命量不出死亡的深度

不要在那里踱步

下山吧
人生需要重复
重复是路

---

* 发表时曾加副标题：——给厌世者。

不要在那里踱步

告别绝望
告别风中的山谷
哭，是一种幸福

不要在那里踱步

灯光
和麦田边新鲜的花朵
正摇荡着黎明的帷幕

1981 年 4 月

月亮 (二) *

灰色的云层
使我失去光芒
我无法使春天微笑
无法使花粉飞扬

雪山停止了溶化
江河也不再匆忙
人们拉上厚厚的窗帘
在灯下继续希望

---

* 1979 年诗档中收有作者的另首《月亮》，此处编者加"（二）"以区别。

在南方的墓地上
有一尊小小的跪像
唯它还在荒野等待
将思念低垂到手上

1981 年 4 月

机器在城市里做巢

机器在城市里做巢
抖着金属的羽毛
黑色的呼吸缓缓上升
掩藏起一声声尖叫

汽车像光亮的甲虫
在危险的兴奋中飞跑
人群向四面散去
空隙结束了寻找

在煤渣筑成的山上
有一只潮湿的小鸟
它还没学会飞行
不断站起又跌倒

它浑身沾满了煤屑
却在快乐地嬉笑
这也许是最纯的幸福

——什么也不知道

1981年4月

在这里,我们不能相认

在这里
我们不能相认
这里有墙
有无数灯和伸缩的目光
在量我们
(如果把世界关在门外
只会使自己遭到囚禁)

我们应当逃走
不,是抢走
我当强盗
带着你
像暴烈的阵雨在田垄间飞奔

当一切消失
只剩下我们呼吸的声音
你就会走向一边
忽然看看我
又去看露水中惊慌的蚂蚁
乌黑的头顶上
闪着彩虹

1981年4月

椰树

一只绿色的大鸟
在岸边
垂着羽毛

为什么还不睡觉?

沙滩收集着卵石
海浪收集着水泡
你呢,什么也不要?

要,希望在远处飘

先合上眼睛吧
那明亮的船帆
就会,就会来到

是吗?月亮怎么不笑?

谁能知道
风用最轻的呼吸
正在把灾难报告

沉没的星星不再燃烧

夜真深
船都累了
变成了黄金的贝壳

那你飞吧,飞,去找……

在岸边
一只绿色的大鸟
垂着羽毛

1981 年 4 月

春天没有来

春天没有来
树枝是黑色的
我们只有分别
为了结束寂寞

在最后的回顾中
我看到一点绿色
是你的衣领
在湿风中微微摇着

我一直向前走
对道路不加选择
直到小麦年轻的叶子
把我的一切淹没

1981 年 4 月

被面上印满蓝色的雪花

被面上印满蓝色的雪花。
时钟在一边叽喳叽喳:
"这都是些阴云的幽灵,
体温总在零度以下。
人们竟想靠它取暖,
简直属于一级笑话。
你们即使不得重磅伤寒,
也得冻硬鼻子、下巴。"

时钟在一边叽喳,叽喳,
小孩却在被面上乱爬。
妈妈把他狠狠一拍,
他就把被子飞快地一拉。
夜安静了,
只剩下时钟还在徒劳地恫吓。

1981 年 4 月

绿草地

绿草地,绿草地
一朵小花开放了
没有芳香,没有蜜

绿草地,绿草地
一只小蜂飞来了
又不高兴,又不急

小蜂绕着小花飞
飞来又飞去
飞高又飞低

终于小蜂飞走了
因为有问题
因为有秘密

他要去写诗
他要去作曲
他要穿一件新上衣

他要再来绿草地
轻轻落在小花上
轻轻说,我爱你

我爱你,你却藏到哪里去
跑来一个野孩子
把花丢进小河里

绿草地,绿草地
小花没有了
绿草地还是绿草地

1981 年 4 月

命运在向我示意

命运在向我示意
用一座树林的声音
用默许
用云层下渐渐褪色的海洋
用带孔的石头和分币

命运在向我示意
用一个不,或一个微笑
用分离
用连续不断的墙和号码
用暗红色热情的土语

命运在向我示意
用敲打铁器的动作
用戏剧
用屋檐下水泡诞生的故事
用氢气球的美丽

命运,你在示意
可惜我不懂,只会胡乱翻译
还是蠢笨地
收下一切吧
让未来的孩子去处理结局

1981 年 5 月

叽叽喳喳的寂静

雪，用纯洁
拒绝人们到来

远处，灌木丛里
一小群鸟雀叽叽喳喳
她们在讲自己的事
讲贮存谷粒的方法
讲妈妈
讲月芽怎么变成了
金黄的气球

我走向许多地方
都不能离开
那片叽叽喳喳的寂静
也许在我心里
也有一个冬天
一片绝无人迹的雪地

在那里
许多小灌木缩成一团
围护着喜欢发言的鸟雀

1981 年 5 月

歧视

走累了
走进深秋
寺院间泛滥的落叶
把我覆盖
多想跌倒
在喧哗中
没入永恒之海

多想,爱
等到骨头变白
让手和手
到白蒙蒙的雨中去旅行
让手握着手
静静地变成骨骸
总会有客人到来
一只泥土的鸟
唱着歌
唱过许多年代

1981年5月

我要成为太阳

我知道

那里有一片荒滩
阴云和巨大的海兽一起
蠕动着,爬上海岸
闪电的长牙
在礁石中咯咯作响

我知道
在那个地方
草痛苦地白了
黑玻璃弯成枝丫伸展着
像银环蛇
曲曲折折地闪光……
在那个地方
在倾斜的草坡上
有一个被打湿的小女孩,哭泣着
她的布头巾破了
鞋里灌满泥浆

她不是哭给妈妈看的
她是一个孤儿
孤零零地被丢在地平线上
像一棵
不许学习走路的小树
那样绝望

我要走向那个绝望的地方
走向她
我要吻去她脸上的泪水
我要摘去她心上的草芒
我要用哥哥的爱

和金色的泉水
洗去一切不幸
慢慢烘干她冰凉的头发
我要成为太阳

我的血
能在她那更冷的心里
发烫

我将是太阳

1981 年 6 月

给一颗没有的星星[*]

你为什么总在看我
你是孤独的
你没有天鹅星那么美丽
没有那么众多的姐妹
从诞生起就是这样
这不是你的过错

然而，我是有罪的
我离开了许多人
也许是他们离开了我

---

* 诗题曾写为"给一颗想象的星星"。发表与结集时两个题目均有。此以作者 1993 年所编《海篮》集为准。

我没有含笑花
没有分送笑容的习惯
在圣人面前经常沉默

沉默,像一朵傍晚的云
我不知道
不知道你要什么,真的
合欢树又遮住一小半天空
猜吧,还有许多夜晚
"我需要你不再孤独"

1981 年 6 月

风偷去了我们的桨

就是这样
　　一阵风,温和地
　偷走了我们的桨
墨绿色的湖水,玩笑地闪光
　"走吧,别再找了
　　　再找出发的地方"

也许,夏雨的快乐
　　　　使水闸塌方
　在隐没的柳梢上
　青蛙正指挥着一家
　　　　练习合唱

也许，秋风吹干了云朵
　　　　大胆的蚂蚁
　　正爬在干荷叶的
　　　　帐篷上眺望
也许，一排年老的木桩
　　　　　还站在水里
　　和小孩一起，等着小鱼
　　把干净的玻璃瓶
　　　　在青草中安放
也许，像哲学术语一样的
　　　湿知了
　　　　　还在爬来爬去
　　遗落的分币
　　　　在泥地上冥想

　　不要再想
　　再想那出发的地方
风偷去了我们的桨
・・・・・・・・
　　　　我们
　　将在另一个春天靠岸
　　堤岸又细又长
　　杨花带走星星，只留下月亮
　　　　只留下月亮
　　　　在我们的嘴唇边
　　把陌生的小路照亮

1981 年 6 月

雨中风景

雨水
冲洗着青草垛
冲洗着黑色凶狠的泥土
洁白的根垂在空中

远处的土地流动着
渔人补好了他们的帆

一群水鸟
开始低低飞行

1981 年 6 月

我的心爱着世界

我的心爱着世界
爱着,在一个冬天的夜晚
轻轻吻她,像一片纯净的
野火,吻着全部草地
草地是温暖的,在尽头
有一片冰湖,湖底睡着鲈鱼

我的心爱着世界
她溶化了,像一朵霜花

溶进了我的血液,她
亲切地流着,从海洋流向
高山,流着,使眼睛变得蔚蓝
使早晨变得红润

我的心爱着世界
我爱着,用我的血液为她
画像,可爱的侧面像
金玉米和群星的珠串不再闪耀
有些人疲倦了,转过头去
转过头去,去欣赏一张广告

1981 年 6 月

我耕耘

我耕耘
浅浅的诗行
延展着
像大西北荒地中
模糊的田垄

风太大了,风
在我的身后
一片灰砂
染黄了雪白的云层

我播下了心

它会萌芽吗？
会，完全可能

当我和道路消失之后
将有几片绿叶
从荒地中醒来
在暴烈的晴空下
代表美
代表生命

1981 年 6 月

布林的出生及出国[*]

布林生下来时
蜘蛛正在开会
那是危险的舞会，在半空中
乐曲也不好听
布林哭了
哭出的全是口号
糟糕！赞美诗可没那么响亮

---

[*] 作者后曾专门回述这首诗及《谁能想到》几首诗到来的情形："时间的活塞一直推到一九八一年六月的一个中午，我突然醒来，我的梦发生了裂变，到处都是布林，他带来了奇异的世界……"（见 940 页《关于布林》），并于 1982 年底首次编辑组诗《布林的档案》，1992 年再编，列这首诗为组诗第 1 首。

接着他又笑了
笑得极合尺寸
像一个真正的竞选总统
于是,母马认为他长大了
他一迈步就跨出了摇篮
用一张干羊皮
作了公文包
里面包着一大堆
高度机密的尿布
他开始到政府大厦去上班

在那里
可没有舞会
部长级罢工委员会
正在进行选举
在香烟纸上写满名字
写满了,就做个鬼脸
这时布林来了
从马棚走进会议大厅
严肃得像一块黑色大理石
他站住,伸出一个手指
上边绕着铜喇叭的线圈
他说:面包
哇哇,所有乌鸦都落在桌上
"是的,面包
这是民族必备的骄傲
必须,明白了吗?
不能加鸡蛋,面包万岁!
打倒一切做蛋糕的阴谋!"
所有的人和树叶

都鼓掌了
为了加强感动
在遥远的地方还放了录音
每位猪的嘴上
都用钢笔画出了一种微笑
可惜这种工艺
现在已经失传

布林发表完演说
就按原计划出国
花了三颗星星眨眼的时间
才到达港口
他可真不容易
用胶鞋换了个潜艇
一切都非常顺利
布林潜到了公海
碰到了,不!不是鲸鱼
是圣玛利亚钓鱼的钩针
玛利亚拉不动
就知道是布林
于是,她就光着脚
开始在公海上飞跑
一个钩针
拉着用胶鞋换来的潜艇
她整整跑了两个星期
布林浮上来呼吸空气
又饿得沉进深海
玛利亚呢,自然早见到了上帝
奔跑结束了
又过了两个世纪

饥饿的请愿才得到缓和
又饿死了两对袜子
一本诗集,和一个螺丝

1981 年 6 月

谁能想到[*]

谁能想到
句号会变成豌豆
会在半夜里发芽
钻透一百本巨著的内脏

谁能想到
西班牙会变成口琴
里斯本
会像铜簧般抖动
抖出一个小调
让盲人乐队去海边卖唱

谁能想到
布林会变坏
会藏有一只玩具手枪
他和好几个总统一起转业
攻占了法兰西银行

---

* 作者后置这首诗为组诗《布林的档案》第 2 首。 组诗目录及后记见 940 页。

谁能想到，必须想到
所以就需要想象
让诗挨饿
变成尖嘴狗，去闻
让放大的裤腿们
变成粉肠

1981 年 6 月

发现[*]

所有到过雪山的人中
只有布林发现了公路
虽然只有几米长
虽然长庚星在这儿
碰坏了牙齿
这一切，并不妨碍
英国人，去死
躺在路中间微笑
耳朵里长出兰树枝和
新鲜的树叶
并且面色红润

这是什么意思？

---

[*] 作者后置这首诗为组诗《布林的档案》第 3 首。组诗目录及后记见 940 页。

布林皱起了眉头
终于想起
九岁半时，曾在这里
避暑，种下一盒火柴
它们发芽了，结出了
火柴头一样大小的浆果
英国人太馋
把它吃了

这可真是个发现
也许，还算空前——
　　　火柴的果子有毒！
布林开始往山下走
走到牛粪堆成的喇嘛寺前
站住，准备让人用腰刀
来抢劫这个秘密
但没有成功，他只好
拼命地叹气
用细铜缆拴住袜子
一直溜进深深的沼泽

在那里
拖鞋们兴奋得大叫
变成了一群青蛙

1981 年 7 月

布林遇见了强盗*

布林遇见了强盗
真正的强盗!

他是河溪里,大角怪的
子孙,一手拿着胡子
一手拿着刀

他和布林
在褐煤的裂缝中间
砍来砍去,生生砍坏了
八个小时和一块手表

后来,布林累了
就宣布:现在剧场休息
强盗,就抓住了
玻璃丝公主
要她一起逃跑

唉,倒霉
玻璃丝非编个公主
还不如编个大口瓶套

逃跑?
那个工作可得有

---

* 作者后置这首诗为组诗《布林的档案》第 4 首。 组诗目录及后记见 940 页。

技巧,最主要
得有人追,还不能笑

不笑就不笑

强盗和公主
游过了洗脸的白瓷水池
在穿衣镜前设法登高

拼命逃跑,不笑
可追的人呢?在哪?
布林说他累了
没办法,剧场休息

他用一毛五分钱
排队,在买雪糕

1981 年 7 月

给我逝去的老祖母(一)

终于
我知道了死亡的无能
它像一声哨
那么短暂
球场上的白线已模糊不清

昨天，在梦里
我们分到了房子
你用脚擦着地
走来走去
把自己的一切
安放进最小的角落

你仍旧在深夜里洗衣
哼着木盆一样
古老的歌谣
用一把断梳子
梳理白发
你仍旧在高兴时
打开一层一层绸布
给我看
已经绝迹的玻璃纽扣
你用一生相信
它们和钻石一样美丽

我仍旧要出去
去玩或者上学
在拱起的铁纱门外边
在第五层台阶上
点燃炉火，点燃炉火
鸟兴奋地叫着
整个早晨
都在淡蓝的烟中漂动

你围绕着我
就像我围绕着你

1981年6月

雨停了

雨停了
停在夜里
激动的陆地和天空
一下失去了联系

我拉着你
赶紧溜走
穿过他们之间
巨大的空隙

不要惊动天
不要惊动地
我们不爱睡觉
可我们喜欢秘密

1981 年 6 月

还记得那条河吗

还记得那条河吗?
她那么会拐弯
用小树叶遮住眼睛
然后,不发一言
我们走了好久

都没问清她从哪来
最后，只发现
有一盏可爱的小灯
在河里悄悄洗澡

现在，河边没有花了
只有一条小路
白极了，像从大雪球里
抽出的一段棉线
黑皮肤的树
被冬天用魔法
固定在雪上
隔着水，他们也没忘记
要相互指责

水，仍在流着
在没人的时候
就唱起不懂的歌
她从一个温暖的地方来
所以不怕感冒
她轻轻呵气
好像树杈中的天空
是块磨沙玻璃
她要在上面画画

我不会画画
我只会在雪地上写信
写下你想知道的一切
来吧，要不晚了
信会化的

刚懂事的花会把它偷走
交给吓人的熊蜂
然后，蜜就没了
只剩下那盏小灯

1981 年 6 月

现代的桥

现代，是一座桥
朋友们都散去
只剩下我和一节皮带
我要使皮带获得生命
我摇动它
假装一失手丢到桥下
它活了，在黑黑的急流中
像水蛇一样游着
金属的头叩着桥墩
使我胆战心惊

太阳也站到桥心
中午，我疲倦地想
怎么才能捉住皮带
然后离去
中午，放学了
高大的男孩和女孩
都穿着夏装，向我走来

鲜黄的尘土没有飞扬
缩小——放大——缩小
我留在现代的桥上

1981 年 6 月

录像

路灯下混混沌沌
这个世界
有蚊子
房子
和我

这个东西迷迷蒙蒙
是我
因为蚊子
它清楚了一点儿
因为房子
它又模糊了一点儿

1981 年 6 月

沿海

喜欢自由的人
在大海中航行

喜欢安全的人
在高原上耕耘

喜欢自由和安全的人
在海边的陆地上
建造城镇

1981 年 7 月

菜场

"在动物的尸体中间,
聚集着人。"
"人都憎恶豺狗和秃鹫,
偏不提自己的品性。"
两人相视一笑
莫测高深,像真正的知音
然后点点猪肉和牛肉
问多少钱一斤

1981 年 7 月

希望的回归
　　——赠舒婷

再没有了

巨大的西南风
已经登陆
已经覆盖了水鸟的天空
在海上
黄昏摇动着
波浪一点点，仔细地
卷起了不幸的帆
缺乏表情的马面鱼
未经允许
就游进了船的颅骨
它们分币一样圆圆的眼睛
使人不能不想起
一群客商

再没有了

人们手上的灯
已经变成了小甲虫
在黑暗中飞散
最后一只等待的蜡烛
也忽然昏倒在地
引起了一片惊喜的叫喊
引起了一阵大火
最后，怕黑的孩子

为了恐怖发出一声怪叫
他们逃回家了
把火石藏在揉皱的梦里
哼催眠曲的妈妈
关上了百叶窗

再没有了

海变了,变得很黑
乌贼的阴谋
正在高空扩展
海鸥继续叫着
继续用尖利的声音
刺激渐渐逼近的乌云
只有森林不能飞去
它受伤了
它被可怕的轰响击落在地上
痛苦地拍打着羽毛
它不能飞去
一棵失常的棕榈树
想去轰炸天空

再没有了

没有了,没了!
是吗?回答我!
土地温热地一闪
"会有的"
你出现了
你用低低的歌声回答

闪电的河流抽搐一下
又在寂寞中消失
"还会有的"你说
好像世界是一个黑孩子
已经哭够了
你哄着他,像大姐姐一样
抚平了他冰凉的卷发

"还会有的"

你在他耳边轻轻地说
世界放心了
睡了,失去妈妈的小鸟
也挤成一团,睡了
海靠在礁石的肩上
睡了,车站静静的
静静的……
在遥远的地方
荒凉的小星星却开始跋涉
它要走近
百页窗前的那片草地
它要和悄悄的小草一起
学习哑语

"会有的,会的"

世界会在
一个洁净的早晨醒来
他会长大
眼睛闪着蔚蓝的光芒

他会像成年人一样微笑
会的,在窗外
将有一轮轮太阳停泊
温顺地停在港口外面
东方,一点一点红了
红了,她看见了世界
她是个女孩子
她爱了
在湿湿的荆棘上将布满花朵

不用再问
希望已经归来

1981 年 7 月

白夜

在爱斯基摩人的雪屋里
燃烧着一盏
鲸鱼灯

它浓浓地燃烧着
晃动着浓浓的影子
晃动着困倦的桨和自制的神

爱斯基摩人
他很年轻,太阳从没有

越过他的头顶
为他祝福,为他棕色的胡须
他只能严肃地躺在
白熊皮上,听着冰
怎样在远处爆裂
晶亮的碎块,在风暴中滑行

他在想人生

他的妻子
佩戴着心爱的玻璃珠串
从高处,把一垛垛
刚交换来的衣服
抛到他身上
埋住了他强大而迟缓的疑问

他只有她
自己,和微微晃动的北冰洋

一盏鲸鱼灯

1981 年 7 月

也许,我不该写信*

也许,我不该写信

---

* 诗发表时曾加副标题:——黑奴的自语。

我不该用眼睛说话
我被粗大的生活
束缚在岩石上
忍受着梦寐的干渴
忍受着拍卖商估价的
声音，在身上爬动
我将被世界决定

我将被世界决定
却从不曾决定世界
我努力着
好像只是为了拉紧绳索
我不该写信
不应该，请你不要读它
把它保存在火焰里
直到长夜来临

1981 年 7 月

草原上的远行者

你从一个遥远的地方走来
到另一个遥远的地方去
带着普通的使命
带着黑陶器般发亮的微笑
带着灰尘一样疲倦的心
你的行李在不断加重

现在，你把它们放在草上
周围是伞菌的部队和一片野花
她们看见你
就好像看见了巨大的节日
快活地挤在一起嬉笑不停
直到害怕弄坏了美丽的服装

当然，也有蛇莓那样的旅伴
漠不关心地向前爬行
不断用根须的触爪抓紧一切
然后拉直身体
它也许要到沙漠之间去
去听松弛的风怎样叹息

在花英和乱发上面
银灰色带漆味的云正在流动
太阳被轻轻的一笔涂去
只剩下一片椭圆的蓝空
蓝得像小海湾
像海湾边少年情人的眼睛

你们一同仰望着
你和草原
忘记了衣角和叶片的颤抖
忘记了闪电怎样注入土地
只有渴望，在远处和临近的地方
闪光，你们的微笑多么不同

1981 年 7 月

一个诗人,没有工作

工作,不是工作,而是饭盒
一个诗人,没有工作
便没有一把小刀
可以从国家的大面包上
每个月切下薄薄的一片
奇怪,他还活着
还写个不停,并且快乐

许许多多人对他说
不要写得太多
太多,就会变成泥土
诗人回答
本来就是泥土
但泥土可以长出花朵

诗人不停地写着
诗人没有工作
没有一把小刀
只有一个空饭盒

1981 年 7 月

在这宽大明亮的世界上

在这宽大明亮的世界上

人们走来走去
他们围绕着自己
像一匹匹马
围绕着木桩

在这宽大明亮的世界上
偶尔，也有蒲公英飞舞
没有谁告诉他们
被太阳晒热的所有生命
都不能远去
远离即将来临的黑夜
死亡是位细心的收获者
不会丢下一穗大麦

1981 年 7 月

我们只有夜晚

白天属于工作
我们只有夜晚
夜，又这么短
这么暗淡
我们不能沿着那条
古怪的路
走得更远
不能绕过那些
住着齿轮和火的房屋

走向那边
走向已经安静的昨天
我们总听见
娇气的小星星和米兰
在说：灯
多么讨厌，多么刺眼

呵，不
灯不讨厌
我们总在路灯下相见
我们已经习惯
我想：你一定是
海的女儿
你是深蓝色的
你的微笑
像大海深处
无声的波澜
我在微笑中漂荡
再不遗憾
遗憾夜
和它的暗淡
你深蓝色的微笑
是最美的
它胜过早晨
所有最美的早晨
所有在早晨
播撒光辉的海岸

1981 年 8 月

回归 (二)

也许,我们就要离去
离开这片
在东方海洋中漂浮的岛屿
我们把信
留下
转动钥匙
锁进暗红色的硬木抽屉
是的,我们就要离去

我们将在晨光中离去
越过
年老的拱挢
和用石板拼成的街道
我们要悄悄离去
我们将在
静默的街道尽头,海边
在浅浅的蓝空气里
把钥匙交给
一个
喜欢贝壳的孩子
把那个被锉坏牙齿的铜片
挂在他的细颈子上
作为美
作为装饰

不,不要害怕
孩子,它不是痛苦的十字

不是
当你戴着它
再度过三千个
潮水喧哗的早晨
你就会长大
就会和你的女伴一起
小心地踏上木梯
在一片安静的灰尘中
找到
我们的故事

1981 年 8 月

0 号议案 *

每个长金指甲的人
都应当剪
因为布林没工作了
刚发芽的月亮也又细又弯
因为金砖和冰砖
快结婚了
大家庭需要密码锁
钱包需要拉链
因为，危险诞生了
棕色的圆蛋糕和蟹一起爬出
摄影棚

---

* 作者后置这首诗为组诗《布林的档案》第 10 首。组诗目录及后记见 940 页。

到了，海边

1981 年 8 月

十二岁的广场*

我喜欢穿
旧衣裳
在默默展开的早晨里
穿过广场
一蓬蓬郊野的荒草
从空隙中
无声地爆发起来
我不能停留
那些瘦小的黑蟋蟀
已经开始歌唱

我只有十二岁
我垂下目光
早起的几个大人
不会注意
一个穿旧衣服孩子
的思想
何况，鸟也开始叫了
在远处，马达的鼻子不通

---

* 发表时曾加副标题：——在十年动乱中，一个失去父母的小女孩从这里走过。

这就足以让几个人
欢乐或悲伤

谁能知道
在梦里
我的头发白过
我到达过五十岁
读过整个世界
我知道你们的一切——
夜和刚刚亮起的灯光
你们暗蓝色的困倦
出生和死
你们的无事一样

我希望自己好看
我不希望别人
看我
我穿旧衣裳
风吹着
把它紧紧按在我的身上
我不能痛哭
只能尽快地走
就是这样
穿过了十二岁
长满荒草的广场

1981 年 8 月

不是再见

我们告别了两年
告别的结果
总是再见
今夜,你真要走了
真的走了,不是再见

还需要什么?
手凉凉的,没有手绢
是信么?信?
在那个纸叠的世界里
有一座我们的花园

我们曾在花园游玩
在干净的台阶上画着图案
我们和图案一起跳舞
跳着,忘记了天是黑的
巨大的火星正在缓缓旋转

现在,还是让火焰读完吧
它明亮地微笑着
多么温暖
我多想你再看我一下
然而没有,烟在飘散

你走吧,爱还没有烧完
路还可以看见
走吧,越走越远

当一切在虫鸣中消失
你就会看见黎明的栅栏

请打开那栅栏的门扇
静静地站着,站着
像花朵那样安眠
你将在静默中得到太阳
得到太阳,这就是我的祝愿

1981 年 10 月

假如歌曲再也不重复

假如歌曲再也不重复
可爱的绿海洋就会干枯
在那蝙蝠鱼滑水的地方
就会现出一片山谷

山谷是棕黄的,没有植物
没有风在阴影中吹抚
人在干什么?在悄悄走路
用一张纱网把世界束缚

在夕阳里,飘着许多
垂放细丝的红蜘蛛

1981 年 10 月

那是冬天的黄土路

那是冬天的黄土路
路边堆积着卵石
尘土在淡漠的阳光中休息
在寒冷中保持着体温
我们走累了
你说：看不见那幢空房子
也许没有，我们坐一下吧
这里有一个土坎

我熟悉土坎上的干草
它们折断了
献出了仅有的感情
它们告诉我
在夜里，一切都会改变
最善良的风也会变成野兽
发出一声声荒野的嚎叫
它们说：别坐得太久

然而，你睡着了
很轻地靠在我的肩上
你棕色的头发在我的胸前散开
静静散开
疲倦得忘记了飘动
太阳，太阳不能再等了
同情的目光越来越淡
我失去了把你唤醒的语言

那是冬天的黄土路
黑夜开始在阴影中生长
第一颗星星没有哭泣
它忍住了金黄的泪水
你轻轻靠在我肩上
在我不会冷却的呼吸里
你嘴唇抖动，在梦中诉说
我知道，那是请妈妈原谅

1981 年 10 月

红毛衣

小时候
我哭过
我要穿红毛衣

  我看见一个小女孩
  穿着它
  在暖洋洋的草原上走
  在淡红的太阳中走
  像一团小小的火焰

可是，我没穿
因为
我是个男孩子

我有一团
太阳般的红毛线
我不会织，而且不敢
我是男孩子
我害怕那些会笑的同伴

我永远不能穿红毛衣
我哭了
因为永远

1981 年 10 月

我不应当去爱太阳

有一天
噩梦走了
走远了，黑披风不再飘荡
我在阳光下醒来
血透明地流着，流着
我忽然觉得
我不应当去爱太阳

太阳的生命
是彩色的
吸引着无数纯净的云朵
吸引着有许多名字的盆花
绿翅膀的绣眼鸟和槟榔

都把她凝望
那些富有的向日葵
那些武士般高大的橡树
都举起
乞求的手掌
火山沉默不语
燃烧着更可怕的热望

我不应当去爱太阳
我的血液有些怕烫
我该走了
转过身跟着影子
走向迟缓的黑昼和白夜
走向极地，走向清凉
　　　走向洁白，走向
　遗忘

1981 年 10 月

决定[*]

突然
布林决定要衰老
要在头上撒满面粉
下巴涂点牙膏

---

[*] 1982 年底作者编辑组诗《布林的档案》，收入这首诗；1992 年再编时取下。

让一条尼龙制成的皱纹
迟迟疑疑地垂在眼角

玻璃说:挺好
他便走过黄杨木广场
去和没有名字的圆石头拥抱
之后,再走进灌木丛
把用剩的、肥皂味的
笑容
一点点丢掉

1981 年 10 月

案件

黑夜
像一群又一群
蒙面人
悄悄走近我
低语
然后走开

我失去了梦
口袋里只剩下最小的钱
"我被劫了"
我对太阳说
太阳去追赶黑夜

又被另一群黑夜
追赶

1981 年 10 月

是谁在说，黄昏

是谁在说，黄昏
黄昏，用玻璃糖纸的声音

来过节的朋友们
已经下山了
被洗净的石子路
使人想到海的轰鸣
下山了，各种年龄的手
都拿着鲜红的叶子
都在蜻蜓的翅膀后
明确地说着什么
空气，脆弱而透明

是谁在说，黄昏
黄昏，用远处掘地的声音

年老的苹果树
不说话了
巨大的陵墓和山群
一起，在倾斜的光亮中

滑动,影子像墨色的松
紧带,被时间拉长
被固定在制作陶器的圆盘上
没有断裂,没有勇敢的瞬间
没有英雄

是谁在说,黄昏
黄昏,用杯子移动的声音

表演了一天的世界
该卸妆了
一点点洗去鲜血和花粉
再没有悲剧,没有了
观众,最后一个小孩
绿颜色的,从远处跑来
蹦跳一下,站住
等她的弟弟
她的微笑像她的母亲

1981 年 10 月

我会疲倦

     钟响了
 我会疲倦,不,不是今天
     当彩灯和三色堇一起
  飞散

　　　　　　当得胜的欢呼
变得那么微弱，那么远
和干草的呼吸，混成一片
　　　　　　当冬天的阴云
　　被冻得雪白，被冻得像银块那么
　　好看
　　　　　　当发亮的军刀和子弹
被遗忘在草原上，生锈
远处是森林和山
　　　　　　当我走到你的面前
　　握着你的手，吻你凉凉的眉尖
　　　　　　当我失明了
看着你的灵魂，看着没有闪电的夜晚
　　　　　　当我对你说
　　永远，唯一
　　　　　　当你对我说
　　唯一，永远
　　　　　　当香蕉和橘子睡熟了
大地开始下陷
　　　　　　当玻璃爱上了蓝空
灰烬变得纯洁，火焰变得柔软
　　　　　　当我们的头发白了
海洋干了，孩子，像一小群铝制的鸽子
　　远去忘返
　　　　　　当各种形状的叶子和
　　国家，都懂了我们的语言
　　　　　　当心不再想
　　钟哑了，历史不再遗憾
那时我才说，我会疲倦
　　会的，疲倦

　　　　慢慢，慢慢
　　　　　像地下泉，一滴滴凝成了岩石
　　　　像一小片波浪，走向沙滩

　　　　　　　　　　　　　　1981 年 11 月

小贩

　　　在街角
　　　铺一张油布
　　　四边是路

　　　他们很灵敏
　　　是网上蜘蛛
　　　他们很徒劳
　　　是网中猎物

　　　　　　　　　　　　　1981 年 11 月

噢，你就是那棵橘子树

　　　噢，你就是那棵
　　　橘子树
　　　你曾在暴雨中哭过

在风中惊慌地叫喊
你曾在积水中
端详过自己
不知为什么,向南方伸出
疲倦的手臂
让各种颜色的鸟
落在肩上

你曾有朱红的果子
它爱过太阳
还有淡青色调皮的果核
落在群星中间
你还有
那么多完美的叶子
她们只谈论你
像是在说不曾归来的父亲
直到怀念和想象
一起,飘向土地

在最后的秋天
她们都走了
天空收下了鸟群
泥土保存着树根
一个不洗头的小伙子
和钢锯一起唱歌
唱着歌,你倒下
变得粗糙和光润
变得洁净
好像情人凉凉的面颊

你也许会
变成棺木,涂满红漆
变成一只灌满
雨水的小船
告别褪色的芦苇和岸
在最平静的痛苦中
远去,你也许
会漂很久
漂到太阳在水中熄灭
才会被青蛙们发现

你也许并没有遇见
那么潮湿的命运
你只被安放在
屋子中间,反射着灯光
四周是壁毯、低语
和礼貌的大笑
在一个应当纪念的晚上
你的身上
蹦跳着
穿着舞蹈服装的喜糖

你应当记住那个晚上
记住呼吸和梦
记住欢乐是怎样
在哭喊中诞生
一只可爱的小手
开始握笔
开始让学走路的字
在纸上练习排队

开始写下
妹妹,水果和老祖父的名字

老祖父已经逝去
只有你知道
在那个蓝色的傍晚
他是怎样清扫过
和他头发一样
雪白的锯沫
他细细地扫着
大扫帚又轻又软
轻轻落下,好像是
母鸵鸟遮挡幼鸟的羽毛

他扫着,注视着倒下的你
默想着第一次
见到你的时刻
那时,他可能也在
默写生字,咬着笔
看着窗外,那时
你第一次在这片
红土地上快乐地站着
叶子又细又小
充满希望

1981 年 12 月

布林的遗嘱*

所有来交售悲哀的人
都必须
像洋白菜那么团结
都必须用唯一的方法
转一下金字塔
使它四面沾满阳光

1981 年 12 月

生日

因为生日
我得到了一个彩色钱夹
我没有钱
也不喜欢那些乏味的分币

我跑到那个古怪的大土堆后
去看那些爱美的小花**
我说：我有一个仓库了
可以用来贮存花籽

---

* 作者后置这首诗为组诗《布林的档案》第 16 首。组诗目录及后记见 940 页。
** 此句"美"字，发表时曾写为"我"字。此据作者手稿。

钱夹里真的装满了花籽
有的黑亮黑亮
像奇怪的小眼睛
我又说：别怕
我要带你们到春天的家里去
在那儿，你们会得到
绿色的短上衣
和彩色花边的布帽子

我有一个小钱夹了
我不要钱
不要那些不会发芽的分币
我只要装满小小的花籽
我要知道她们的生日

1981 年 12 月

·寓言故事诗·

山林诡辩会

书呆子:
　　啄木鸟怎么有益?
　　它最阴险凶狠。
　　它不断地侵吞着蛀虫,
　　蛀虫侵吞着森林。

　　蛀虫侵吞了森林,
　　啄木鸟又侵吞了蛀虫。
　　实际上森林的养分,
　　全被啄木鸟独吞。

啄木鸟:
　　怎么全被我独吞?
　　难道你没看见苍鹰?
　　我一家九口之多,
　　八个死于非命。

　　再说那些树木,
　　全生有贪婪的树根,
　　整天吸大地的鲜血,
　　实在令我难忍。

苍鹰：
　　什么有害有益，
　　全是人造的舆论。
　　其实他们自己，
　　才是真正的元凶。

　　用电锯去锯树木，
　　用火枪来打鸟禽，
　　就连善良的大地长老，
　　也被弄得伤痕鳞鳞。

大地：
　　不要总争论不停，
　　一切都是过程。
　　多么辉煌的理论，
　　也是利益的卫星。

　　世上的荣华利禄，
　　不过是烟火流云。
　　只因我不计得失，
　　所以才永世长存。

1981 年 1 月

大碗的启示

"孩子，你怎么老长不大？"

妈妈苦着脸,
抓住自己头发。

孩子不会说话,
只会咿咿呀呀。

"唉!得想一个办法。"
妈妈看看窗外,
忽然容光焕发。

只见邻居孩子,
长得高高大大。

"嗯!这是一个办法。"
她跑进旧货商店,
买了一束假花。

把花送给邻居,
乘机进行侦察。

"哈!有啦,有啦!"
原来邻居饭碗,
大过一般人家。

大碗造就大个,
此理似乎不假。

"对呀,对呀,对呀!"
妈妈去买大碗,
不惜一切代价。

大碗装满糖水,
仿佛能把船划。

"呜哇,呜哇,呜哇!"
小孩见了大碗,
竟然十分害怕。

至于长大长小,
读者自能解答。

1981 年 2 月

"狼来了"后传

"狼来了!""狼来了!"
那呼声真有点凄惨。
可村庄们在山下动也不动,
轻轻地吐出几缕炊烟。

唉,"狼来了,狼来了!"
来了的狼都听得十分厌烦。
它舔舔沾满羊血的嘴唇,
送给牧童几句至理名言:

"过多的复制就会贬值,
这规律适用于货币和语言。
你如果一定要引人注意,

最好时常把内容更换。"

牧童接受了狼的规劝,
马上去买了本动物辞典。
他靠在山头上学了三天,
终于发明了最新式呼唤:

"狗来了!猫来了!老虎来了!
还有大象、猩猩、马熊和猪獾!
海豹跳海了,穿山甲在钻山!
大蟒蛇吞下了八十个鸟蛋!"

牧童英勇地喊了一天,
把天下的动物都喊了一遍。
可山下那些坦然的村庄,
连窗子都懒得张开半扇。

是至理名言为什么又不灵验?
这个道理十分简单:
人们不光听谁喊什么,
更在听是谁在喊。

1981 年 2 月

河滩

荒凉的土路弯向河滩,

一驾马车正在下陷。
车夫脸上溅满了泥浆,
徒劳地向春天挥着响鞭。

昨天这里还是坚实的路面,
美丽的冰花在月光下打闪。
现在却处处是贪婪的泥浆,
对一切过客都死死纠缠。

车夫用尽了力气和诅咒,
开始坐下来等待夜晚。
他相信一旦大地重新凝结,
马车就会在铃声中飞回家园。

盼哪盼,真慢,望眼欲穿,
终于黑夜又占领了人间。
车夫打个喷嚏准备启程,
却遇到了更加恐怖的困难。

马匹和车轮已冻结在泥里,
比坚固的牙齿更难摇撼。
曾经在大地上驰骋的车马,
如今也成为了大地的一员。

好奇的月亮比问号更弯:
"到底是谁把车夫欺骗?"
有人说是变化无常的节气,
有人说是凝固不变的经验。

1981 年 3 月

春天的寓言

春天的寓言应当乐观,
因为希望又回到人间。
小河中闪耀着歌唱新星,
杨柳树升任了舞蹈教练。

一切的一切都充满快感,
但为什么母鸡忿忿不安?
它在窗台上转来跑去,
滚热的血液烧红了鸡冠。

呵,原来它生了个鸡蛋,
像中秋的月亮又大又圆。
谁知它刚发出请功的叫声,
鸡蛋就被主人做了早餐。

是的,母鸡的血液正在沸腾,
不断地冒出各种打算。
终于它狂怒地竖起羽毛,
开始了对主人的大声宣战:

"我要变成无情的苍鹰,
去到阴云中邀请雷电!
我要用天火洗涤一切,
把你的美梦化为尘烟!

"我要变成暴烈的金雕,
把天地搅得昏暗一片!

我要投下巨大的冰雹,
把你的田园彻底砸烂!

"我要变成可怕的秃鹫,
吃掉星星和所有灯盏!
我要让你在黑夜里迷路,
掉进世上最深的山涧!

"我要,要……要——饭……"
母鸡的调子突然转变。
原来主人刚从窗前走过,
倒下一些残羹剩餐。

后来的事情就不必多言,
因为寓言要的是简短。
关键是你知道了这个故事,
就再不必为鸡叫去舞枪弄剑。

1981 年 3 月

惩罚

小狗爬出热烈的火塘
怪味的烟雾涌出厨房
小狗在雪地上笨拙地行走
月亮的脸色有些发黄

大狗从山墙边懒懒站起
闻了一闻就走向一旁
它记忆中的那个狗崽
可爱的绒毛还在飘荡

老猫在屋顶上小心观看
绿眼睛里思想一暗一亮
"这恐怕是鼹鼠的阴谋
怎么装得这么肥胖?"

小狗走向清凉的月亮
好像唯有它才怀有同样的悲伤
月亮下有一个年老的草垛
好像能把一切不幸收藏

小狗在干草中低低歌唱
很快就钻进自己的梦乡
对于这个忽冷忽热的世界
它实在愿意早点遗忘

在小狗经过的雪地上
走来一只铁灰的大狼
它尖利的牙齿忽隐忽现
它无声的影子忽短忽长

终于,灰狼发现了小狗
小狗蜷缩着,浑身是伤
就连一贯博爱的月亮
也不忍多看它的模样

灰狼停住了,站在一旁
复仇的血在心中发烫
"用什么最无情的手段
才能使世仇的后代痛苦异常?

"是把它一点点撕碎
慢慢地吸取新鲜的血浆?
还是把它突然吓醒
让恐惧炸碎它的心脏?

"哦,不,还是让它活着吧
活着,长大,并且走向四方
让它永远在同类的眼里
领取轻蔑或怜悯的目光"

1981 年 4 月

无尽的快乐

有个人脑袋太小
思想单调
他去寻找爱人
总找不到
因为他只会
使用两个词藻
"今天,最好,
"最好,今天,最好……"

唉，每次他把这话
说到十遍
最有礼貌的人
也只好走掉
只剩下他
和自己的头发
站在路灯下
莫名其妙

后来……后来
也真凑巧
正好有位姑娘
记性糟糕
她永远像个
刚出生的婴儿
惊奇地迎接着
一分一秒

当她听见
今天最好的老调
竟不禁兴奋得
又蹦又跳
"呵！最好，
今天，最好！
这是一大发明，
这是一大创造。"

两个人越说
兴致越高
终于找领导

打了结婚报告
他们顺利地
结为伴侣
永远在一起
说说笑笑

重复和健忘
虽同属不幸
但加在一起
却可以变废为宝
这种循环不已
无尽的欢乐
除此一家
似乎还没人得到

1981 年 4 月

玄虚的价值

热恋的青年回到家中
远方的姑娘却不给他回信
他等，等呵，等了又等
等到后来差点发疯

他写：我要去找你，找你
他写：我要去自尽，自尽
他写，写呵，写了又写

远方的姑娘都无动于衷

最后,他写了封抽象的怪信
画了几个三角和零
他想,想呵,想了又想
又加上几个自造的外文

很快,青年就收到远方来信
姑娘在信里惊恐又小心
他笑,笑呵,笑了又笑
一直笑出了哭的声音

请不要怀疑玄虚的价值
它往往高于愚蠢的真情
相信吗?相信吧,不要不信
这故事持有生活证明

1981 年 6 月

幸存的原理

一群盗伐者脱去外衣,
开始抽动闪光的大锯。
年轻的树木在痛苦中倾斜,
跳动一下,便无声无息。

那些充满希望的枝条,

曾经是拥抱太阳的手臂。
如今却被无情地截断，
洁白的骨粉溅撒一地。

僵直的树干被一根根拖走，
在滑动和翻滚中沾满污泥。
它们一直被推向山涧，
打碎了河面上优美的涟漪。

河水带走了不幸的记忆，
荒草掩盖了森林的遗迹。
山坡上只剩下一棵病树，
独自在风中长嘘短吁。

病树上布满了可怕的虫洞，
像畸形的脉管弯弯曲曲。
它不仅抑制了一切美感，
也打消了盗贼可怕的贪欲。

现实本身就是戏剧，
"不幸"竟成了"幸存"的依据。
但如果我是一棵树木，
倒情愿去品尝锯齿的锋利。

1981年6月

"礼貌"的功效

一只羊,
在沟坎上吃草,
四周静静悄悄。

吃着,吃着,
羊觉得有点不妙,
果然发现一只饿狼,
正在把它细瞧。

狼说:"羊呵,
你不要乱跑乱叫,
你不会痛苦的,
我吃东西,
从来就很讲礼貌。"

羊听了狼的话,
微微一笑:
"为什么乱跑乱叫?
上帝决定我让你吃,
这自然十分公道;
不过你既讲礼貌,
就不必乱撕乱咬。"

"那怎么吃?"
狼有点莫名其妙。

"来,你在沟边站好,

张大嘴，准备，
然后我往你胃里一跳。"

狼听了，
高兴得心痒难熬，
果然爬上了沟坎，
把嘴张成个大瓢。

"注意别让你的牙齿
挂住羊毛！"
羊说着，
就退得远远，
（不，它没想逃跑）
它像电一样冲向饿狼
——！！——！
狼下巴中了狠狠一角。

撞完狼，
羊就走了，
四周又静静悄悄；
只剩下那只饿狼，
躺在沟底"睡觉"。

它一直"睡"到
红日西垂，乌鸦回巢，
才迷迷糊糊爬起，
把昏沉的脑袋摇了又摇：
"我吃了没有？
吃了吗？
也许，已经吃得很饱。"

1981 年 6 月

无名"英雄"

一个人决定
　　　要像布鲁诺一样
坚持真理
　　　并且有名
他在傍晚
　　　写下了遗嘱和自传
交代了一生
　　　（以免后人无法考证）
然后，跟着黄昏星
　　　走向鲜花广场
行人三三两两
　　　正在谈论航天旅行
他，站定
　　　然后大声宣布
"地球是圆的！
　　　它在绕太阳转动！"
咦？奇怪
　　　怎么没有掌声？
有两人斜了斜眼
　　　——"神经病！"

一个人
　　　同布鲁诺一样英勇
可惜
　　　没有出名
当然
　　　也没被活活烧死

时间是
　　　二零零零

　　　　　　　　　　　　　　1981 年 7 月

一只船累了

一只船累了
在拥挤的波浪中
慢慢下沉

所有庄严驶过的船队
都发表了忠告
或表示了同情

年迈的渔船说：
"当心！你已经漏了
漏了就不宜航行。"

威武的军舰说：
"振奋！你应当振奋精神
不要自甘沉沦。"

胖大的客轮说：
"不幸！这是最大的不幸
我将怀念你的身影。"

最后一分钟
船队全都走远了
他们尽到了责任

留下了忠告
留下了同情
虽然忘记了救生小艇

1981 年 9 月

笨蝗的好意

一只大雁中了一箭,
躺在草丛里痛苦地打颤。
一只笨蝗爬到它身边,
发表了一段善良的感叹:

"唉,别看已经到了秋天,
也还存在着中暑的危险;
更何况你老喜欢高飞,
从不带阳伞或电扇。

"今天看到你受苦受难,
我的同情心超越了语言;
我这就去买一条手绢,
来擦擦你眼里的虚汗。"

大雁合上了含泪的双眼,
受伤的心裂成两半。
那些不及痛痒的好意,
竟比嘲弄还叫人难堪。

1981年9月

"励精图治"的国王

一

容光焕发的月亮
注视着都城的灯光
"励精图治"的国王
坐在大殿中央
他和文武大臣们
正研究作战情况——
骑兵在山区受阻
遭到严重伤亡

"哼,马匹在深山峡谷,
怎能横冲直撞?
敌军依仗着山势,
自然十分猖狂!
如果再不因地制宜,
胜负就难以想象!
这样吧,命令所有骑兵,
马上改骑山羊!"

二

渐渐消瘦的月亮
倾听着行宫的喧嚷
"励精图治"的国王
坐在大堂中央
他和文武大臣们
正努力把妙计设想——
骑兵们逃跑不及
大半已经投降

"唉，问题全出在山羊，
两个角长在头上！
撤退时脑袋一转，
身后留下空当！
看来最关键的问题，
是加强身后设防！
这样吧，需要撤退的时候，
可以改骑牛虻！"

三

奄奄一息的月亮
躲开了倾翻的车辆
"励精图治"的国王
坐在大路中央
他的文武大臣们
已各自逃奔到外邦
丢下委屈的国王
在那又哭又嚷——

"唔！请你们把我带走吧！

我没有不理朝纲……"
"但愿你别理朝纲
想出山羊、牛虻。
让我们倒霉的骑兵,
被敌人一扫而光。
这样吧,你可以去骑田鼠
到哪都能躲藏。"

1981 年 9 月

伊凡的论断

那是一个古怪的冬天
北方的气候异常温暖
在北方公园的大钟楼前
几个木匠正围着大法官伊凡

不,并不是在进行什么宣判
可敬的伊凡毫不威严
他的手正绕过巨大的肚子
向木匠们示范怎么画线

(内参:国库拨料,要修建一副绞架
把贪污和诈骗送上西天)

大法官累得真够可怜
生命在重叠的脂肪中打颤

硬铅笔要比鹅毛沉重不少
公爵也不给大法官升级加钱

周围的木匠似乎有点感动
感动得把时钟看了又看
等他们真正看清大法官的设计
却全都惊讶得眼睛发蓝

大法官的设计有一个特点
每块料都注明要一截两半
按这个设计制作绞架
总高度不会超过一米二三

有个木匠胆囊发炎
竟然想起要提醒伊凡大法官
"您这种绞架只能吊死兔子,
或搬到田径场上去当跨栏。"

大法官听了自然不以为然
连声说木匠头脑简单
"僵死的木头都可长可短,
难道活人就不能随机应变?

"对于过于高大的犯人,
可以劝他尽量缩短。
如果那样仍离不开地球,
还可以请你把他也锯下一半。"

(诽谤:大法官省料要打立柜沙发
来为娶亲的儿子装点门面)

1981年9月

一只北方的大狗

一只北方的大狗
在荒凉的晚霞中漫步
他正疲倦地设想
什么是痛苦和幸福

一阵不怀好意的小风
忽然吹断了思路
大狗棕色的眼睛里
被吹进一点尘土

唔……大狗感到痛苦
痛苦变成了痛哭
一串串熟透的眼泪
汇成了一片小湖

唔……太阳熄灭了
熄灭了——星星和蜡烛
失明的时间像冰水般寒冷
世界变成了坟墓

唔……田野空荡荡的
哪里是回家的道路?
每一步都可能惊醒死亡
这是怎样的恐怖

唔!大狗忽然停住
撞上了一间看场小屋

小屋里静静悄悄
只有破窗纸在打呼噜

唔,大狗轻轻地卧倒
皮毛上落满墙土
他亲切地打着喷嚏
想起了太阳的爱抚

他想起了多事的鸭子
想起了奶羊和猪
想起了控制食盆的战争
主人的追逐和愤怒

他想起了正直的树棍
怎样打自己的肋骨
呵,现在如果能挨上几下
那该多么舒服

也许这种舒服
就是所谓的"幸福"
接连吃上三十吨黄连
胆汁也能变成甘露

大狗懂得了"幸福"
世界也开始清楚
早晨从深夜中浮起
像一片雪白的鱼肚

1981 年 10 月

塔塔尔

一

微微起伏的大草原繁花似锦，
年轻的塔塔尔走向彩色的帐篷。
帐篷里端坐着一个苍白姑娘，
她每天的工作是拒绝媒人提亲。

塔塔尔笔直地走到姑娘面前，
炯炯的大眼睛像深邃的夜空。
姑娘抬起头几乎忘记了世界，
塔塔尔正是她无数梦中的恋人。

他们相互对视了好久好久，
篷布在浅绿的春风中猛烈抖动。
最后还是姑娘努力恢复了思想，
她问："你爱我，用什么保证？"

塔塔尔动了动干燥的嘴唇：
"用我的心，我的全部生命！"
姑娘苦楚地一笑慢慢转过头去：
"不，不行，你应当有一座王宫。"

二

冰雪的泪水又一次变成了白云，
塔塔尔又一次走进彩色的帐篷。
姑娘抬起身真的忘记了世界——
他洁净的额前环绕着金冠和彩虹。

塔塔尔一把撕开激动的篷布,
姑娘的惊讶被风吹上了天空。
草原上几千匹骏马红光闪闪,
从童话中拉来了一座活动王宫。

王宫的屋脊上布满了纯银的圆瓦,
苏铁木的黑拱门镶满了白金。
一支在伽南香中迷路的乐曲,
碰响了飞檐上千万对水晶风铃。

姑娘在昏眩中慢慢合上眼睛,
低低地说:"我相信、相信、相信……"
时冷时热的泪水幸福地流着,
落进了金盏花和雀麦组成的草丛……

三

塔塔尔像守陵的石像一动不动,
身后升起了宏伟的黄昏。
他站着,站着,忽然发出命令,
命令侍从们把王宫焚烧干净。

受惊的马群向四面八方狂奔,
暗红的火焰在屋脊上抖着长鬃。
在旋风里迸裂的水晶和檀木,
溅起了一片片溶化的金银。

姑娘昏迷后终于又渐渐苏醒,
发现自己竟躺在塔塔尔怀中。
她看着他嘴边微微闪动的苦笑,
努力相信这不是一场疯狂的幻梦。

在星空下,他们又对视了好久好久,
最后仍然是姑娘首先发问:
"恨我,为什么不把我化为灰烬?"
塔塔尔说:"我只恨你的轻信……"

1981 年 11 月

蚂蚁的幸福

炉火刚刚燃起,
菜锅里冒出了一点香气;
厨师盖上了锅盖,
锅盖上有一只蚂蚁。

蚂蚁闻见香气,
幸福得差点昏迷。
它马上向所有上帝保证,
再也不离开这片"土地"。

呵,这真是幸福的"土地",
布满幸福的油腻;
虽然阳光不算充足,
却温暖得不用穿大衣。

没有谁不想幸福,
这属于天经地义;
可为什么蜘蛛逃到空中,

像在爬直升飞机?

"喂!"蚂蚁产生了怀疑,
"你为什么要逃避?
是不是这种温暖芬芳的幸福,
片刻就会散去?"

"不,我不怕这种'幸福'消散,
只怕这种'幸福'加剧。"
蜘蛛一边回答,
一边拉开了距离。

1981 年 12 月

山猫和太平鸟

山猫遇见了一只太平鸟
他似笑非笑
说,你早

太平鸟吓了一大跳
"我早?什么意思?
什么花招?"

她看着山猫的背影
想不明白
花尾巴一摇一摇

"我早?
是说早早逃跑?
还是说早早死掉?

"不行,说得没头没脑
不能让心脏
永远挂满问号"

太平鸟追上山猫
边飞边叫:
"你为什么说:你早?

"呵,快告诉我,
我可以送你,送你……
一根羽毛,再加,一根羽毛"

太平鸟请求山猫
山猫边走边摇
表情莫明其妙……*

1981年12月

---

* 诗尾还曾写有两段,将诗尾省略号恢复为冒号后,两段诗如下:"感谢你的羽毛/我可以免费回答/一共因为三条——//"第一,我刚刚吃饱;/第二,你站得很高;/第三,都很无聊"

老猫悲喜录

一

嘻嘻,老猫在海边捉鱼
捉了一千条,一条比一条美丽
老猫好不得意

唔——哇,大海哭了
哭呀,损失了这么多优秀儿女,岂有此理
它真想推翻陆地

陆地又名大地(帝?)
也许相当亚历山大、恺撒一级
推翻么,不过是说说而已

所以,我们的老猫一点不急
她把鱼装上卡车"陡来咪……"
唱着歌开回家去

开着开着,忽然晃来晃去
莫非大地动摇了?没——有
是车胎泄了点气

"陡,来,咪——陡咪"
老猫跳下车,开始打气。一低头
发现一只虾米

是个小眯眯的小虾米

晒红了,变味了,还沾满烂泥
要洗要洗,洗也是白洗

要不要?捡不捡?
老猫掸掸灯心绒外衣,犹犹豫豫
她在认真考虑

捡吧?——捡!
捡了还可以扔,扔了就不容易捡
主动权要握在自己手里

二

"陡,来,咪;小猫咪"
老猫开着卡车,卡车拉着鱼
一直开进自己院里

"呵——,可气!"
几个猫娃娃,把被子铺了一地
正在练习杂技

"可气!呵!"
老猫忘了高兴,忘了考虑
马上大发脾气:

"你们这些一级赖皮
赖得超过了蚂蟥、海参、毛毛虫和鼠疫
全都辜负了我的培育

"辜负了我大半辈子的

日日夜夜，风风雨雨！让我的生命
失去了目的！

"算了！我不活了！
我不过了！我要死在最黑暗的海底
让你们的良心永远哭泣

"永远！我这就去死——
这就抛弃所有的财产、希望和名誉
丢掉所有的鱼！"

老猫愤怒着
就跳上卡车，爬东爬西翻来翻去
猫娃娃吓得眼睛直闭

三

咦咦，奇怪
老猫在干什么？把鱼拿来拿去
放得整整齐齐

噫——，在找一个"道具"
用来表现绝望表现抗议！找了半天
找得汗水淋漓

最后，找到了！终于
老猫把滚满泥的小虾米，高高举起
上演真正的家庭悲剧：

"我不过了！！！"老猫大叫

小虾米被准确地丢向一片空地
太阳已经偏西

小虾米在空地上安心地睡觉
小猫咪在院墙角均匀地呼吸
找回来都很容易

1981 年 12 月

冰淇淋搬迁、变节记

獾和花豚鼠累得要命
累呀，累是因为劳动——
半夜里从食品店往外搬运

注意，这可不是一般的搬运
要小心，不能出声，不能让人
发现，不能图名，不能……

所以费了好大劲，他们
才滚出一个圆圆的纸筒
滚，一直滚到地洞里，才停住不动

嚓，花豚鼠点起了油灯
灯亮了，引来了几只小飞虫
獾开始多方研究圆筒的姓名

姓什么？姓冰？不
姓奶油，叫冰淇淋——
奶油·冰淇淋？好像有点外国血统

呵，外国的，呵——来宾
欢迎，这是国际问题，世界人民
处理起来必须慎之又慎

花豚鼠说："对，慎重，首先
应当进行外调，去渥太华或伦敦
查明她的化学成份，物理出身

"还有生物籍贯、数学年龄
等等，然后再申请、批准、决定
——煎、炒、煮、炸、烹……"

獾点头赞同，但又说："不过
我还有一点补充，掌勺时
要同时考虑色、香、味和各国舆论"

一票加一票，全体通过
通过了什么据说还得执行；执行？
哦呀！上外国外调得会外文

"而且，而且"獾也想起来了
"我的几位家长都不是厨师
"本人对烹调也一窍不通"

怎么办？那是谁说的
（已经无法考证）：偏向虎山行

只怕有心人,关键是决心(还挺押韵)

决心!决心两路分兵
花豚鼠去报考外语学院
獾呢?去饭店争取旁听。吹灯

吹吧,天也亮了,地洞里
只剩下冰淇淋小姐,等
她准备用漫长的时间独自反省

等呵,这个主意不笨,可惜
没有成功,花豚鼠和獾犯了
一个致命错误,忘了随手关门

开着门,就会有客人,热情的
太阳光随时从洞门口路过
都对冰淇淋小姐轻轻一吻

唉,奶油·冰淇淋,只有一个
毛病——受不了热情,太爱感动
也可以说,有点水性,不够忠贞

总之,轻轻一吻,就使冰淇淋
小姐,产生了某种温情
忘记了作为冰需要冷静

再加上夏天的风也走来走去
白天有蝴蝶,晚上有夜莺
怎不使冰小姐伤心、哭泣,哭个不停

最后，冰淇淋小姐竟哭成了
一片泪水，甜蜜的，被泥土
喝了，从此便无影无踪

命运哪命运，还不算狠心
不知为什么，獾和花豚鼠都没
回来，没有发现这场私奔

1981 年 12 月

蟑螂国国王当选记

一

在老古董店的
老经理家
有一张会旋转的木床

床下有一只
孤独的大皮鞋
早已被人们遗忘

他蒙上了一层灰尘
蒙上一层霉菌
又蒙上蜘蛛的纱网

直到最后才来了一位
不，一只

属于绅士阶级的蟑螂

二

绅士蟑螂在寻找新娘
见到大皮鞋
自然十分惊慌

"呀,天哪,这么大和胖
哪里是脚?
哪里是翅膀?

"它的嘴巴在哪?
它喜欢吃什么?
呵,别,别是喜欢吃蟑螂!"

绅士蟑螂飞快地逃走了
逃走了,飞快,几乎跌跌撞撞
他一直逃到亲爱的家乡

三

蟑螂的家乡
有吃的,是鱼米之乡
按照人的说法那叫厨房

厨房里有十几个蟑螂部落
这天正好开会
三个大酋长要竞选国王

忽然,绅士蟑螂
疯跑进来

一下搅乱了会场:

"哎——呀!在在在
那,有,有,有
个大怪物,危险异常!"

四
要弄清,找新娘的绅士蟑螂
是不是说谎
必须察明真相

查明真相
则需要大批大批的
智慧和胆量

唉,没有办法
经过半年紧张的准备
才准备出一点模样

五十名博士站成横队
三个连士兵站成纵队
还算浩浩荡荡

五
蟑螂的远征军
深入床下,包围了大皮鞋
架起了水平仪和机枪

绅士蟑螂激动得浑身发亮
自然是首先出马

显得很有教养：

"你是谁？妈妈是谁？
到什么单位上班？
在这里是定居还是流浪？

"另外，上过几年级？
考试得几分？
领过多少工资和奖状？……"

　　　　六
咦？大皮鞋竟然
竟敢不回答
半声不吭，一声不响

一声不响
就没办法批判和表扬
五十个博士非常失望

怎么办？博士们用塑料眼睛
瞪着班排连长
开火吧？预备，预备，放！

一荚荚绿豆子弹
呼啸而过
打得全世界尘土飞扬

　　　　七
大皮鞋死了吗？
死了？还是受了重伤？

唔！还是原来模样

可是，问题提完了
子弹也打光了
战士,博士,绅士都没了主张

想办法呀！用四只脚挠头
用两只脚洗脸
把须须咬短又接长

最后的办法还是全体开会
据说三个蟑螂
能顶一头非洲大象

八

博士说："一瓶子不响
半瓶子逛当
这规律包括小溪和大江

"一声不响
首先表明的是
很有学问、思想和肚量。"

班排连长说："对
并且还很伟大、坚强
他身中万弹,竟然决不投降。"

这时绅士蟑螂忽然大叫一声：
"呀！这样的人物
为什么不可以当选国王?!"

九

"登基大典,现在开始!"
十几个快乐的蟑螂部落
把大皮鞋围在中央

"万岁,万岁,万岁……"
游行的队伍载歌载舞
喝光了大半盆菜汤……

噢,就是这样
一只被人遗忘的大皮鞋
遇见了一只蟑螂

后来又来了一群
再后来,他靠不响不动
就当上了蟑螂国的国王

1981 年 12 月

· 歌词 ·

等着你来到

影子不再摇
月亮不再笑
星星不再猜
心儿还在找
一切静悄悄
等着你来到

机器不再闹
汽笛不再叫
河水不再流
心儿还在跳
一切静悄悄
等着你来到

路灯不再瞧
树叶不再掉
时间不再走
心儿还在要
一切静悄悄
等着你来到

1981 年

· 台历诗 ·

自然的回声[*]

---

[*] 台历诗《自然的回声》,共包括小诗 365 首。 佚失。

1982

在大风暴来临的时候

在大风暴来临的时候
请把我们的梦,一个个
安排在靠近海岸的洞窟里
那里有熄灭的灯和石像
有玉带海雕留下的
白绒毛,在风中舞动
是呵!我们的梦
也需要一个窠了
一个被太阳光烘干的
小小的,安全的角落

该准备了,现在
就让我们像企鹅一样
出发,去风中寻找卵石
让我们带着收获归来吧
用血液使他们温暖
用灵魂的烛火把他们照耀
这样我们才能睡去——
永远安睡,再不用
害怕危险的雨
和大海变黑的时刻

这样,才能醒来,他们
才能用喙啄破湿润的地壳
我们的梦想,才能升起
才能变成一大片洁白
年轻的生命,继续飞舞,他们

将飞过黑夜的壁板
飞过玻璃纸一样薄薄的早晨
飞过珍珠贝和吞食珍珠的海星
在一片湛蓝中
为信念燃烧……

1982 年 1 月

布林报考催眠曲专业的作文[*]

玻璃杯里装着葡萄的血
铜钟里装着空气
在死亡爱好者的嘴里
安放着催泪弹和千言万语

哦！没人要的小宝贝，注意
请不要剧烈哭泣
因为有几位奶油天使
正在大桥洞里躲雨

只要泥石流晚点爆发
他们就可以完成一次会议
会议决定要去你心中旅行
因为那儿房租便宜

1982 年 2 月

---

* 作者后置这首诗为组诗《布林的档案》第 5 首。 组诗目录及后记见 940 页。

布林好像死了*

大青蛙和诅咒一起
被摔到墙上
布林好像
死了
哦,终于,上帝礼貌地掏出手帕
墓地上乒乒乓乓地
开出了一片
正方形的花朵

布林好像,哦,死了
一百个黄脸的孙子
都开红汽车,从各个大陆的
胸部,赶来悼念,哦,
他们用压水机哭了一会
把牙齿锉了锉,便开始跳舞
狄斯克
把短手指张开
嘴张开,变出彩色弹球
半个冰淇淋太阳
一个冰箱
天空中飘着黑啤酒的泡沫

呵,呵,哦
布林死了,死了,死了

---

* 作者后置这首诗为组诗《布林的档案》第13首。组诗目录及后记见940页。

那么熟练地死了,好像真的
他在热气管道里眨下眼睛
后悔
安眠药
没有带够

1982 年 2 月

布林祈祷的原版录音[*]

上帝,请你保佑上帝
保佑他的大家族和胡须
保佑他经常巡回演出
和夫人又不经常分居
保佑他众多的祖先友好相处
逛公园只踩一只蚂蚁
保佑他牙缝里建成地铁
能抵抗氢弹的袭击
顺便,再保佑他的女儿们
整整容后能产生美丽

上帝,请你保佑上帝
保佑他的咖啡壶和胜利
保佑他多吃黑蝌蚪
少吃救生圈和鲸鱼

---

[*] 作者后置这首诗为组诗《布林的档案》第 7 首。组诗目录及后记见 940 页。

保佑他左耳朵有钟乳石
将成为旅游胜地
保佑他总按时按量
把异教徒变成电动玩具
顺便,再保佑他爱吃早饭
把太阳和西红柿放在一起

上帝,请你保佑上帝
保佑他的工资袋和名誉
保佑他的语言富有弹性
能做沙发床和躺椅
保佑他的肥皂泡越长越大
破裂时不震坏空气
保佑他猎获的毛毛虫
都能制成老虎皮大衣
最后,再重点保佑一下保佑公司
不经常宣布倒闭

呵,上帝!主啊!保佑上帝吧!
保佑他,好像就是保佑自己
自己?自己是什么东西?
谁知道,也许是一只
敲不响的大铁桶,一种运输工具
总之,保佑吧,天阴了
保佑不上,也没关系
我实在不能喊阿门
阿门,像鲜辣粉
容易引起意外的爆炸性呼吸

1982年2月

研究[*]

贝贝尔怎么死的?
让布林气的
布林
拿了
奖金

布林为什么得奖?
气死了贝贝尔
贝贝尔
留下
奖金

1982年2月

挽歌[**]

月亮下的小土豆
月亮下的小土豆

走来一只狗

---

[*] 作者后置这首诗为组诗《布林的档案》第 11 首。组诗目录及后记见 940 页。

[**] 作者后置这首诗为组诗《布林的档案》第 14 首。

嗅
月亮下的小土豆

1982年2月

密报[*]

布林喜欢划船
喜欢划航空母舰
喜欢把鲸鱼拖到岸上
去碰翻
一碗鱼汤

布林不喜欢做饭
不喜欢用榴弹炮抽烟
不喜欢去撒哈拉
把杯子喝空
再一个个递给朋友
不喜欢撞见上帝
把腿弄短

他喜欢
好看

1982年2月

---

* 1982年底作者编辑组诗《布林的档案》,收入这首诗;1992年再编时取下。

有关美学
　　——梦幻录像(二)

那个下命令的队长
喜欢坐在他身后抽烟
他们前边
站着桅杆
躺着多管手枪
坐着一个制地优良的女伴
女伴刚看了他两眼
他就下达命令
攻打航空母舰

"队长,你的腿呢?
开火了吗?怎么没看见?
就受伤致残。"

"不,我专门把它锯了
偏偏忘在了岸上
所以误了点时间。"

"它也爱上了什么病吗?
就让它私奔?
结果这么悲惨。"

"没有。"
队长没说,是女伴爱它
他留它给她好当个纪念
偏偏女伴不在岸上

就在船上,说要出战
队长只好坐在身后,有些难堪

           1982 年 2 月

我要走啦

告别守夜的钟塔
谢谢,我要走啦
我要带走全部的星星
再不为丢失担惊受怕

告别粗大的篱笆
是的,我要走啦
你听见的偷苹果的故事
请不要告诉庙里的乌鸦

最后,告别河边的细沙
早安,我要走啦
没有谁真在这里长眠不醒
去等待十字架生根开花

我要走啦,走啦
走向绿雾蒙蒙的天涯
走哇!怎么又走到你的窗前
窗口垂着相约的手帕

不！这不是我，不是
有罪的是褐色小马
它没弄懂昨夜可怕的誓言
把我又带到你家

1982 年 2 月

我的一个春天

木窗外
平放着我的耕地
我的小牦牛
我的单铧犁

一小队太阳
沿着篱笆走来
天蓝色的花瓣
开始弯曲

露水害怕了
打湿了一片回忆
受惊的腊嘴雀
望着天极

我要干活了
要选梦中的种子
让它们在手心闪耀

又全部撒落在水里

1982年2月

爱的日记

我好像，终于
碰到了月亮
绿的，渗着蓝光
是一枚很薄的金属纽扣吧
钉在浅浅的天上

开始，开始很凉

漂浮的手帕
停住了
停住，又飘向远方
在棕色的萨摩亚岸边
新娘正走向海洋

不要，不要想象

永恒的天幕后
会有一对鸽子
睡了，松开了翅膀
刚刚遗忘的吻
还温暖着西南风的家乡

没有，没有飞翔

1982 年 2 月

等待黎明

这一夜
风很安静
竹节虫一样的桥栏杆
悄悄爬动着
带走了黄昏时的小灌木和
他的情人

我在等

钟声
沉入海洋的钟声
石灰岩的教堂正在岸边溶化
正在变成一片沙土
在一阵阵可怕和大暴雨后
变得温暖而湿润

我等

我站着
身上布满了明亮的泪水
我独自站着

高举着幸福
高举着沉重得不再颤动的天空
棕灰色的圆柱顶端
安息着一片白云

最后
舞会散了
一群蝙蝠星从这里路过
她们别着黄金的胸针
她们吱吱地说：
你真傻
灯都睡了
都把自己献给了平庸的黑暗
影子都回家了，走吧
没有谁知道你
没有谁需要
这种忠诚

等

你是知道的
你需要
你亮过一切星星和灯
我也知道
当一切都静静地
在困倦的失望中熄灭之后
你才会到来
才会从身后走近我
在第一声鸟叫醒来之前
走近我

摘下淡绿色长长的围巾

你是黎明

1982年2月

我会像青草一样呼吸

我会像青草一样呼吸
在很高的河岸上
脚下的水渊深不可测
黑得像一种鲇鱼的脊背

远处的河水渐渐透明
一直漂向对岸的沙地
那里的起伏充满诱惑
困倦的阳光正在休息

再远处是一片绿光闪闪的树林
录下了风的一举一动
在风中总有些可爱的小花
从没有系紧紫色的头巾

蚂蚁们在搬运沙土
绝不会因为爱情而苦恼
自在的野蜂却在歌唱
把一支歌献给所有花朵

我会呼吸得像青草一样
把轻轻的梦想告诉春天
我希望会唱许多歌曲
让唯一的微笑永不消失

1982 年 3 月

设计重逢

沾满煤灰的车轮
晃动着，从道路中间滚过
我们又见面了

我，据说老了
已经忘记了怎样跳跃
笑容像折断的稻草
而你，怎么说呢
眼睛像一滴金色的蜂蜜
健康得想统治世界
想照耀早晨的太阳面包

车站抬起手臂
黑天牛却垂下了它的触角

你问我
在干什么
我说，我在编一篇寓言小说
在一个广场边缘

有许多台阶
它们很不整齐,像牙齿一样
被损坏了,缝隙里净是沙土
我的责任
是在那里散步
在那研究,蚂蚁在十字架上的
交通法则

当然,这样的工作
不算很多

天快黑了
走吧,转过身去
让红红绿绿的市场在身后歌唱
快要熄灭的花
依旧被青草们围绕
暖融融的大母牛在一边微笑
把纯白的奶汁注入黑夜

在灵魂安静之后
血液还要流过许多年代

1982 年 3 月

两组灵魂的和声

A:
不要再想了

　　　　　那些刻在石头块上的日子
　　　　它们湿漉漉地，停在那里
　　　　　用伤痕组成了巨大的表情，沉重
　　　　　而又不可诉说

打击正在停止
　　浅颜色的，节日的灰烬
　　　　　　　雪
　　　　　　　正在飘落
你好吗？好
　　　　　高高的领圈浸着水汽，短树枝
　　　　　被剪断，丢在地上
　　　　　组成了新的文字，新的
　　　　　　　由于经常执政的春天
　　　　　　　　　　　　法则

走过，静静走过，没有多少观众
　　　　　　红灯
　　　　　　　就在路口，涂下了
　　　　　　　美丽的鲜血，在
　　　　　　　和谐的灰色中燃烧，在冰水中
　　　　　　　美丽的

你说
　　　鸟
　　　　一个奇怪的影子，飞了

B：
　　不要想了
　　　　　好吗？

　　　　把你的手给我，让它在温暖的海上漂动
　　　　每个手指，都属于波浪
　　　　　　　　给我
　　　　　　　　　　宽阔的吻，正在沙滩上醒来
　　　　　　　　　　给我

　　　山也惊醒了
　　　　　　　锋利的鳞片，一道道竖起
　　　　闪电
　　　　　　曲曲折折地注入骨骼
　　　　　　大森林由于恐惧把自己点燃
　　　　火
　　　　　　那沉船上多彩的瓷器和鹦鹉螺呢？
　　　　　　那粗糙的沙岩和牡蛎呢？
　　　　　　　　　摇动一下
　　　　　　　　　　　依旧冰冷地爱着

　　悬殊的白矮星和红巨星，也含情脉脉

　　　你继续走吧
　　　　　　就像在路口，飘走的气球
　　　　　　　　走吧
　　　　　　像布娃娃那样笑一下
　　　　　　　　　　　走吧
　　　　　黄羚羊需要空地
　　　　　天空需要颜色

　　　你需要我

A：
　　不要再想了
　　　　　　　大地不会因为行走，一个人
　　　　　　　　而变得荒凉
　　　　　　　　银白色的痛苦，已被冻结在一起
　　　　　　　　　为什么
　　　　　　还企图听见花朵？
　　　　　　细细的篱笆墙，划着透明的风
　　　　　　村庄弯出了一条小路
　　　　　　　　　　　　没有收获

走，是吗
　　我
　　　　在重新排列的，北方高地的上空
　　　　黎明，正在组建他的军队
　　　　含金的，尖利的月芽
　　　　在一排排生铁的兵器中闪射
　　　　鱼鳍大大张开，在游动中变成了旗帜
　　　　风在炮口，新鲜的红铜上
　　　　　　　　　　吹着

　　　歌
是我们歌唱的时候了
　　　　　进攻
　　　　　让命运在绽裂的星星中，一千颗星星中
　　　　　　　　　　　死去
　　　　　　让穿兔皮衣的小天使，去悄悄
　　　　　　亲吻快乐
歌
是我们用歌声敲击灵魂的时候了

　　　　　　　是么？是的

B：
　不要想了
　　　　那些吓人的石头墙和
　　　　魔鬼，不过是一件黑披风
　　　　　　现在躺在衣架下，失去了一切
　　　　　躺着，灰尘是胜利者
　　　　　　　　　　不要想了

不用想了，不用
　　　　看着我，像天空的凯旋门注视着
　　　　　　　　湖泊
　　　　　　　　　　我是你的
　　　　没有返回的波纹，微笑、困惑
　　　　　　　　　　我是你的
　　　　把我变成呼吸、云朵、淡紫色环形的大气吧

我是你的
　　　你的，你的，你的
　　　　　　你听
　　悬挂的黎明摇荡着，钟形的琥珀花
　　布满了田野，从细小的
　　火星，直到属于山间巨石的震颤

　响了
　　　让我们不要说话
　　不要动，记住这和死亡同等神圣的
　　　　　　　　时刻

欢乐变成大海，痛苦就会变成珊瑚的粉末
　　　　　　是么？

是的
　　在永远洁净的平台下
　　水鸟们正在沐浴
　　　　　　　绿绒绒的
　　丘陵起起伏伏，传递太阳树上的苹果

　　　　　　　　　　　　1982 年 3 月

给我逝去的老祖母（二）

你就这样地睡着了

在温暖的夏天
花落在温暖的台阶上
院墙那边是萤火虫
和十一岁的欢笑
我带着迟迟疑疑的幸福
向你叙说小新娘的服饰
她好像披着红金鲤鱼的鳞片
你把头一仰
又自动低下

你就这样地睡了

在黎明时
暴雨变成了珍贵的水滴
喧哗蜷曲着
小船就躺在岸边
闪光,在瞬间的休眠里
变成小洼,弧形的
脚印是没有的
一双双洁白的球鞋
失去了弹性

你就这样地睡了

在最高一格
在屏住呼吸的
淡紫色和绿色的火焰中
厚厚的玻璃门滑动着
"最后"在不断缩小
所有无关的人都礼貌地
站着,等那一刻消失
他们站着
像几件男式服装

你就这样地睡了

在我的手里
你松弛的手始终温暖
你的表情是玫瑰色的
眼睛在移动
在棕色的黄昏中移动
你在找我

在天空细小的晶体中寻找
路太长了
你只走了一半

你就这样地睡了

在每天都越过的时刻前
你停住了
永远停住
白发在烟雾里飘向永恒
飘向孩子们晴朗的梦境
我和陆地一起漂浮
远处是软木制成的渔船
声音，难于醒来的声音
正淹没一片沙滩

你就这样一次次地睡去

在北方的夜里
在穿越过
干哑的戈壁滩之后
风变笨了
变得像装甲车一样笨重
他努力地移动自己
他要完成自己的工作
要在失明的窗外
拖走一棵跌倒的大树

1982 年 3 月

风的梦

在冬天
那个巨大的白瓷瓶里
风呜呜地哭了很久
后来,他很疲倦
他相信了,没有人听见
没有道路通向南方
通向有白色鸟群栖息的城市
那里的花岗石喜爱露水

他睡觉了
弯弯曲曲地睡着
像那些永远在祈求谅解的怪柳树
像那些树下
冬眠的蛇

他开始做梦
梦见自己的愿望
像星星一样,在燧石中闪烁
梦见自己在撞击的瞬间
挣扎出来,变成火焰
他希望那些苍白的手
能够展开
变得柔和亲切
再不会被月亮的碎片
割破

后来,他又梦见

一个村庄
像大木船一样任性地摇动
在北方的夜里
无数深颜色的波纹
正在扩展
在接近黎明的地方
变成一片浅蓝的泡沫

由于陌生的光明
狗惊慌地叫着
为了主人
为了那些无关的惧怕和需要
汪汪地叫着
在土墙那边
是什么落进了草堆

最后,他梦见
他不断地醒了
一条条小海鱼钻进泥里
沾着沙粒的孩子聚在一起
像一堆怪诞的黄色石块
不远的地方
波浪喘息一下
终于沿着那些可爱的小脊背
涌上天空

在湿淋淋的阳光中
没有尘土
贝壳们继续眯着眼睛

春天，春天已经来了
很近
在别人不注意的时候
换上淡紫色的长裙

是的，他醒了
醒在一个明亮的梦里
凝望着梳洗完毕的天空
他在长大
按照自己的愿望年轻地生长着
他的腿那么细长
微微错开
在远处，摇晃着这片土地

1982 年 4 月

小春天的谣曲

我在世界上生活
带着自己的心
    哟！心哟！自己的心
    那枚鲜艳的果子
    曾充满太阳的血液
我是一个王子
心是我的王国
    哎！王国哎！我的王国
    我要在城垛上边

    转动金属的大炮
我要对小巫女说
你走不出这片国土
    哦！国土！这片国土
    早晨的道路上
    长满了凶猛的灌木
你变成了我的心
我就变成世界
    呵！世界呵！变成世界
    蓝海洋在四周微笑
    欣赏着暴雨的舞蹈

1982 年 4 月

港口写生

在淡淡的夜海边
散布着黎明的船队
新油漆的尾灯上
巨大的露水在闪光

那些弯曲的锚链
多想被拉得笔直
铁锚想缩到一边
变成猛禽的利爪

摆脱了一卷绳索

少年才展开身体
他眯起细小的眼睛
开始向往天空

由于无限的自由
水鸟们疲倦不堪
它们把美丽的翅膀
像折扇一样收起

准备远行的大鹅
在笼子里发号施令
它们奉劝云朵
一定要坚持午睡

空气始终鲜美
帆樯在深深呼吸
渐渐滑落的影子
遮住了半个甲板

没有谁伸出手
去拨开那层黄昏
深海像傍晚般沉默
充满了凉凉的暗示

那藻丝铺成的海床
也闪着华贵的光亮
长久俯卧的海胆
样子十分古怪

在这里休息的灵魂

总缺少失眠的痛苦
甚至连呼吸的义务
也由潮汐履行

它们都不是少年
不会突然站起
但如果有船队驶过
也会梦见鸟群

1982 年 4 月

老人 (一)

老人
坐在大壁炉前
他的额在燃烧

他看着
那些颜色杂乱的烟
被风抽成细丝
轻轻一搓
然后拉断

迅速明亮的炭火
再不需要语言

就这样坐着

不动
也不回想
让时间在身后飘动
那洁净的灰尘
几乎触摸不到

就这样
不去哭
不去打开那扇墨绿的窗子
外边没有男孩
站在健康的黑柏油路上
把脚趾张得开开的
等待奇迹

1982 年 5 月

原来和后来

原来
我穿得干干净净
别着手绢
口袋上绣着一只
不会哭的猫
我去做游戏的时候
总请大人批准
而且说：
就一会会

后来
我摔了一跤
鼻子都沾上了沙土
一群可怕的马蜂
在树丛上嗡嗡乱叫
我不是强盗
没有真和它们打仗
只是忘了说：
假装的

1982 年 5 月

猿人之猎

由于饥饿的拉力
人的嘴歪向一边
褐色的愿望不停抖动
弓弧越缩越短

野兽突然弹起
撞碎了宽大的叶片
一缕真空的声音
总在后面追赶

鸟类们传播着智慧
芦竹变成了飞箭
它很想得到血液

把指尖涂得鲜艳

也许有一声鸣叫
变得曲曲弯弯
那些固执的大青藤
正是这样被扭断

死亡虽然丑陋
却能引起赞叹
渐渐聚拢的脚步声
还会向四面分散

已经脱落的树皮
也有报答的意愿
只要闪电降临
就会有跳舞的火焰

1982年5月

准备

带上画箱
带上木凳
带上《琵琶行》
带上贝多芬
带上草莓

带上心

我们去郊外写生

唔,还要多带上
几管藤黄
几脉丹青

今年的绿荫很浓很浓

1982 年 5 月

归来(二)*

许多暖褐色的鸟
消失在
大地尽头
一群强壮的白果树
正唤我同去
他们是我的同伴
他们心中的木纹
像回声一样美丽

我不能面对他们的呼唤
我微笑着

---

* 1979 年诗档中收有作者的另首《归来》,此处编者加"(二)"以区别。此诗作者另有加字写法,于四处共加十字一标点,动一字。

我不能说：不
我知道他们要去找
那片金属月亮
要用手
擦去
上面的湿土

我不能说：不
不能回答
那片月亮
是我丢的
是我故意丢的
因为喜欢它
不知为什么
还要丢在能够找到的地方

现在，他们走了
不要问，好吗
关上木窗
不要听河岸上的新闻
眼睛也不要问
让那面帆静静落下
我要看看
你的全部天空

不要问我的过去
那些陈旧的珊瑚树
那水底下
漂着泥絮的城市
船已经靠岸

道路在泡沫中消失
我回来了
这就是全部故事

我松开肩上的口袋
让它落在地板上
发出声音
思想一动不动
我累了
我要跳舞
要在火焰里
变得像灰烬般轻松

别问,我累了
明天还在黑夜那边
还很遥远
北冰洋里的鱼
现在不会梦见我们
我累了,真累
我想在你的凝视中
休息片刻

1982 年 5 月

大雁的梦

雪山在暗雾中行走

努力辨别着方向
那撮星星的金粉末
这时也浸透了露水

四只美丽的大雁
正在芦草中铺床
大地平静又安全
不会像云朵般飘动

又甜又凉的小风
好像有芦根的味道
大雁们道一声晚安
就先后飞进梦里

第一只雁梦见森林
所有影子都握着短枪
绿色的士兵一动不动
和高大的乔木站在一起

第二只雁梦见海洋
小木船都张开了翅膀
当然也有些古怪的铁块
信心十足地游来游去

第三只雁梦见天池
钻石的光亮让人吃惊
公路像松紧带绕来绕去
上边爬着甲虫和车辆

第四只雁梦见自己

自己变成了金属的大鸟
不理那群黑胡子乌云
不理他们的轰笑

在平坦的场地上睡觉
不怕老鹰和狐狸
翅膀也不用收起
上边有红色的星辰

1982年5月

灰鹊

在南方的薄雾里,一个单身的城市青年,为了抢救另一个更强壮的青年,意外地在车轮下牺牲了……*

一

你的名字
像一只被森林遗忘的鸟
始终在这片屋顶上飞翔

黄昏发出暖气

---

* 作者曾在序文后续写如下几行:他是个普通的人,他的名字也非常平凡,只为周围的同伴和近邻所知。//他是平凡的,像泥土一样,也是伟大的,像泥土一样。 他的一切都像泥土般无声无息,也像泥土样永远存在。//我的诗献给他,献给他没有远去的名字……

发出一种浅红的光辉
在木窗和木窗之间
烘干的衣服
颜色很淡
在人们注意天气的时候
你的名字一直飞舞

是的,你没有家了
属于你的屏幕
现在是另一种光线
一对疲倦的恋人
正在那里酣睡
正在蓝色的山谷里
东看西看

你没有家了
你的名字又怎么休息?

一个亭子间的姑娘
曾让它栖落在
洁净的信纸上
然后翻开字典
查对了好几个生字
那封信
离你不到十米
两堵墙和一条小巷的宽度
但送信的孩子
却始终没有找到

二

一天早上
太阳没有工作
你的名字没有飞翔
它的羽毛湿了
它被许多人发现
捧在滚烫的手心里

你的名字没有飞翔

它代表的那个人
——你
死了

为了把另一个更强壮的人
从感觉的真空中救出
你死了
你的头难受地枕在石台阶上
没来得及留下微笑
那黑轮胎上的血
也没有涂匀

你死了
留下了你的名字

它被一个待业青年
认真地画在
巷口的墙上
那面墙涂得很黑
像郊野的一片夜晚

你的名字被固定在那
两个星期
像标本般一动不动
后来,雨季真的来了
那些红色的粉笔末
又变成了血液

三

也许,城市真是一个
巨大的千手佛
它的每张手
都是一只小鸟的家

你的名字不应当休息吗?
你没有留下嘱咐

也许
它并不向往远处
天空,那太远了
遥远得像不存在
只有那些大翅膀的报纸
在天气好时
才能到达

你没有告诉名字
要去结识那群候鸟

你不知道
那群候鸟的身世
不知道

它们在远处,在资料室里
要住多久
不知道一千年后
那扇狭隘的天窗
会突然爆裂

一群米色的小蛾
将闪闪烁烁

四
你没真想过死
死了,要把生命
交给名字
缩短那条水泥的
生活的路
为了名字的存在
为了那些远离森林的眼睛
都注视片刻

你没想到
一片时刻
会像云母般脆弱

那片薄薄的时刻
碎了
你的名字却继续飞舞
继续在浅红的空气中
热爱这片屋顶
像你一样
热爱那几扇无法关好的木窗

那盏发红的路灯
那棵总在找太阳的石榴

你爱过,爱着
这就够了

虽然,电视已经开始
连环画大小的荧光屏
喷出暗蓝的新闻
人们开始呼叫球赛
虽然,在真正的夜里
名字也会疲倦
也会和你一样
去那个幽深的地方

那个地方静得奇怪
连睡梦的路
都难以到达

五

为了明天
人们需要睡眠
但从不去问
在另一扇门后
不再有明天的人
为什么要睡得格外长久

他们睡了
就说明需要

也许仍是明天
明天,悼念将结束
黑丝绸的降落伞
将被收起
将被带针的烟囱
撕坏小小的一条

明天,大眼睛的小房子
和穿粗呢衣的大厦
都得排队
都得为搬迁的通知而苦恼

明天是个古怪的同志

他不喜欢吃牡蛎
却要撬开这片带水垢的屋顶
拔去那些发黑的木柱
他要把这些碎壳
丢到海水舔过的地方去
使一切无法恢复原状

明天将命令孩子长大

在孩子们离开的地方
在街心的沙洲上
森林耸了耸肩
繁星般密集的鸟雀
将准备歌唱
老人将转过身
缓缓地走进回忆

在白发般明亮的世界里
总有一个声音
闪耀不定

1982年5月

佛语

我穷
没有一个地方，可以痛哭

我的职业是固定的
固定地坐在那
坐一千年
来学习那种最富有的笑容
还要微妙地伸出手去
好像把什么交给了人类

我不知道能给什么
甚至也不想得到
我只想保存自己的泪水
保存到工作结束

深绿色的檀香全都枯萎
干燥的红星星
全部脱落

1982年5月

生命的愿望

一

春天来的时候
木鞋上还沾着薄雪
山坡上霸道的小灌木
还没有想到梳头

春天走的时候
每朵花都很奇妙
她们被水池挡住去路
静静地变成了草莓

二

所有青色的骑士
都渴望去暴雨中厮杀
都想面对密集的阳光
庄严地一动不动

秋风将吹过山谷
荣誉将变得黯淡
黑滚珠一样的小田鼠
将突然窜过田野

三

即使星球熄灭了
果实也会燃烧
在印加帝国的酒窖里
储存着太阳的血液

浮雕上聚集着水汽
生命仍在要求
它将在地下生长
变成强壮的根块

1982 年 5 月

旗帜[*]

死亡是一个小小的手术
只切除了生命
甚至不留下伤口

手术后的人都异常平静
像一个岛屿睡在床上
风暴还没过去
在白色的港口周围
聚集着捕鲸的船队

为了生活下去
人们创造了灵魂
创造了自由自在的帆
它们不受绳索的折磨
它们能在陆地上航行

1982 年 6 月

---

* 诗的第四行以下，后被作者删去。

童年的河滨

我们常飘向童年的河滨
锥形的大沙堆代替了光明
石块迸裂后没有被腐蚀
淡淡的起伏中闪动黄金

是孩子就可以跳着走路
把塑料鞋一下丢进草丛
铁塔锈蚀得凸凸凹凹
比炸鱼的脆壳还要诱人

那陈旧的遗憾会纷纷坠落
孩子们还是要向上攀登
在斜线和直线消失的顶端
乔木并没有让出天空

高处的娃娃在捕捉光斑
"真美呀"渔夫忽然叹息一声
他是我,也是你,都是真的
他在那代表着真实的我们

大自然宏伟得像一座教堂
深深的墨绿色是最浓的宁静
在蝉声和蜘蛛丝散落之后
自信的小木板就漂进森林

想烫发的河水总是拥挤
不知为什么去参观树洞

那银制的圣诞节竟然会溶化
滑冰的长影子也从此失踪

最好是用单线画一条大船
从童年的河滨驶向永恒
让我们一路上吱吱喳喳
像小鸟那样去热爱生命

1982年6月

野猪

我从世界的这端
滚向那端
身上沾满美丽的泥土

我不喜欢从容不迫
我要大声怪叫
去威胁死神的脚跟

我要用锁骨扭一把长刀
使那些小灌木变成旗帜

1982年6月

录像(二)

是谁呢
用重颜色
画下了这些叶片

更浓重的是枝干
躲避着
空隙中晴空的打击
木纹湍急地
要注入土地

女士们
穿白衣服
从阴影中走向沙地
颈后拉链
是铝制品

1982年6月

无题

盛夏在回忆早春的花英
深秋在怀念夏日的茂盛
童年、青春,直至时光如雪

可谁能够在死亡中追惜生命

1982 年 6 月

一个帝国士兵的末日

那颗命运的子弹碰到了你
一霎时一切就变得十分可悲
你忘记了锋利的裤线和军礼
像一条无鳞鱼被沼泽捕获

你抓着发凉的湿土来回翻滚
无声地嘶喊着要摆脱痛苦
那发烫的伤口焊接在身上
比总督的勋章要真实百倍

迟缓的火焰一直燃烧下去
正一点点把灵魂变成废墟
它燃烧着,固执得像时间
全世界的海水都无法阻挡

你在和陌生的泥土相依为命
你遥远的妻子却在等待
她穿着白睡衣关上窗子
在熄灯前轻轻亲吻着圣母

1982 年 6 月

有时,我真想
——侍者的自语

有时,我真想
整夜整夜地去海滨
去避暑胜地
去到疲惫的沙丘中间
收集温热的瓶子——
像日光一样白的,像海水一样绿的
还有棕黄色的
谁也不注意的愤怒

我知道
那个唱醉歌的人
还会来,口袋里的硬币
还会像往常一样。错着牙齿
他把嘴笑得很歪
把轻蔑不断喷在我脸上

太好了,我等待着
等待着又等待着
到了!大钟发出轰响
我要在震颤之间抛出一切
去享受迸溅的愉快
我要给世界留下美丽危险的碎片
让红眼睛的上帝和老板们
去慢慢打扫

1982 年 6 月

节日

节日对于孩子们来说
就是一块大圆蛋糕
上边落着奶油的小鸟
生气的样子非常可爱

边上还有红绿丝的草坪
下面的土地非常松软
一枚跟随太阳的金币
正在那里睡觉

为了寻找那明亮的幸福
孩子悄悄亲了下餐刀
没有谁责怪这种贪心
世界本来属于他们

我们把世界拿在手里
就是为了一样样放好
我们还要默默走开
我们是不要酬劳的厨师

1982 年 6 月

郊外

一个泥土色的孩子

跟随着我
像一个愿望

我们并不认识
在雾蒙蒙的郊外走着
不说话

我不能丢下她
我也曾相信过别人
相信过早晨的洋白菜
会生娃娃
露水会东看西看
绿荧荧的星星不会咬人
相信过
在野树叶里
没有谁吃花
蜜蜂都在义务劳动
狼和老树枝的叹息
同样感人

被压坏的马齿苋
从来不哭
它只用湿漉漉的苦颜色
去安慰同伴

我也被泥土埋过
她比我那时更美
她的血液
像红宝石一样单纯
会在折断的草茎上闪耀

她的额前
飘着玫瑰的呼吸

我不能等
不能走得更快
也不能让行走继续下去
使她忘记回家的道路

就这样
走着
郊野上雾气蒙蒙

前边
一束阳光
照着城市的侧影
锯齿形的烟
正在飘动

1982年6月

叠影

我是东方的金盔武士
我的短剑上有太阳宝石
我穿过海岸,没有谁能阻挡
我没有一个相像的姐妹

假如我有妹妹,我希望像她
相像得灵魂都无法分辨
她在前,她在后,灵魂在中间
长发湿湿的浸透了晨衣

她不会让黑发在泉水中散开
她住在闪亮的杉木林里
每棵树下溪流都薄得发亮
迟钝的铁斧在深处敲击

老雷公也做过樵夫的工作
到处都留下了透明的脚印
明澈的天空中也有泥浆
乌云像一群怪鸟,栖落在池底

她不会在轰响中突然消失
她不会害怕我超过自己
她不会把红陶瓶举起又放下
上边画着胆小的野兽

杉木林,只有它日夜闪光
一段段组成了水中小路
红贝壳是她住所的屋顶
她关上了木门,就再不出来

密密的篱笆外没有灯火
小猴子的尾巴卷成一团
在雄獐的呼吸中闪动着什么
叹息是火热的,火热的叹息

再不要叹息,也不要篱笆
生命的流动无始无终
赤脚的泉水呀,在湿地上行走
薄荷草的影子格外清凉

我要清澈地热爱她,如同兄妹
如同泉水中同生的小鱼
我要把自己分散在敲击之中
我要聚成她水面的影子

1982 年 6 月

海中日蚀

天空奇异地放大了
放大了黑色的太阳
一队队大鲸鱼的影子
随之潜入深海
鱼群一片惊慌

所有镀镍的传令钟
都发出一阵喧响

惊慌,惊慌的夜晚
危险异常,幸亏
还有思想,思想会发亮
假如精致的小玩具

都穿在钥匙链上

谁会这样选择坟场
要鲸鱼的胃,不要波浪

链上,链上也拴着时光
还有锚,还有渔人的标枪
黑夜不会太长
在绿荧荧的海藻中间
还会有童话生长

海底柔软的大森林
还在困倦地飘荡

生长,生长就是希望
你看那玻璃球中的珊瑚
总是非常漂亮
总给洁白的纸张
留下一种影像

可是纯洁的小鸟呢?
怎么不飞?怎么不歌唱?

影像,影像一动不动
她在战胜死亡
火焰高贵地燃烧着
她在战胜死亡
呵!太阳,太阳,太阳

尖利的呼叫声突然响起

释放了一切色彩和光

太阳，太阳在重新微笑
在一动不动，注视着
渐渐围拢的翅膀，注视着
风暴中
浓密翻滚的愿望

1982 年 6 月

猎神
——非洲写生

一

兽皮，树叶和你
一同从森林中走来

你的眉弓间画着月亮
你漆黑的脚踝上闪着黄金
你有铁环一样巨大的微笑
你的微笑，便是一片夜晚

二

所有的灌木丛都布置好了
都不敢呼吸

大野兽把脚步放轻

花纹在无声地飘动
小野兽转着耳朵
上边的血脉无比细微

   三
拉紧，拉紧，突然
古老的弦断了

生命变成了一股凉凉的空气
变成了巫师的歌
和朱红的氏族图案
安放在历史的玻璃板下

   四
这是一个早晨
海波把遥远的喧哗推向今天

你自然地面对太阳走来
像是面对着燃烧的炉口
你使死亡那样暗淡
你是黑色的神，统领着森林兄弟

1982年6月

非洲写生

  村民

太阳烘干了这个泥土的小村

烘干了浑圆的陶器和人
人从低垂的屋檐下走过
都眯着眼睛，想躲避阳光带来的
困倦，走向泉水
走向唯一清澈的心愿

他们的血液非常浓厚
他们的棕发上有大树的根须

旱季

水草干枯得没有一点声响
细致、柔软的塘泥
被强光割成了无数小块
现出长颈鹿身上的花纹
现出强硬和脆弱的本能

在黄昏，在粉碎的应力线那边
古铜色的大蚂蚁正在搬运
人们在建筑村舍

太阳在那片通红灼热的屋顶前
停住了，永远地迟疑着
蒙受大地的尘土

海岸线

一个乌黑的小姑娘
从沙地上走过

她的脚印是狭长的
她的肩上有玉米的光斑

渐渐销熔的海岸线
在尽头被细细拉断

她要走到那消失的尽头
她要去划一只小船
她要在明亮的潮水中
寻找雪白的扇贝

1982 年 6 月

在深夜的左侧

在深夜的左侧
有一条白色的鱼
鱼被剖开过
内脏已经丢失
它有一只含胶的眼睛
那只眼睛固定了我

它说
在这深潭的下游
水十分湍急
服从魔法的钢钎
总在绝壁上跳舞

它说
所有坚强的石头
都是它的兄弟

1982 年 6 月

谣言

人类生长在一块营养基上
在巨大的显微镜下生长
在蓝色和红色的光线中生长
历史只是试验之一

1982 年 7 月

我要编一只小船

我是青草中渺小的生命
我没有办法长大
我只想去一个
没有大象和长铁链的地方
去到那里伟大,我只有
不停地在河岸上奔跑
去收集午后松软的香蒲草

和太阳光,我想
编一只小船
船上有两个座位
我认识一个不哭的布娃娃
她不害怕时胆子很大
她敢在绿窗台上单独
演奏,她有好几块动物饼干
我还没说:咱们一起
去横渡世界

在我疲倦的时候
我就靠着去年的
干树枝,去想象对岸的风景
——那里的小房子会睁眼睛
那里的森林都长在强盗脸上
那里的小矮人
不上学就能对付螃蟹和生字
有次,我听见
雨在两块盾牌后和谁说话
他们是在商量
一个计谋,叫那些
金黄金黄的小花去学拼音
去到小路上,欢迎外宾
在必要的时候
把所有泪水都变成
甜的,包括委屈的目光

我不是红蜜蜂
不关心泪水的营养

我很忙，我要编那只小船
我要去对岸
去那个没想好的地方
我觉得，有人等我
在发烫的梦里，有麦芽糖熔化
我很忙，我的河岸
已经破碎，已经被
宽阔的夏天淹没
我很忙，水流已经覆盖了一切
无声的水草在星星中
漂动，在不断延长
那毛绒绒的影子，我很忙
有人等我，是谁相信了有对岸
有海洋，也有东方

我要去世界对岸
我需要船，需要一个同伴
我要帆，要像水鸟那样
弓起翅膀，在空气中
划下细细的波纹
我要去对岸，我编那只船
直到太阳的脖子酸了
阳光被宽树叶一根根剪断
直到香蒲草被秋天拿去做窝
暗红的灌木中光线很暗
直到冬天，直到月亮
被冻在天上，像个银亮的水洼
群山背过身去睡觉
谁也不说话，直到

那个不哭的布娃娃哭了,以为
对岸已经到达

1982 年 7 月

窗外的夏天

那个声音在深夜里哭了好久
太阳升起来
所有雨滴都闪耀一下
变成了温暖的水气
我没有去擦玻璃
我知道天很蓝
每棵树都龇着头发
在那"嘎嘎"地错着响板
都想成为一只巨大的捕食性昆虫

一切多么远了

我们曾像早晨的蝉一样软弱
翅膀是湿的
叶片是厚厚的,我们年轻
什么也不知道
不想知道
只知道,梦会飘
会把我们带进白天
云会在风中走路

湖水会把光亮聚成火焰

我们看着青青的叶片

我还是不想知道
没有去擦玻璃
墨绿色的夏天波浪起伏
桨在敲击
鱼在分开光滑的水流
红游泳衣的笑声在不断隐没
一切多么远了
那个夏天还在拖延
那个声音已经停止

1982 年 8 月

逝者

一

不知为什么，我去参加拍摄
在明亮的晨光下，制止着熟睡
我要布置墙，布置一种拒绝的形式
古铜色的花纹上，清漆要眼泪汪汪

穿白点红裙的女孩，不时地在破坏
她们推开砖块，在墙中尖声大笑
她们说这里是窗子，要有爱情出入

花蔓的手腕微微发青，应当有窗子

我在布置墙，人们却开始走动
像葡萄园的玩偶，连贯而含情
他们从墙下走过，按照预先的规定
他们走过去了，拍摄没有开始

谁说让他们回来，谁说要重新开始
我的墙死睁着眼睛，他们一步不错
他们一步不错，拥抱却成了推手
烧鸡的蓝翎毛一闪，茶点也纷纷复活

他们退回了原地，他们走早了
时间没退回来，他们只好衰老
弟弟变成了哥哥，继而又缩成了祖父
白瓣梢做的兼毫，自然细得可怜

他们走早了，他们在不停地化妆
刚画完左眼，右眼又布满了皱纹
他们耐心地化妆，在尘土中画着昨天
而我的墙却倒了，在风中化为废墟

二

我开始改写剧本，在四方的白瓷砖上
我把蓝夜晚写进中午，我的墨水纯粹
我开始写，每一行都得避免结束
句号一诞生，它们就滑向边缘

我一行行写，同时一行行消失
它们像杆菌般交迭，完全不用动声色

我不停地走，雪地上就有足迹
那些演员的名字，都不想万古长存

我终于发现了，我是在一个窗口
是老式的槲木车窗，窗外有白云
不知是车子在动，还是云在转移
树像牧师般走来，只可能交谈一句

自然还有东方的面像，平整又巨大
在临近时，她们的灵魂绝不移位
眼帘是沉重的，为了注视下界的雨水
惊讶的白鸟群，都干渴得羽毛蓬松

鸟群在我的手掌上，像羽绒般飞散
它们带走了我的影像，把残片播向草原
遥远的地方，遥远的花朵和星辰
只有临近的一切，才会匆匆消失

我要离开剧本，离开木质的镜框
表演的艺术，是和全世界相逢
我要离开站牌，离开正午的公路
我要去故乡的河岸，去找一个工作

三

坚实的河岸，坚实的灌木丛生
橙色的不死花，在石块上守卫着永恒
没有灰绿的大象，狮子和猫
只有鲜艳的纺织娘，在试制各种鸣叫*

---

* 刊发时，作者曾加注："纺织娘"是一种昆虫；属直翅目。

美丽的！美丽的！站着忧郁的杉木
红粘土中有沙子，可以擦亮凶器
河岸上有铁斧，色彩无比细微
我第一次把它举起，就拉坏了一根磁线

严密的铁，将注视虚幻的太阳
一切颜料归于它，包括死亡的煤炭
美丽的！美丽的！杉木林永远忧郁
它们知道我将到来，代表一种来临

我已经到来，红粘土中有沙子
在期待的敲击中，海狸愉快地跳动
我要去对岸，去敲打宽大的木琴
我不要木桥，不要那瘦长的骨架

顺从我！顺从我！杉木庄重地躺下
顺从了——它终生拒绝的倾斜
水花是暂短的，而自由将永存
它们像电光一闪，就飘向悠悠的天际

我打倒了一座树林，我一无所获
引力是一千只手，我只有一双
我没有想到绳索，杉木在不断地离去
我不认识命运，却为它日夜工作

　　　　　四
古老的铜烛台上，燃烧着唯一的夕阳
死者是困倦的，将睡在生者的床下
沉默在摇晃，我在独自等待
等待那声音掘开泥土，等待来临到来

我转过身，就看见那位长者
他没有带来车辆，身后绝无一人
他站在那，青色的水流在飞逝
他终于对我说，你就是一根杉木

我是杉木！杉木从不会发出喊叫
我的心从枝头坠落，青草已经散开
我顺从了河岸，顺从了溅落的愉快
在最初的摇荡中，我就忘记了语言

这是失重的我，这是行动的宇宙
不要任何祈祷，就可以占有和失去
我听见下面，河床正在迟缓地抽动
土地是安全垫，堆积着蜷缩的祝愿

不要找河岸，再不要河岸
同伴在前后漂浮，绝不会更远更近
瞬间组成的编队，将在永劫中闪耀
现在是不生不灭，现在是满天流星

曾有过森林，也有过青虫
它们都相信，海上有风景，云上有灯
我还在想，陆地和水都没有边际
我没有在雪亮的星光中，失声痛哭。

1982 年 8 月

分离

黑色的油污从山谷中浮起
乌鸦会飞
会带走我的羽毛

我还将留在世界上
在熄灭的细草中间
心最后总要滚动一下
才能变成石子

我知道历史
那个圆鼓鼓的商人
收购羽毛
口袋和他一起颤动
在习惯的叹息中
走下山去

1982 年 8 月

梦园

现在,我们去一个梦中避雨
伞是纸的,也是红的
你的微笑格外鲜艳

你看着我,我看着你身后的
黑杨树,上边落着鸟
落着一只只闪电

上次,也到过这
是雨后,一个人
两边是失神的泥沼地
正在枯萎,中间是一条河
一条水路,它凉凉的血液闪动着
凉凉的,浮在嘴边

1982 年 8 月

一个旧梦

一

我梦见,你出事了
你不在了
我刚刚从外省回来

光滑的门虚掩着
打热水的人走来走去
那信封是空的
楼梯也空了一会
人们都知道你
不知道我是谁

我也不知道

　　二
在转弯处，有人在讲"他们"
"他们"就是你
褐色的是你的过去
灰蓝的是现在
你们在讲

我也当过"他们"
我说
你悲哀地看着我
使我失去了死亡

　　三
我们走下了宽大的台阶
我们
来看电影的人
都在一边观看

我们

傍晚的云想筑成白塔
我们都看见了
塔尖
在昨天

　　四
该过马路了，过了
你说：我还没说

我说：别说

等到家，一个地方
巨大的梧桐树在风中飞舞
土色的蛾子爬在一边
城市是无效的
一切都无效

谁说过：
尽头很黑，需要照耀
我打开风衣
走着，照耀
他们在哪？我们
星星的图案十分美丽
总会升起
总会美丽

1982 年 8 月

门前

我多么希望，有一个门口
早晨，阳光照在草上

我们站着
扶着自己的门扇
门很低，但太阳是明亮的

草在结它的种子
风在摇它的叶子
我们站着,不说话
就十分美好

有门,不用开开
是我们的,就十分美好*

1982 年 8 月

---

* 诗曾有后五节共 19 行,如下,后为作者截去:

早晨,黑夜还要流浪
我们把六弦琴交给他
我们不走了

我们需要土地
需要永不毁灭的土地
我们要乘着它
度过一生

土地是粗糙的,有时狭隘
然而,它有历史
有一分天空,一分月亮
一分露水和早晨

我们爱土地
我们站着,用木鞋挖着
泥土,门也晒热了
我们轻轻靠着
十分美好

墙后的草
不会再长大了,它只用指
尖,触了触阳光

佃农

他被迫地走过许多路
那些路
都纵横在他的脸上

他甘愿地走过许多路
那些路
都迷失在他的心上

他固执地走过许多路
那些路
早已刻在了他的命运里

1982 年 8 月

来临

请打开窗子,抚摸飘舞的秋风
夏日像一杯浓茶,此时已经澄清
再没有噩梦,没有蜷缩的影子
我的呼吸是云朵,愿望是歌声

请打开窗子,我就会来临
你的黑头发在飘,后面是晴空
响亮的屋顶,柔弱的旗子和人

它们细小地走动着,没有扬起灰尘

我已经来临,再不用苦苦等待
只要合上眼睛,就能找到嘴唇
曾有一只船,从沙岸飘向陡壁
阳光像木桨样倾斜,浸在清凉的梦中

呵,没有万王之王,万灵之灵
你是我的爱人,我不灭的生命
我要在你的血液里,诉说遥远的一切
人间是陵园,覆盖着回忆之声

1982 年 8 月

分别的海

   我不是去海边
   取蓝色的水
    我是去海上捕鱼
    那些白发苍苍的海浪
    正靠在礁石上
   端详着旧军帽
   轮流叹息

  你说:海上
  有好吃的冰块在飘
别叹气

也别捉住老渔夫的金鱼
海妖像水螅
胆子很小
  别捞东方瓶子
  里边有魔鬼在生气

   我没带渔具
    没带沉重的疑虑和枪
     我带心去了
     我想，到空旷的海上
     只要说：爱你
    鱼群就会跟着我
    游向陆地

  我说：你别关窗子
   别移动灯
让它在金珐琅的花纹中
燃烧
我喜欢精致的赞美
像海风喜欢你的头发
  别关窗子
  让海风彻夜吹抚

   我是想让你梦见
    有一个影子
     在深深的海渊上飘荡
     雨在船板上敲击
      另一个世界没有呼喊
   铁锚静默地
   穿过了一丛丛海草

你说：能听见
　　　在暴雨之间的歌唱
像男子汉那样站着
抖开粗大的棕绳
你说，你还能看见
水花开放了
　　下边是
　　乌黑光滑的海流

　　　我还在想那个瓶子
　　　从船的碎骨中
　　　　慢慢升起
　　　　它是中国造的
　　　　绘着淡青的宋代水纹
　　　绘着鱼和星宿
　　　淡青的水纹是它们的对话

　　我说：还有那个海湾
　　那个尖帽子小屋
那个你
窗子开着，早晨
你在黑发中沉睡
手躲在细棉纱里
　　那个中国瓷瓶
　　还将转动

1982 年 8 月

这个世界上的人

这个世界上的人
白的,说是像白雪
黑的,说是像黑炭
雪会化掉呵
炭会成烟呵
那就还有不黑不白的
那就说像水泥
水泥会被打湿
还会被烤干
既不会溶化
也不会冒烟

1982 年 8 月

在白天熟睡

人们在黑夜里惊醒
又在白天熟睡

他们半闭着眼睛微笑
慢慢转过脸去
阳伞也会转动
花朵会放好裙子
松懈的恋人

会躺在绿长椅上发呆
石块上睡着胖娃娃和母亲
稀脏的男孩会把腿弄弯
哼哼着要去看狗熊
老人会通烟斗
会把嘴难受地张大

太阳也在熟睡
在淡蓝的火焰中呼吸
瞬间没有动
云和石棉布是雪白的
铝是崭新的
银闪闪变形的疼痛
正在一粒粒闪耀

夜晚也没有移动
在照相馆
风凉凉地吹着
在各种尺寸的微笑后面
风凉凉地吹着
那个空暗盒是空的
灰尘在发困

1982年8月

在尘土之上

尘土可以埋葬村庄

可以埋葬水
埋葬在水边开出大片花朵的愿望
可以在远离水鸟的内陆
吸一口气
让风吹出细细的波浪

我始终相信
人类不会这样灭亡
雨在谷地和新鲜的平原上飘洒
他们在密集地走动
紫云英在软软的墓地上生长
他们走动的姿态在渐渐改变
天空开始晴朗

1982 年 8 月

没有着色的意象

我的土地
像手心一样发烧
我的冬天
在滑动
它在融化
在微微发粘地恋爱
在变成新鲜的
泡沫和鱼

狗也会出现
会背着身
像躲藏一千年的羞耻
远处是碎砖
近处
是嗅过的城市
淡黄、淡白的水汽
被赶进田垅

它会打喷嚏
那就打吧
让泡泡囊囊的田野
鼓起
慢慢挤住天空
打吧
不要在清醒的刺痒中
停止

停止是岩石
是黑墓地上
那个扭住的小兽
停止
水鸟像大雪一样
飘落下来
夜晚前的丁香树
窸窸窣窣

1982年9月

铁铃
——给在秋天离家的姐姐

一

你走了
还穿着那件旧衣服
你疲倦得像叶子,接受了九月的骄阳
你突然挥起手来,让我快点回家
你想给我留下快乐,用闪耀掩藏着悲哀
你说:你干事去吧,你怕我浪费时间
你和另一个人去看海浪,海边堆满了果皮
你不以为这是真的,可真的已经到来
你独自去接受一个宿命,祝福总留在原地

二

你走了
妈妈慌乱地送你
她抓住许多东西,好像也要去海上漂浮
秋草也慌乱了,不知怎样放好影子
它们议论纷纷,损害了天空的等待
这是最后的空隙,你忽然想起玩棋子
把白色和黑色的玻璃块,排成各种方阵
我曾有过八岁,喜欢威吓和祈求
我要你玩棋子,你却喜欢皮筋

三

　　你走了
　　　我们都站在岸边
我们是亲人，所以土地将沉没
我不关心火山灰，我只在想那短小的炉子
火被烟紧紧缠着，你在一边流泪
我们为关不关炉门，打了最后一架
我们打过许多架，你总赞美我的疯狂
我为了获得钦佩，还吞下过一把石子
你不需要吞咽，你抽屉里有奖状

四

　　你走了
　　　小时候我也在路上想过
好像你会先去，按照古老的习惯
我没想过那个人，因为习惯是抽象的螺纹
我只是深深憎恨，你的所有同学
她们害怕我，她们只敢在门外跺脚
我恨她们蓝色的腿弯，恨她们把你叫走
你们在树林中跳舞，我在想搞乱的计划
最后我总沾满白石灰，慢慢地离开夜晚

五

　　你走了
　　　河岸也将把我带走
这是昏黄的宿命，就像鸟群在枝头惊飞
我们再也不会有白瓷缸，再也不会去捉蝌蚪

池塘早已干涸，水草被埋在地下
我们长大了，把小衣服留给妈妈
褪色的灯心绒上，秋天在无力地燃烧
小车子抵着墙，再无法带我们去远游
童年在照像本里，尘土也代表时间

六

你走了
　一切都将改变
旧的书损坏了，新的书更爱整洁
书都有最后一页，即使你不去读它
节日是书签，拖着细小的金线
我们不去读世界，世界也在读我们
我们早被世界借走了，它不会放回原处
你向我挥挥手，也许你并没有想到
在字行稀疏的地方，不应当读出声音

七

你走了
　你终究还会回来
那是另一个你吗？我永远不能相信
白天像手帕一样飘落，土地被缓缓挂起
你似乎在远处微笑，但影像没有声音
好像是十几盘胶片，在两处同时放映
我正在广场看上集，你却在幕间休息
我害怕发绿的玻璃，我害怕学会说谎
我们不是两滴眼泪，有一滴已经被擦干

八

　　你走了
　　　一切并没有改变
我还是我,是你霸道的弟弟
我还要推倒书架,让它们四仰八合
我还要跳进大沙堆,挖一个潮湿的大洞
我还要看网中的太阳,我还要变成蜘蛛
我还要飞进古森林,飞进发粘的琥珀
我还要丢掉钱,去到那条路上趟水
我们还要一起挨打,我替你放声大哭

九

　　你走了
　　　我始终一点不信
虽然我也推着门,并且古怪地挥手
一切都要走散吗,连同这城市和站台
包括开始腐烂的橘子,包括悬挂的星球
一切都在走,等待就等于倒行
为什么心要留在原处,原处已经走开
懂事的心哪,今晚就开始学走路
在落叶纷纷的尽头,总摇着一串铁铃

1982 年 9 月

碧绿碧绿的小虫

碧绿碧绿的小虫
在花墙边一动不动
它那火样的绒毛
会烫伤无知的爱情

人类接受了祖训
奇想也随之消溶
孩子们紧抱着书包
对美丽格外小心

1982 年 10 月

草原古墓

五月的石锁
不能打开
锁孔也是石头的
里边是石头
外边是淹没怪兽的草原
圆窝浅浅的，绿得发凉
在边缘
封死了一线悲哀

敲击

敲击停止在深处
停止在空洞的盐晶中
不会有石笋
不会有琥珀的种子
被放在晒热的瓶里
不会有默想
不会有手
去触摸一棱一棱的阳光
会有金链子吗？
它怎么办？
是像小蛇一样甩动
还是像沙土，细细地流着
聚成一堆
敲打停止了
面具怎么办
是继续要
还是一寸一寸地刮着墙壁
翻落下来，用反面观看
眼窝是空的，笑是哭的
它用黑暗观看

谁说过，这是冬天
没有丁香树
棺木伸着，伸着，伸着
在尽头，死死地捉住
那条花边

它终于得到了
那个自私的角落
它不用吓人地笑了

它的牙不白
不白,一点不白
它只有紧紧地抿着
涂过早霜和黑麝香的嘴唇
在那里微微地笑
它只有去听苜蓿的要求
只有去听吸盘似的
活的根须
怎样地搅拌泥沙
只有让枝干扭曲之后
再兴奋地投入高空——
那些叶子是怎样张开
那些贝壳是怎样微弱地呼喊
湿玉米和星星
是怎样地被一把把装进口袋……
雨停了,它不笑了
牧人挥了挥大镰刀
就平息了这场骚乱

部族唯一的女儿
开始跑了
远处是朱红色绽开的马群
近处是水泊
夕阳在静思中大片燃烧

当然,锁还是不能转动
那个石头的,绿的
剜出圆窝的锁孔
还是不能
没有谁在边上丝丝吸气

锁不能转动
每个齿都嬉笑不停
门不能打开

汗王所触及的一切
都将完好地保存

1982 年 10 月

门是铁的

在这扇门外
我等
门是铁的

你在门里
门里有好多人

我在门外
门外有好多人

门里好多人
没我

门外好多人
没你

一扇门
　　是铁的

1982 年 10 月

最美的一刻

　　我年轻
　　我有许多时间
　　有铜的
　　有铝的
　　有不锈钢的

　　我把它们穿在
　　钥匙链上
　　走动时
　　会发出轻微的声响

　　并不是因为什么
　　比如剑麻
　　我绕过一个个
　　许诺，灌木丛
　　紫色的街灯
　　在那边张望

　　那边是玻璃门和墙壁
　　这边是傍晚

是灰蓝色的
离你很近

并不是因为什么
我有许多时间
我把新月般
最美的一刻
取下
放在窗前

1982 年 10 月

手电亮了

夜
把手指
放在光滑的按钮上
窗帘垂落下来
累吗,睡吧
灯

手电亮了
它不困
它在深色的漆盒里
画
一对小人

1982 年 10 月

溯水

我习惯了你的美
正像你习惯了我的心
我们在微光中
叹一口气
然后相互照耀

在最深的海底
我们敢呼吸了
呼吸得十分缓慢
留在浅水中的脚
还没有变成鱼

它不会游走
冬天也在呼吸
谁推开夜晚的窗子
谁就会看到
海洋在变成洼地

有一个北方的离宫
可以从桥上走过
可以在冰面上
亲吻新鲜的雪花
然后靠紧墙壁

温暖温暖的墙壁
小沙漠的、火的、太阳的
墙壁
真不相信

那就是你

真不相信
她就是你
在许多年前
在许多发亮的石块那边
她就是你

她低低地站着
眉心闪着天光
彩色的雨正在飘落
大风琴正冲击着彼岸
我在赞美上帝

1982 年 10 月

梦幻录像(三)

很亮很亮的晨光
我们绕着圆柱行走

一个妈妈的声音
也亮亮的
她的孩子
在明亮中跑
然后原地乱动

1982 年 10 月

提线艺术

一

孩子们为花朵
捉住了蜜蜂
世界为自己
捉住了人
他把线穿在避雷针上
又把绳子绕在手上
他用另一只手
在脸上涂月亮软膏
然后微微一沉
拉开了幕布

二

天亮了
所有人都开始
手舞足蹈
他们抓着有浮力的皮包
匆匆忙忙
从城东涌向城西
他们迈过了铁路
铁路上没有青草
沥青粘住石子
像是一种麻糖

三

那根线是鱼线
被水里的阳光粘住

所有愿望
都可以抽成透明的丝
只要诱惑
在水下进行
惊讶吗
那就绝望地跳跳
鱼终于学会了
使用鱼刺

四

高空垂下
忽轻忽重的光线
人类在嗡嗡长高
吊车在行哪国军礼
别去管它
只想
那朵花呀，那朵花
那只蜜蜂
尼斯怪兽在湖中醒来
野兔在田野飞奔

1982 年 10 月

从鸟瞰到水线

棕黄平滑的气流
使我看到沉默

看到砂砾
在正午时分喷出
它们炫耀着
去侵袭细小的神灵
我看到戎人
失去了兽皮
毛发在风中长长地拖着
背过身
一对对倒向岩石
没有谁敢于游动
没有手指
敢变成鱼的脊骨

然而
臂弯是永恒的
它不会沉没
它是为爱而弯曲的
它要保存晴空
在岩层中
一片蓝的、椭圆的
小珐琅像一样的
晴空
还有海
还有浸湿的船
在这微小的无限中摇曳
还有盐
一粒粒咸味的光亮

我在那
捞过海藻

没有用
为了让大海呼吸
每个网孔都爆发了炎症
被波浪送走
被埋进柔软的绿色丘陵
我打着轻微的寒噤
水晒热了
皮肤发红了
那些整齐的石壁尽头
悬挂着影子的旗
水线一上一下
交错滑动

1982 年 10 月

暮年

你独自走上平台
你妻子
已被黑丝绒覆盖
墓地并不遥远
它就悬挂在太阳旁边
回忆使人感到温暖
日蚀后
嗡嗡逃走的光线
使人想到
一个注满土蜜的蜂巢

一切并不遥远
真的
天蓝色的墓石
会走来
会奉献那些纯金熔出的
草叶和鸟雀
它们会彻夜鸣叫
在你四周
在早晨
会伪装成细小的星星

你蒐集过许多星星
曾涉过黎明的河
去红松林
看一位老者
他的女儿是启明星
而他像一片雪地
树皮在剥落
春天在变成云朵
终于有一双红靴子
穿过了森林小路

你曾赤着脚
长久地站着
细心地修理一块壁板
你使椴木润滑
现出绢丝的光亮
又一点点刷上清漆
你在新房中
画满东方的百合

你的新娘
就是傍晚的花朵

你曾在天黑以后
从窗帘后退进山谷
巫师在烧火
偷猎者在山顶唱歌
一大群石子
拖着尾巴
在磨擦生铁的容器
有一勺锡水
想变成月亮
绝望地向四面溅开

你曾被焚烧过
被太阳舔过
你曾为那只大食蚁兽
而苦恼
它就在战场尽头
你的钢盔油亮
你像甲虫一样
拼命用脚拨土
直到凯旋柱"当啷"一响
打翻了国会和菜盆

你稳稳地站起来
你独自走下平台
你被晒得很暖
像一只空了的鸟巢
雨季已经过去

孩子们已经飞散
南风断断续续地哭着
稻束被丢在场上
稻束被丢在场上
阳光在松松地散开

1982 年 10 月

订婚

这个世界是唯一的
人都要回家
都要用布把星星盖好
然后把灯碰亮

影子扑倒在墙上
好像出现了门
接着又拖到床下
去啃那捆过时的消息

经过折叠的礼貌
悬挂在糕点旁边
客人们研究一番水彩
就用勺去划瓷器

妈妈叫女儿了
声音不长不短

水流平稳地抚摸着
没有洗净的碗碟

她在走廊尽头
靠紧钉死的窗子
河流在远处抽动
似乎闪耀着恸哭

1982 年 10 月

我曾是火中最小的花朵

我曾是火中最小的花朵
总想从干燥的灰烬中走出
总想在湿草地上凉一凉脚
去摸摸总触不到的黑暗

我好像沿着水边走过
边走边看那橘红飘动的睡袍
就是在梦中也不能忘记走动
我的呼吸是一组星辰

野兽的大眼睛里燃着忧郁
都带着鲜红的泪水走开
不知是谁踏翻了洗脚的水池
整个树林都在悄悄收拾

只是风不好,它催促着我
像是在催促一个贫穷的新娘
它在远处的微光里摇摇树枝
又跑来说有一个独身的烟囱——

"一个祖传的青砖镂刻的锅台
一个油亮亮的大肚子铁锅
红薯都在幸福地慢慢叹气
火钳上燃着幽幽的硫磺……"

我用极小的步子飞快逃走
在转弯时吮了吮发甜的树脂
有一棵小红松像牧羊少年
我哔哔剥剥笑笑就爬上树顶

我骤然像镁粉一样喷出白光
山坡忽暗忽亮扇动着翅膀
鸟儿撞着黑夜,村子敲着铜盆
我把小金饰撒在草中

在山坡的慌乱中我独自微笑
热气把我的黑发卷入高空
太阳会来的,我会变得淡薄
最后幻入蔚蓝的永恒

1982 年 10 月

梦幻录像 (四)

白色的甬道外
灯光在割草
远处棕红棕红
灰尘轰鸣

再远处是我的眼睛
橡胶味的场地还在转动
变得很静

1982 年 10 月

布林在保育院最高会议上的发言[*]

他们从东边和西边向我要钱
他们从南边和北边向我要钱
可是我没钱
就是有也不给
就是给也不多
就是多也没用
因为是假的
因为我没钱

1982 年 10 月

---

* 作者后置这首诗为组诗《布林的档案》第 6 首。组诗目录及后记见 940 页。

我们喜欢葡萄

在北方
全城孩子都热爱糖果
我们喜欢葡萄
我们用最小的手帕把它包好
让灰头发的云
在一边难过
我们不管
"砰"地一下关上前窗
抓住铜宝剑
打退帐顶上一队队飞过的人马
我们从后门逃走

我们是和九点钟一起逃走的
穿过黑夜的乌木林
金子全在树荫下发绿
月亮好大
不像是黄粉笔画的
像探照灯那样怕人地照了一会
天就开始挨打了
是雷公爷爷打她
白鞭子"啪——啪"
后来，又好了
世界又泡进了凉风和温水中

有棵树整个变成了知了
伸着须须
不时地怪叫

我们躲开它，一转身
就碰上了喝醉的太阳
他剪着短发
皮肤像西红柿一样发亮
他害怕一排排碰坏的台阶啃他
他要去上班
要在早晨的山顶
变成少年

山下有纸叠的房子
有穷孩子的梦
有公路
蒙着厚厚的非洲红土
上边走着斗牛士和步兵
他们刚刚登陆
海上还漂着火山的叹息和沸石
他们不断注入谷地，集结着
他们叫重兵
他们像一只黑铁熨斗
要熨平一片土地

真不聪明
没等吃午饭就去打仗
还摇晃那些饿扁的旗子
金黄的大鸟
一只只轻松地飞走了
在不远的场地中变成谷垛
北风在石块上开始漱洗
用薄薄的蓝色水流涂抹杯子
我们开始穿湿袜子

在水洼间跳来跳去
像是一种游戏

最后,总要困的
就故意一绊
落进那片张开的梦里
蒿子在折断时放出一蓬蓬清香
我们交换着呼吸
谁都找不到了
包括那些明亮的大雪花
那些总在画彩色眉毛的水滴
那些被春天吹动的小风车和药棉
黑土地上的兔子
她以为穿白衣服就会打针

我想亲亲你
然后睡去
忽明忽暗的日光灯"噔"地亮了
世界上再没有夜晚
老上帝总在放冷气
我们别梦见那串葡萄
也别梦见狐狸
小手帕在地铁门口垂着
最后在这呢,最后在这呢
五月的车站上
落着细雨

1982 年 11 月

梦幻录像（五）

　　　　古建筑摩登地
　　　　在金红的街上涌流
　　　　洋建筑落伍地
　　　　在灰蓝的路上喘息

　　　　所有所有你
　　　　所有所有我
　　　　都属于
　　　　从不存在的小巷

　　　　　　　　　　　　1982年11月

梦幻录像（六）

　　　　世界地震时
　　　　我正站在他背后
　　　　没有觉得

　　　　前边的人躲避墙
　　　　躲堡垒和纪念碑
　　　　跳离一个个瞬间
　　　　像鸟一样
　　　　爱上了不能结婚的天空

我没有天空
也没有地震
我上车就等人下车
我在等座位

1982 年 11 月

南国之秋(一)

橘红橘红的火焰
在潮湿的园林中悬浮
它轻轻嚼着树木
雨蛙像脆骨般鸣叫

一环环微妙的光波
荡开天空的浮草
新月像金鱼般一跃
就代替了倒悬的火苗

满天渗化的青光
此刻还没有剪绒
秋风抚摸着壁毯
像订货者一样认真

烟缕被一枝枝抽出
像是一种中药
它留下了发黑的洞穴

里边并没住野鼠

有朵晚秋的小花
因温暖而变得枯黄
在火焰逝去的地方
用双手捧着灰烬

1982 年 11 月

南国之秋 (二)

我要在最细的雨中
吹出银色的花纹
让所有在场的丁香
都成为你的伴娘

我要张开梧桐的手掌
去接雨水洗脸
让水杉用软弱的笔尖
在风中写下婚约

我要装作一名船长
把铁船开进树林
让你的五十个兄弟
徒劳地去海上寻找

我要像果仁一样洁净

在你的心中安睡
让树叶永远沙沙作响
也不生出鸟的翅膀

我要汇入你的湖泊
在水底静静地长成大树
我要在早晨明亮地站起
把我们的太阳投入天空

1982 年 11 月

南国之秋 (三)

红色和黄色的电线
穿过大理石廊檐
同样美丽的水滴
总在对视中闪耀

高处有菱形的金瓦
下边有水斗嬷嬷
雨水刚学会呜咽
就在台阶上跌碎

劈劈叭叭的水花
使蚊子感到惊讶
它们从雨中逃走
又遇到发颤的钟声

至今在铁棍之间
还扭动着一种哀怨
大猩猩嚼着花朵
不断想一只鳄鱼

四野都飘着大雁
都飘着溺死的庄稼
忍冬树活了又活
夜晚还没有到来

1982 年 11 月

最凉的早晨

树木背过身去哭
开始是一棵
后来是整个群落
它们哭到天明
雪白的尘埃就覆盖了一切

一切都在尘埃中飘浮
微微错动的影子
忽明忽暗的脚步
走直线的猎人
不断从边缘折回

在早晨的中心

有一只暖暖的小熊
　　它非常宠爱自己
　　就像是
　　大白山的独生女儿

1982 年 11 月

东方的庭院

　　因为寂静
　　我变成了老人
　　擦着广播中的锈
　　用砖灰
　　我开始挨近那堵墙
　　掘湿土中的根须
　　透明的乐曲不断涌出

　　墙那边是幼儿园
　　孩子拍手
　　阳光在唯一的瞬间闪耀
　　湖水是绿的
　　阴影在亲吻中退去
　　草地上有大粒的露水
　　也有落叶

　　我喜欢那棵树
　　他的手是图案

他的样子很呆
在远处被洗净的台阶上
脚步停了
葡萄藤和铁栏杆
都会发明感情

草地上还有
纯银的蜘蛛丝
还有木俑般
走向大树的知了
还有那些蛤蟆
它们在搬运自己的肚子
它们想跳得好些

一切都想好些
包括秋天
他脱下了湿衣服
正在那里晾晒
包括美国西部的城镇
硬汉子,硬汉子
它们用铁齿轮说话

我是老人了
东方的庭院里一片寂静
生命和云朵在一个地方
鸟弯曲地叫着
阳光在露水中移动
我会因为热爱
而接近晴空

1982 年 11 月

对联*

大烟囱是小烟囱不认识的小烟囱
小烟囱是大烟囱不认识的大烟囱

象鼻虫把自己弹到空中

1982 年 10 月

布林进行曲**

离最初的一句
有十万八千里
我们想吃冰棍
却被端上宴席

拿餐刀上前线去
背着水瓶找你
在地图上的英国海岸
影子又黄又绿

台阶已经画好

---

* 作者后置这首诗为组诗《布林的档案》第 12 首。组诗目录及后记见 940 页。
** 作者后置这首诗为组诗《布林的档案》第 8 首。

客人可以回去
离最初的一句
十万八千里

1982 年 11 月

布林不进行曲*

梦见一棵树
上边搭树枝
一个小娃哩
溅了一点泥
一百个小娃哩
站着过生日
可以拿着饼
一齐走出去
两人记着脸
三人就忘记
路口摆着车
永远出不去

1982 年 11 月

---

* 作者后置这首诗为组诗《布林的档案》第 9 首。组诗目录及后记见 940 页。

都市

每扇门
都吐出一些人来
拖着伸缩不定的影子
在那碗大甜羹里游动

月亮早就腻了
别理它
还是想梧桐
它没有摸到电线
就被砍去了左手
甚至不能
换一个姿势
等待情人

1982 年 12 月

海峡那边的平安

没有出海的人
都平安了
都在陆地上观看
波浪一下下摇散了头发
吐出凉凉的舌头
没有看见

鱼鳍形的帆
侧着身沿着岸边逼近
渔灯又红又暗
表示累了
一只手松开妻子的发簪
螃蟹不知为什么挣扎着
变成铜板

所有出海的人
都平安了
都收缩在本能的水面下
安睡
水母守护着他们
再不会梦见
那些数字
和古老的蟑螂一起爬着
离开了账单
上天的风
正嗡嗡吹过海岸
人和贝壳
鸣叫着
灰白色的存在存在着
平安

1982 年 12 月

老人 (二)

在玻璃门外
有人说：病了
我就想到你

走廊从一个地方开始
右转弯
你住在北边

每天都在北边
二十年了
门外是门，是屋子，是阳台
窗外是窗子，是阳台
下边很深
据说有土地

永远是北窗
明晃晃的中午，都一样
南边，空着
放凉了糖水一样的阳光

永远是北窗
从床的一头观看
目光小心地，终于没碰到什么
放松一下
鸽子会在屋顶上出现

门动了动

没有人
门下有一线光亮,没人
北边是清淡的
像是没有茶叶的水
没有人和你说话

你的女儿死了,很早
在路上
那是她的红箱子,她的钟
她的女儿长大了
在为她的女儿工作

今天,风真大
就想想她吧
所有的线都断了
穿不上了,还有东西要补
影子总在那,在窗外
总比玻璃平静

有过一个铜壶
旧的,放在火上
干枯的树枝在相互抚摸
唱着:把阳光还给太阳
每一次倾注
都使灰尘翻腾

多好哦,多好
死是暖和的
台阶是危险的
所有人都爱过一次

醒来,并不奇怪

1982 年 12 月

在等待和到来之间
——给历史博物馆中的一尊塑像

你年复一年地
转动着左轮手枪
你活在等待和到来之间
撞针在抽动
钢铁在击发前犹豫
光亮在水中像一条蠕虫

你又转动一下
枪口变得很薄
变成了铜的,微微向上张开
是谁踩碎了煤渣
猩猩摸摸嘴唇
不能使声音变得整齐

睡觉时把它放在枕边
放在断层下
像一只避风的小兽
那些子弹躲在深处
一点一点,湿的
像麝香细小的籽粒

所有被枪看过的眼睛
都发黑了
黑黑地等着白天
早晨正在树上做茧
一个太阳，一个太阳飞走了
并没有发生爆炸

你永远转动着左轮手枪
站在岸边
你的手变成了河流
推转着南方的水碓
缓缓升起，落下
缓慢得无法开始歌唱

1982 年 12 月

· 寓言故事诗 ·

一棵树的判断

一棵树闭着眼睛,
细听着周围对自己的评论。

它听见鼹鼠对蝼蛄说:
"我不明白为什么要保护树木,
它只会像烂麻绳一样妨碍我挖洞。"

它听见蚂蚁对蚜虫说:
"没有谁能超越树木的伟大,
它的一片叶子就等于一片天空。"

它听见云朵对太阳说:
"那棵树可算长高了,
却还无法够着我发痒的脚心。"

一棵树闭着眼睛,
细听着周围的各种评论。
它想:云朵和鼹鼠是反对我的,
它们的立足点比较接近。

1982 年 1 月

眯索国王和威信

一

眯索国王有漂亮的弹弓
有宝石腰带和一大片森林
有三只狗和七吨新印的纸钱
可就是没有一点威信

"喂！威信，哪买威信？"
王宫的采购部长四处打听
水手们听了吹吹口哨
经理们继续吃中国馅饼

"砰！"眯索国王终于忍无可忍
决心要自己来研制威信
他集合了一个排的科学院士
外加六七位内阁大臣

内阁会议素以秘密著称
再加上科学就完全密不透风
全世界的枕头打听了半天
才知道了其中部分内容

没有人知道全部内容
因为奏本从地窖堆到大厅
研究它们必须有计算机帮助
计算机又必须用二百年发明

二百年？二百年还不生病？

这个病就是缺少生命
眯索国王实在够不上愚蠢
他抽出几页，就准备施行

二

乌云擦了擦寺院的尖顶
太阳撞了撞生锈的大钟
国王踩着晃来晃去的木凳
开始向全国宣布施政纲领：

"一、我们要修建人间奇景
让金字塔去围绕万里长城
我们要把印度洋吊入高空
让月亮们可以在温水中游泳

"二、我们要进行伟大的战争
要动员十个师的肥皂泡和锡兵
要在太阳没做噩梦以前
就拖走亚平宁半岛和东京

"三、我们要追祭所有祖宗
从查理大帝直到拿破仑将军
明天起就悬挂他们的像片
找不到可以用我的底片翻印

"四、我们要讲究美容和卫生
头发一律剪成一丈三寸
在吃饱油闷青砖之前
不许吃黑鞋带和铆钉

"五、我们要使语言动听
今后一律得把自己叫您
所以下边我再也不说我们
嗯！您们还有许多重任……"

三
国王的声音已经严重磨损
却没有听见一点掌声
他好奇地把施政大纲挖个小洞
才发现并没有一个听众

呵！可怜的内阁会议和弹弓
可怜的纸钱和施政纲领
你们都不能为可怜的国王
去旧货店换点褪色的威信

眯索国王把鼻子哭得又红又肿
要命！没威信要命还有何用？！
他把一大把遗书丢进信筒
就慢吞吞地走向水滨

呵！水滨也不像想的那么平静
所有浮萍都在不安地晃动
一个娃娃在水里拼命伸手
好像是要抓头上的彩虹

"扑通！哗啦啦，扑通！"
眯索国王意外地想起救人
他终于抓住了娃娃的双腿
一下放上了自己的脖颈

远远近近的城市、村镇
忽然都响起了赞美的呼声
眯索国王还没洗净头上的萍草
就已经当选为联合国总统

1982 年 1 月

小羚羊的经验

力气好大的一座山
把小路弯向两边
一边通向虎穴
一边通向草原

小羚羊站在路口
细影子像把宝剑

到底该走哪边?
小羚羊不能判断
他美丽身影的背后
也没有妈妈出现

累了一天的太阳
这时也神色黯然

"哦,我最亲爱的伙伴,
什么事使你为难?"

一只秃顶的老雕
忽然在树上发言

他嘴角渗着血腥
他眼里藏着贪婪

小羚羊抬头一看
金睫毛光辉灿烂
"我不知走哪条道路，
能使我到达草原。"

太阳一下满脸通红
像产生了什么预感

"向左，向左，别拐弯
保证你万事如愿！"
秃顶老雕耸耸羽毛
态度似乎十分和善

树木紧张地站直
树梢微微地打颤

"呵，我知道了，再见
谢谢你的指点！"
小羚羊向右一跳
跑进了家园的夜晚

所有小眼睛星星
都快乐地一闪一闪

小羚羊一去不返，
留下了故事和经验。
它和风声一起行走，
永在树林中流传。

1982 年

狐狸发现

狐狸把眼睛轻蔑地眯起
它说：
   我听见，我闻见
   所有人身上
   都有狐臊气

1982 年

副上帝的提案

天国改组了
   成立了垦荒局
 为了解决
    教徒们的
      吃饭问题

粮食不够吃
　　　　　因为产量低
　　低产量因为——
　　　　　　　盐碱地

副上帝兼正局长
　　　　主持了
　　　　　第一次会议
　　　　　　　——改造盐碱地
嘻！提案
　　　　装满了所有仓库
　　　　　　　　在车站堆积
收废纸的
　　　老太太
　　　　　简直顾不上呼吸……
铃响了
　　　三年以后
　　　　　　会议准时开始
副上帝局长自然
　　　　　　首先宣读了
　　自己的提议：

"改造
　　　要解决根本问题
　　　　　　要搞科技！
我看是不是可以
　　　　　　在水渠里
　　　撒一些大米
　　　　　吸引蚂蚁
然后

灌水，淹死它们
　蚁酸
　　　　就会溶解在水里
　　　酸碱中和
但要小心，别撒太多
　　　　太酸了
　　　　　　会腐蚀铁犁。"

"呵，这将是
　　　　　第二次创世纪！"
　　圣母玛利亚首先
　　　　　　　　欢呼
于是，掌声如雷
　　　引起了
　　　　　一场大雨
副上帝局长
　　　　没有得意
他笑了笑
　　　表示谦虚
然后宣布了
　　　　下一次会议的议题：
"鉴于
　　撑死鬼将会
　　　　　　大批产生
是不是需要
　　　　扩建地狱？"

1982 年

火鸡之战

太阳就站在门前,
到了做饭时间。
丈夫在土灶前烧火,
夫人在瓦锅中搅拌。

"呵,"丈夫躲开柴烟,
忽然发出感叹:
"真应当有只火鸡,
烤得金光灿烂。"

"然后用银刀切开,
放进东方瓷盘。"
夫人晃着粥勺,
好像也有同感。

"再浇上洁净的奶油,
撒几片玫瑰花瓣。"
丈夫深深呼吸,
好像已经闻见。

"撒什么见鬼的花瓣?
不如加点大蒜!"
夫人皱起鼻子,
非常不以为然。

"就放花瓣,花瓣!花瓣!!"
"就加大蒜,大蒜!大蒜!!"

内战突然爆发,
打得天昏地暗。

瓦锅打成了几瓣,
刹时烟尘冲天。
那只惹事的火鸡,
这时还没来人间。

1982 年

· **歌词** ·

听听自己的心

一
不能信
不能信
那样的笑容
那样的眼睛

如果你就是我
如果我就是你
就不会有疑问
就不会有疑问

二
也许能
也许能
得到温暖
得到回音

如果你就是我
如果我就是你
就不必说出声
就不必说出声

三
别再问

别再问
我们的夜晚
我们的早晨

如同你就是我
如同我就是你
听听自己的心
听听自己的心

1982 年

想

一
你的微笑
是一面墙
一面温和的墙
它把一切掩藏
墙边盛开着紫丁香

二
你的眼睛
是一扇窗
一扇迷蒙的窗
它被窗帘遮上
窗边透出一线灯光

三

我的生命
是一片海
一片热情的海洋
它被堤岸阻挡
它要献出所有波浪

副歌

呵，在这广大的世界上
人有多么害怕
人有多么怀疑
人有多么渴望
看到真的梦想
找到爱的眠床
回到心中的家乡

1982 年

告别

朋友们不再开口
朋友们不再喝酒
已经到了告别的时候

朋友们不再吵架
朋友们不再争斗
已经到了告别的时候

告别就是拉开门
告别就是挥挥手
已经到了告别的时候

告别就是各走各的路
告别就是各上各的楼
已经到了告别的时候

1982 年

· 旧体诗 ·

多愁（二）

似梦非梦少年时
暮鸟相约动花枝
谁知明月留不得
霜落四野归去迟

1982 年

偈

暮色悄悄，
秋日降临；
人生远去，
有如浮云。
山色似影，
流水无声；
惟有幻梦，
可觅吾踪。

1982 年

附：组诗《布林的档案》(16首)目录及后记

布林的档案

　　(1981.6—1991.4)

　　　　布林的出生及出国 p711/　谁能想到 p714/
　　　　发现 p715/　布林遇见了强盗 p717/
　　　　布林报考催眠曲专业的作文 p802/
　　　　布林在保育院最高会议上的发言 p905/
　　　　布林祈祷的原版录音 p804/　布林进行曲 p916/
　　　　布林不进行曲 p917/　0号议案 p736/
　　　　研究 p806/　对联 p916/
　　　　布林好像死了 p803/　挽歌 p806/
　　　　报道（下卷 p676）/　布林的遗嘱 p753

关于布林*

　　布林是一个孙悟空、唐·吉诃德式的人物。很小的时候他就在我心里捣乱。他不规范、喜欢逃学的天性，使我觉得很有趣。我常常想他，给他编故事，用纸片记下这些故事，我甚至还用古文写这些故事，并且配上插图。
　　十二岁时，我下农村了，不知怎么就忘了布林。再后

---

　　* 这篇文字曾是作者应约寄送组诗《布林的档案》时给《译丛》（该刊此前陆续发表过此组诗中的部分诗作）编辑部的信，后来一并发表，成为组诗的后记。 此时组诗中收有《决定》《密报》。1992年作者再编组诗时，篇目确定如上。

来,在我忙于谋生和谋求真理的年代,他一动不动,像死了一样安静;也许真的死了,我就是翻出小时的东西,也只是漠然地笑笑。

时间的活塞一直推压到一九八一年六月的一个中午,我突然醒来,我的梦发生了裂变,到处都是布林,他带来了奇异的世界。我的血液明亮极了,我的手完全听从灵感的支配,笔在纸上狂奔。我好像是自焚,又好像是再生,一瞬间就挣开了我苦苦索求的所有抒情方式。我一下就写出了五首《布林》,后来又陆续写了十几首,基本完成了一次自我更新的试验。

写完《布林》后,我好久回避它(虽然它使我好几个朋友很高兴),它反思、反抒情的光亮太强了,使我害怕。一直到你们发表了《布林》,我才开始正视它,开始用读者、评论者的眼光来看它。从形式讲,它很像现代童话;从内容讲,它非常现实,不过不是我们所习惯的现实,它是拉丁美洲式的魔幻现实。总之,它展现的是人间,不是在愿望中浮动的理想天国。

1983 年 3 月

图书在版编目（CIP）数据

顾城诗全集 / 顾城著. — 南京：江苏文艺出版社，2009.11（2024.12重印）
ISBN 978-7-5399-3323-8

Ⅰ. ①顾… Ⅱ. ①顾… Ⅲ. ①诗歌－作品集－中国－当代 Ⅳ. ①I227

中国版本图书馆 CIP 数据核字(2009)第 152902 号

书　　名	顾城诗全集
著　　者	顾　城
编　　者	顾　乡
责任编辑	孙楚楚　于奎潮
责任校对	蓝　潮
出版发行	江苏凤凰文艺出版社
	南京市中央路 165 号，邮编：210009
出版社网址	http://www.jswenyi.com
印　　刷	苏州市越洋印刷有限公司
开　　本	880 毫米×1230 毫米　1/32
印　　张	59
字　　数	750 千字
版　　次	2009 年 11 月第 1 版
印　　次	2024 年 12 月第 16 次印刷
标准书号	ISBN 978-7-5399-3323-8
定　　价	148.00 元（全二册）

（江苏凤凰文艺版图书凡印刷、装订错误可随时向出版社调换，联系电话 025-83280257）